◆ 献给

我的妈妈贺惠姬，

我的姐姐盛秋。

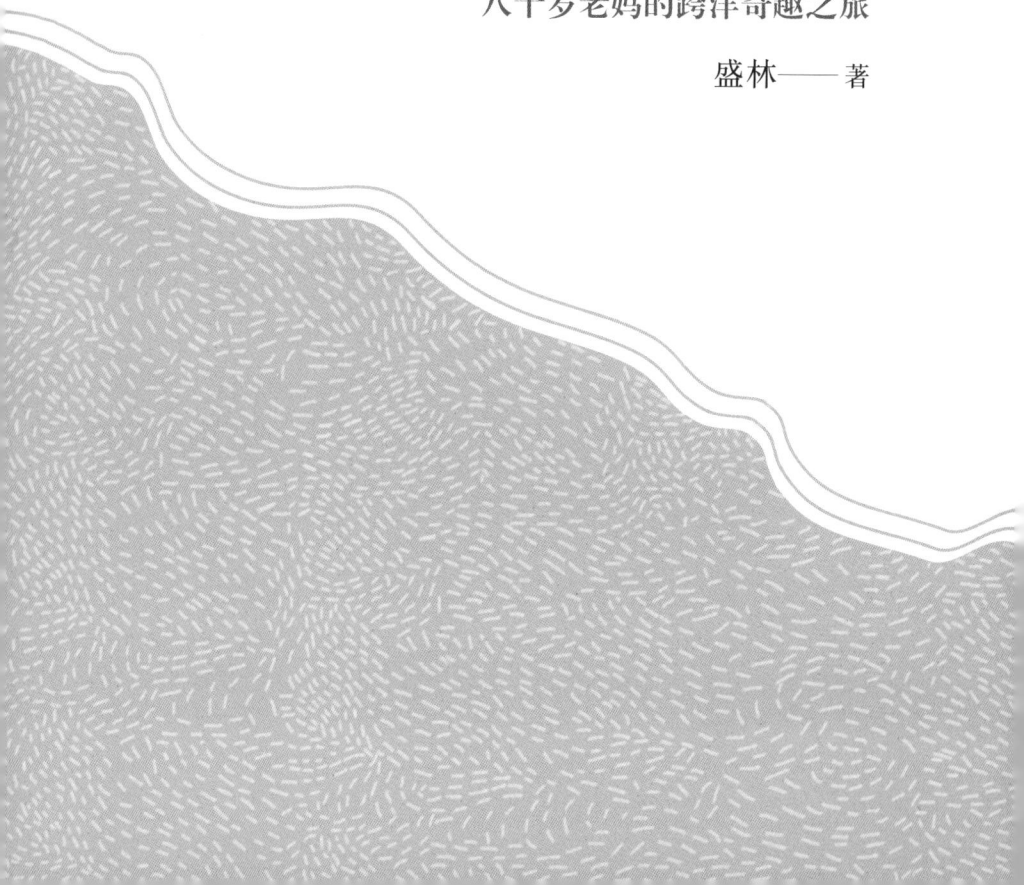

生活本就是田园

八十岁老妈的跨洋奇趣之旅

盛林——著

序

前两天,盛林在微信上留言给我,她说:"妈妈,你在美国的故事,我写好了,我把书稿一章一章传给你看,看完了,请帮我写个序。一定要写哦!"

我说:"宝贝女儿,我哪会写序!"

盛林说:"妈妈,很容易的,就当聊天一样啦!"

说完这话,盛林就开始传书稿。看来,不管我答应不答应,这个序必须写,不然,我这倔女儿不答应。

盛林这本书,名字叫《生活本就是田园》,这个书名很好,把我的思绪拉回到2014年春天。

2014年春天是我有生以来思维最开放、行为最大胆、感觉最快乐的春天。

我是杭州人,千岛湖就在"家门口",没去过。我从小到老,没有游山玩水的习惯,生活单调,活动范围狭窄。没想到,我却在八十岁这一年,飞越太平洋,去了做梦也没去过的美国,为什么?因为那里有我的"小棉袄"!

这年,是盛林嫁给美国人菲里普的第五个年头。我很想知道她的生活环境究竟怎么样,是不是如她说得那么好,她的菲里普是不是如她写得那么好,不去看一下,我不放心,不甘心。

盛林是我最小的孩子,我没特别宠她,但比较随着她。在那个年代,我自己还没成熟,思想茫然,对孩子没有刻意的要求,只要他们不离开我的视线,按时起床,按时上学,按时睡觉,就行了。孩子们也都很乖。有一点让我十分欣慰:他们都爱看书。我一直在图书馆工作,先是林学院图书馆,再是教材编写组图书馆、教育学院图书馆,后是原杭州大学图书馆,孩子们借书很方便。我有时候把他们带到图书馆,让他们尽情看一天。

书看多了,林儿对文学入迷了,对写作也入迷了。她小学二年级就开始写日记,每天放学回家,书包还在身上,就靠着饭桌写。内容都是骂人,谁得罪她她就骂谁,毫不留情。有一次她父亲去参加家长会,看到她写的周记贴在墙报上,说她爸爸"家道尊严",弄得他好尴尬。

林儿小学三年级就模仿大作家写诗、写散文、写小说,还把自己的作品投到《杭州日报》副刊,当然都被编辑退了稿。稿子上不了真正的报纸,她就自己设计报纸,把自己的文章和画"登"上去。后来,她大学毕业,到《杭州日报》副刊部工作,和退她稿的项冰如老师坐同一个办公室,写作上,得到项老师的悉心指点。这是她的奇遇,也是她的福气。

小时候,林儿不善语言表达,高兴不高兴都用眼神传达,快乐时一双大眼睛确实可爱。有邻居说:"林林有一双灵气的大眼睛,白白的瓜子脸,如果有漂亮衣服穿,就是一个小美人。"她不高兴时不理人，生闷气。有一次，我带她去看病，医生是一位老中医，他说："你女儿比较特别，最好不要说她。"我懂他的意思，从此不敢说她什么。

林儿从小就很有主见，喜欢的事、想做的事，一心一意投入，写作是这样，体育也是这样。她是学校的短跑、篮球小明星，经常为了玩篮球逃课。对不喜欢的事，她就不肯上心。她小学班主任蔡老师每次家访都说："盛林的语文、体育是顶尖的，但数学是倒数的。"我劝她认真学学数学，她哪里听。想到老中医的话，我又不敢说她。我也糊涂，认为以后读文科，数学差点有啥关系。真没想到，林儿高考时数学一败涂地，差点没能读大学。

林儿办事果断，独立性强，在同学中有影响力，很小就有"粉丝"。学军中学是杭州的名牌中学，人人争先恐后，可她不这么认为。她在学军中学只读了两个月的书，就自说自话，不征求任何人意见，擅自转到十三中，还带走了几个"粉丝"。等我们知道时，她已在十三中上课一学期了。

林儿虽然主观意识强，但没出什么偏差。她敢和万里之外的菲里普相识并结婚，事实证明她对了。菲里普是个善良、聪明、能干的人，他俩没有价值观及生活习惯上的隔阂，兴趣相投。我在美国三个月，观察得很透彻，他俩确实相爱。我舍不得"小棉袄"远离，但看到她幸福，我也幸福。

林儿说，写作是为了回味。林儿说得对。人一生何时不在回味，进入老年以后就是在回味中度日。

林儿的书《生活本就是田园》很细致也很真实，写出了我在美国的新鲜感、快乐感、满足感，写出了菲里普对我的爱，我对菲里普的爱。我们在美国的家做所有事都离不开菲里普,虽然语言交流有障碍,但感情交流没有丝毫困难。

读这本书,我又重温了美国生活,菲里普经常带着我们出游,去著名的休斯敦医城,去著名的中国城。印象最深的,是去得州府所在的奥斯汀,我们在那里参观了得州府,走进了议员会议厅;菲里普还带我们去著名的商城购物,品尝得州美食。有一次,他带我们参观了沃顿镇博物馆,我惊奇地看到,菲里普和馆员们为林儿打造了"盛林中国画展"!菲里普还带我们参观教堂,拜访林儿的朋友,拜访亲家安妮……

我们经常早出晚归,迎朝晖送晚霞,目睹得州大平原,领略什么叫"一马平川",感受壮观的地平线。那弧形的地平线,清晰地勾画出地球这块大岩石,它并不大,只是天地间一粒顽石。我们感叹宇宙之大,人之渺小。

我喜欢得州的傍晚,十分迷人,深蓝得令人发怵的天空,镶嵌着点点白玉,那是星星。满天星斗笼罩大地,令人充满遐想。

我们在得州的日子晴天多,每次出行总有蓝天相伴。路上难见行人,风光自然,像个大农庄,到处是树林草地,矮小的房子隐藏在树林中,如同童话。从早春到暮春,路旁一直开着诱人的野花。有时走着走着,突然看到无数候鸟栖息在水泊上。这样的环境纯属自然状态,没有人工修饰,我很喜欢。

我们所到之处,高楼大厦不多,商店、超市、民房都是矮屋,外表土气,但走进去,都很漂亮。有一个加油站的厕所,我第一次去,还以为是艺廊,到处挂着油画,摆着工艺品。一走进去,我们就被高雅的氛围感染。美国的厕所都漂亮,我们在美国,爱去厕所。

　　亲家母安妮也很会装饰,她的家宽敞亮堂,有一大柜一大柜的杯碗瓶盘,都是她精心收藏的"古董"。墙上挂着她自己画的油画,鲜花摆满每个角落。一个大树肉墩放在房间最显眼的地方供欣赏。美国人乐意把旧东西、老东西摆出来,他们认为,这是最好的东西。

　　我和大女儿盛秋在美国林儿的家似乎年轻了不少,因为菲里普总是不怕辛苦,拉着我们到处玩。我们母女仨玩得很开心。饿了,就去饭馆吃喝,什么没吃过就吃什么。三个女人,每周有三天不用做饭,在外面吃喝玩乐,实在潇洒。这是我这一生中最潇洒的日子。

　　当然,我们还有大把时间在家里度过。菲里普上班去了,我们母女仨就任着性子做自己爱做的事:在狼道散步,采野花,看孔雀,整理院子。我们家鸡鸭鹅狗猫都有,是名副其实的"大家庭",所以我们得喂鸡鸭收蛋蛋。最委屈的是家里那架钢琴,没有拜师学艺过的三个人轮番着敲打它。那段时间,我忘掉了"老"字,感觉自己是年轻的母亲,两个女儿也感觉自己还是小孩子。她们依偎着我,我宠着她们,重返远辞的岁月。有一天,秋逗最难相处的大白鹅,鹅恼了咬她,她一边拼命逃一边喊:"妈妈! 妈妈!"等我找到工具去救,她已绕房一周,逃到家里,我就跑出去骂鹅,为她出气。我弹琴时,两个女儿翩翩起舞,十分陶醉快乐。菲里普总是说:"妈妈有两个快乐的女儿。"

　　三个月,时间不长,我还是学了不少东西,懂得了去医院看病要预约,去邻居或亲朋家也要预约,不能突然光临;还学会了拥抱。有一次,我伸手和一个美国朋友握手,她迟疑地说:"我们是要抱的……"入乡随俗,以后就以抱代握。在家里,我们四个人每天都抱来抱去,很温馨。我还学会了喝自来水,喝冰水。美国人认为,喝冷饮可以保护食道和胃黏膜,止血降血压,减少患脑中风的概率。

还有一点很重要,我学到了美国老人的开朗态度。上了年纪不要总惦记自己老了,要开朗,要贪玩。美国老人最讨厌别人说他老。安妮说:"有人说我老,真生气,我才七十几岁呢!"安妮喜欢旅游,每年好几次,国内国外都去。安妮很漂亮,她还想更漂亮,去海滩晒太阳,希望自己黑而健康;她还像孩子一样戴牙套、矫正牙齿,想更美。是啊,生活有没有乐趣,关键在自己。我要向安妮学习,哪怕学一点点。

这些"好笑"的故事,林儿都写进了这本书。

这本书写的是美好的春天故事,一个老人的快乐故事,一个中国妈妈和美国女婿的故事。书里有满满的爱,伴我晚年,慰我晚年。谢谢林儿!

借此机会,也要谢谢女儿盛秋,谢谢你伴我走天涯;谢谢孙儿添添,谢谢你亲自把我接到美国的家;谢谢亲家母安妮,谢谢你的热情款待!

特别要谢谢女婿菲里普,谢谢你如此爱我的女儿,谢谢你为我做的一切。并借此机会,再次对林儿和菲里普说:妈妈爱你们!

贺惠姬

2016 年 5 月于杭州

自　序

　　2014 年的早春,妈妈来了,来到了美国,来到了她女儿的家。一起来的,还有姐姐盛秋。

　　她们在我家林间的小木屋,度过了整整一个春天。

　　老妈的美国生活,是在琴声、歌声、笑声中度过的。

　　是什么让妈妈如此快乐?是蓝天,是空气,是草地,是我们的团聚。而最主要的,是她的女婿。

　　我们都知道,妈妈来美国,是来看女儿,是来看女儿家,是来看美国风情,但这些并不是重点,她的重点是看女婿菲里普。她的女儿写了好几本书,本本关于美国,本本关于菲里普,本本都很美很美。那么,美国生活,女儿家,洋女婿菲里普,是不是如她写得那么好?她必须来看看,她八十岁了,拼了命也要来看看,看了才放心。

　　所以妈妈来了,认真仔细看了。她在三个月里,体验了奇趣的美国生活,感受了纯朴的乡村风光,并真真切切看到了美国女婿的美好心灵。她离开时很开心,很放心。她回到中国后,见人就讲美国,讲见闻,讲女婿,听她讲故事的亲友边听边笑,因为妈妈的经历

1

太有趣了,美国的生活太有趣了。妈妈就会对他们说:"呵呵,别笑,这就是美国的生活。"

妈妈来了,又走了,一晃三年了。这三年,我天天想念妈妈,天天去看树,看那棵妈妈亲手种下的树。那是一棵金橘树,它从春天到冬天,从不落叶,而且不断开花结果。雪白的花,金灿的果,总是沉甸甸压弯了树枝。

记得妈妈种下金橘后,我们都品尝了,果子很甜。但是今天,我摘下来咬了一口,却很酸,酸得掉眼泪。是不是金橘和我一样,因为想念妈妈,蓄满了酸楚的泪?

我写这本书的时候,心里一直充满快乐,因为我在每一行字里,看到了妈妈的笑容。妈妈在美国的三个月,每天笑声朗朗,笑容灿烂,我要把妈妈的笑,全部留在这本快乐的书里。

今天,我终于把书写完了。这是一本有趣的书,让人一直笑的书。美国人,美国生活,很多地方和我们不一样,甚至完全相反,这就是让我们笑的原因。

这本书写好后,我请求妈妈为我写个序,她答应了。她说,她是为我写,也是为菲里普写,她要在序中告诉我们:"妈妈爱你们!"她要让这句话随着我的书,永远被记载下来。

《生活本就是田园》是我赴美七年间出版的第五本书。

写书稿费很少,写书很苦很累,写书是件让你掉头发、累颈椎的事。可以这样说,写书是你自己把自己绑架了,绑在电脑前。所以,很多朋友问我,既然这样,为什么要写?还马不停蹄地写?知道吗,这是网络时代,电子时代!

我当然知道。我知道书的寂寞,写书人的寂寞,出版人的寂寞。

　　我为什么写？是为了心中的回味。《嫁给美国》，是对美国生活的回味；《因为爱，飞往美利坚》，是对我和菲里普爱情的回味；《洋婆婆在中国》，是对我的美国婆婆的回味；《骑越阿尔卑斯山》，是对一次生死旅程的回味。这本《生活本就是田园》，是对我们中美一家人一段幸福时光的回味。

　　每个人都有很多值得回味的事，日子有多长，回味就有多长。人的一生就是无数回味。每一次回味都有重量，都有温度，都有心跳。

　　这就是为什么我要写书，我要把我的所有回味写成书，我要把所有我爱的人、爱我的人写进书里。然后把它捧在手上，贴近心口，感受它的心跳。它的心跳，实实在在，就是我的心跳。

　　借此机会，感谢所有一直读我的书、鼓励我前行的亲友和读者，谢谢你们的目光和时间。谢谢出版社对我的选择和支持。感谢我的策划人周华诚的一路相伴。

　　因为你们，我会继续写，我们继续书里见。

　　这本新书，献给我亲爱的妈妈、姐姐，也献给你！

盛　林
2016 年春

目 录

第一章　将行

相约春天

嫁到美国的第一年,我在这头想妈妈,妈妈在那头想我。我哭泣,她垂泪。有一次,妈妈做了个梦,说菲里普和我打架,一脚把我踢进了鸡笼。鸡笼多臭啊!我妈醒了就号啕大哭,还告诉了我姨贺春姬。我姨说:"姐啊,这是梦啊!小菲怎么可能是这样的人!"但一转身,姨告诉了我:"林啊,自从你去了美国,你妈天天以泪洗面,不放心啊……"

听了这话,我号啕大哭。

菲里普急了:"说看来中国丈母娘还是不信任我,这样怎么行!亲爱的,快把妈妈接到美国,我要让她看看,我是多么爱你,你可以当她的面把我踢进鸡笼!"

听了他的话,我"扑哧"笑了,并下了决心,一定要把妈妈接来。我要当她的面把菲里普踢进鸡笼,让她看一看,东风吹,战鼓擂,我和菲里普到底谁怕谁!

我开始向老爸老妈挥动橄榄枝,希望他们来看看我,考察考察菲里普。

我老爸脖子一挺："美国？轿子抬我都不去！"他一直认为，女婿抢走了他女儿，这个仇一定要报。怎么报？拒绝去美国！老爸这一招很管用，美国女婿听到这句话就蔫了。我们家，他最怕的人就是我老爸。

老妈呢，对去美国的事，不摇头，不点头，管自己绣十字绣。

我只好泪洒茶杯！

第二年，我继续挥橄榄枝，结果挥来了王越，我的同事加好友，一位心理大师。我就向大师哭诉："我想妈妈啊！"大师听了也是泪洒茶杯，回到杭州就当了说客，对我妈说："阿姨啊，林在美国太幸福了，你的洋女婿对林太好了，你们真的应该去看看！"

老妈说："王越，林如果真的幸福，我女婿真的好，我就放心了，谢谢你！"说罢继续绣十字绣。

第三年，我把橄榄枝加加长，刷刷绿，狂挥。这回挥来了偲偲，我的宝贝外甥女。偲偲被我的本鸡汤、甲鱼汤"收买"，回去也当了说客："外婆啊，阿姨想你呢，快去美国吧！"

老妈看看小偲偲，她最疼这个小女孩了。她说："偲偲啊，老人的心呢，都是一样的。只要你们幸福，我就满足了。"

老妈还是一心一意绣十字绣，好像她生命中最要紧的事是千针万线绣十字绣。绣十字绣比看女儿还要紧。泪洒茶杯啊！

第四年，老妈宣布，她为每个人都绣了十字绣，想要就来拿吧。于是发生"哄抢"事件，我从得州牧场直冲杭州九莲我妈家。但什么都没抢到，老妈为我绣的美人鱼被老姐盛秋抢去了，她说得很好听："林林，我不是抢你的，这么大的东西你带不走，我帮你保管！你总不想让盛力保管吧？"二姐盛力更扎手，这美人鱼到了她手上，就不是保管,是接管了。好吧,就让大姐保管吧! 泪洒茶杯啊!

我对老妈说:"妈,我的十字绣没了,你得赔我!"

老妈说:"我绣个小的,你带走。"

我说:"我不要十字绣,我要你跟我去美国!"

老妈说:"别的好商量,去美国的事不考虑!"她把自己关进房。干吗? 绣十字绣。她说要给三个外孙各绣一幅,在他们结婚时送给他们,他们看到十字绣,就像看到外婆。

我只能双手空空回美国。泪洒茶杯啊!

前年春天,我的洋婆婆安妮跟我回了一趟杭州。站在桃花盛开的白堤,两亲家相会,安妮对我妈妈说:"飞机,我来过中国了,你也应该去美国看看。"我妈叫惠姬,安妮总是说成"飞机"。

我妈听了安妮的话马上说:"去,一定去!"

我妈这个"一定去"让我和她的女婿,当然还有安妮,激动了好几天。

但安妮一走,妈再不提这个"桃下之约",还是一心一意绣十字绣。一年过去了,她的"一定去"像风筝一样还在天上飞,飞得很高,我跳起来都抓不住。妈咪呀,你说一定去,哪天去?

我只好找我姨贺春姬,施"苦肉计",在 QQ 上狂打哭脸表情,狂扔"骷髅",狂扔"破碎的心"。我姨心疼得一塌糊涂,马上转头向她老姐施"苦肉计",打哭脸,扔"破碎的心"。她说:"老姐,林想你想得好可怜,吃不下,睡不着! 我的心都要碎了!"

我和大姨的联手"苦肉计"把老妈吓着了,她连声说:"美国我想去的,天天都想去,怎么不想去! 我如果亲眼看到林真的幸福,女婿真的好,死也瞑目了⋯⋯可是⋯⋯我怕坐飞机啊,恐高啊⋯⋯

年纪大了,我是'30 后'啊!"

妈妈说她是"30 后",因为她是 1934 年生的,但这不是理由,所有医生都说我妈是健康老人,活到一百岁没有问题!再说"30后"算什么!我有一个朋友,父母都是"20 后",毛病一大堆,拄着拐,照样像鸟一样飞来飞去。至于妈妈有恐高症,这事不假,因为我也有,她"传"给我的。我记得小时候去姨妈家玩,是一个叫西村的地方,美如仙境,唯一不好的,过大河得过独木桥。长长的独木桥十来米高,下面是"哗哗哗"的流水,看一眼头晕了,看两眼站不住了,看三眼趴下了。别人大步流星过去了,可怜我和老妈,四手四脚爬过去,爬得花容失色。

但我心里清楚,恐高只是借口,妈真正怕的是一件事:生病。

我妈是个很坚强的妈妈,生孩子、生病、开刀,从没怕过。记得她开鼻息肉,医生不用麻药,怕麻坏脑子,硬生生剐。我妈说,那刀剐的痛,比生小孩不知道痛多少。但我妈没叫一声,没流一滴泪。她做手术时,我在一边看,看得手腿冰凉,泪如雨下。

那么,为什么我妈现在怕生病了呢?她是怕连累我们。

在美国没有保险,生个病,哪怕割个小痣,也是天文数字。病没要你命,钱会要你命。所以我妈很怕,万一在美国生了病,债台高筑,要了我和菲里普的小命。我妈是这样的妈妈,谁想要我们的命,哪怕要我们一根汗毛,她和谁拼命!无论何时何地,她要用自己的命保护我们的命!

怎么办呢?我妈怕在美国生病,这个"怕"不排解,赴美的事,老妈不可能点头。

于是我派她女婿出场,电话聊天,我当"中转"。女婿对丈母娘说:"妈妈,你一定不会生病的! 上帝保佑妈妈!"

丈母娘说:"啊哟,年纪大了,说生病就生病。生病怎么办?"

女婿说:"生病看医生!"

丈母娘说:"我知道的,在美国看病是天文数字。给你们添压力、加负担的事,我绝对不做! 坚决不做!"

女婿说:"妈妈,医生只管看病不管收钱。你回中国了,账单才到!"

丈母娘问:"那你们怎么办? 往哪跑?"

女婿说:"我们不用跑,没人追我们!"

丈母娘问:"追我? 追到中国来吗?"

女婿说:"追是不会追的,但从此妈妈不能在美国贷款,买大房子……"

丈母娘说:"我要买大房子干吗呀? 不买!"

女婿说:"那就成了。妈妈,只管放心看病!"

丈母娘还是不放心:"真的没人讨债?"

女婿说:"妈妈,你下一次来美国,也许有人向你讨。"

丈母娘马上大声说:"来一次够了,没有第二次!"

女婿也大声说:"妈妈,这就对了! 我交了那么多税,中国人借给美国人那么多钱,欠点医药费算什么呀! 他美国的!"美国女婿豪气冲云天,粗话都出来了。

丈母娘还是再三求证:"真的吗? 真的不用担心在美国生病? 真的不会增加你们的负担? 真的……"

这回,女婿还没回答,我抢着回答:"妈,你不相信我,还不相信你女婿?!"

我妈说:"相信相信! 好吧,我去办护照!"

嘿嘿,美国女婿厉害,终于把中国丈母娘说动了!

其实菲里普没逗妈妈,在美国,有政府医院,也叫"奥巴马医院"。你生了病直奔政府医院,当然,得去看急诊。医生先治病,把你救活了才问名字。治好了养胖了,你前脚回家,账单后脚才到,账单付不付,医生不管。那么账单的事归谁? 归医院财务。你对他们说,钱没有,命有一条,他们也没办法。他们不是警察,不能抓你;他们也不能坐到你家,那叫"非法入侵",你可以请他们吃子弹。当然了,赖账的结果,你的信用受到损失,不能贷款是真的。但美国人不在意,不能贷款就申请当穷人,政府贴钱贴房子。下次生病,赖账的理由更足了:我是穷人,你怎么着?

所以说,美国是医药费最贵的地方,也是最不怕生病的地方。

当然,医药费最后得有人买单,不然医生都要饿死了,医院都要关门了。最后谁买单呢? 政府。政府的钱哪儿来的呢? 纳税人。所以,菲里普的话一点不过分,他的血汗钱,50%都交了税,交了三十年,我们妈妈看个病还要交钱? 他美国的,不交!

妈妈怕生病的"心病"一除,真的和秋一起奔出入境管理处办好出国护照,然后向全家宣布,她和秋明年春天要去美国了,看女儿,看外孙,看女婿! 大家可高兴了,纷纷祝贺,说代他们看看林,看看洋女婿。我妈说,那当然了,重点看女婿!

我妈说重点看女婿,意思很明确,看你不好,踢你进鸡笼! 菲里普听了我这话,吓得差点主动往鸡笼里跳。

"30后"的老妈一辈子很少出门,现在一飞就飞出国门,飞向大洋彼岸的美国。这件事是我们家很大的一件事,很喜庆的一件事,很拽的一件事。我哥盛为民说:"老妈,支持你去美国!别担心老爸,我陪他吃饭。"二姐盛力说:"老妈,支持你去美国!别担心老爸,我陪他住。"大姐盛秋说:"老妈,他们一个陪吃,一个陪住,我呢,我陪你去美国!"

我妈要去美国这件事,我姨贺春姬最开心。她心疼我,知道我脖子伸得很长,天天苦等老妈,所以她对我妈说:"姐,宝贝女儿看到你,不知道会多高兴!你呀,放心去,别担心姐夫,我们都会关心他,给他送菜吃。"

这时,我家添儿也开口了:"外婆,什么时候来?我飞过来接你,一路给你当保镖!"

我妈的腰板,被众"粉丝"们挺得笔笔直。

你可能要问,我老爸呢,他什么态度?我老爸的态度是不支持,也不反对。不支持是因为他从来不喜欢美国;不反对呢,他知道我妈占尽天时地利人和,反对是"逆历史潮流",自找麻烦。既然我妈非要去感受"帝国主义的腐朽",要去考察他的"情敌"洋女婿,他不如顺水送个人情。于是他对我妈说:"去吧去吧,我热烈欢送!住三天住不牢了,马上回来。对了,如果菲小子对林不好,把林一起带回来,我热烈欢迎!"

我爸此话一出,我妈就在 QQ 上给我留言:"林儿,我们相约在春天!"然后,老妈和秋马上和美国大使馆约会。约什么会?面试!签证面试!

听到老妈要去面签这一消息,我和菲里普心花怒放,斟酒干杯!菲里普一杯又一杯,很快醉了,醉了就说醉话:"啊哈哈,丈母娘要来了,丈母姐也要来了!干杯干杯!"

这女婿醉昏头了,什么叫丈母姐?叫丈姐姐才对!

面试风云

面试的目的是拿签证。签证是进美国的通行证。

面试通得过,给红旗——一片红纸,意味着你获签了,美国欢迎你!听着很容易,不就一片红纸,咱跑过去拿不就得了。但其实很难缠,这片红纸不是那么好拿的。面试你的人都经过特别训练,他们看你的眼神充满敌意。是的,他们把你看成敌人,于是又是少林拳,又是少林棒,"往死里打"。别小看他们,他们驻在中国,少林"七十二绝活"样样精通。所以你就被"逼上梁山",拼命抵抗。这是一场混战,走出签证厅的人,哭哭笑笑、骂骂咧咧、疯疯癫癫的都有。

我这样描述,不是乱描述,美领馆我是"二进宫"。第一进,拿访友签证,被签证官的少林功夫打得七窍生烟,败下阵来。第二进,拿移民签证,更残酷的较量。签证官又是五毒散,又是旋风拳,还有小李飞刀,刀刀封喉。好在这次我苦练内功,勤习武术,和签证官过招时,使出排云功、化雨法,最后来个黄蓉的逍遥游,才险胜过关,拿到了《九阴真经》,准确点,拿到了签证,凯旋归营,和菲里普在光明顶上胜利会师！嘿嘿，整个武侠小说！欲知故事详情，请看我另一本书：《因为爱，飞往美利坚》。

老妈在电话里听完我的描绘，呵呵一笑，先说，女儿，你应该试着写写武侠小说！然后说，她才不怕，她贺姥姥是人，签证官也是人，人能吃了人？再说，她是"30后"，老百姓，遵纪守法，清清白白的贺姥姥，美国人难道还怕她？"就算他们怕我，我不怕他们。我这就会会他们去！"

一个阳光明媚的清晨，贺姥姥雄赳赳直奔上海美国领事馆，身边护驾的是盛秋秋姑娘。

两人进得签证大厅，马上感觉到压力。人很多，室内很挤，面试官和面试人隔着一堵墙。坐在墙洞那边的面试官，黑、白、黄三种皮肤，黑、绿、蓝三种眼睛，凶、狠、毒三种表情。他们叫一个号，上一个人。被叫上去的人都有点跌跌撞撞。面试官问话时，脸拉得比马脸长，眉锁得比链子紧，眼瞪得比铜铃大，然后一声吼："下一个！"就算你是老虎狮子，也要哆嗦几下。

哆嗦是一种像流感一样的东西，传播速度很快，贺姥姥本来不哆嗦，现在不得不哆嗦起来。她心里想："咱家林儿说得不错，这儿不是在面试，是在捉本·拉登呢！"

一边保驾的秋姑娘眼睛滴溜溜转，转着转着放出光芒来，与老妈耳语："看，那个面试官好，和别人不一样！"秋姑娘指的面试官肤白、眉清、眼秀，一介白面书生。他果然好，不但面无杀气，还挂满笑容。凡是和他过招的人，上去笑嘻嘻，下来笑嘻嘻，不哆嗦。

贺姥姥看罢，点头吟："此后生果然面善！"

两人当下心里念经："菩萨保佑，上帝保佑，让我们去'白面书生'的窗口!"

其实等待面试的人都发现了"白面书生",都发现他是面试官中唯一会笑的,所以都在心里念经,盼望去"白面书生"的窗口。但满满一屋子人,想轮到"白面书生",真的需要菩萨或上帝保佑。就在这时,"白面书生"又在叫号,叫的是谁?嘿嘿,正是俺家的贺姥姥和秋姑娘。

贺姥姥和秋姑娘如中大奖,脚下生风,直奔窗口。那"白面书生"温温相视,笑问:"两位可好?"声音温甜,标准普通话。

贺姥姥和秋姑娘不甘示弱,皆以洋文对答:"哈罗!哈罗!"

"白面书生"莞尔一笑,开问——此行何去?何从?何时?何地?何人?何由?何故?何为?见何人?居何处?

一串长问,听上去温绵,却滴水不漏,步步紧逼,不容你有半点喘气机会。贺姥姥暗想:"此后生看似面善,却内功高强,应该是江湖上传说的笑面虎!"便叮咛秋姑娘:"此人实为笑面虎,不得轻心!"秋姑娘得令,亮剑迎战,剑步如虹,步步为营,第一回合下来,战果累累。

"笑面虎"见势,心里惊愕,没想到秋姑娘看似文弱,却有钢筋铁骨,功夫了得!便锋头一转,直点贺姥姥:"贺老前辈,此去美国,究竟为何?"

贺姥姥昂首作答:"探我小女,探我女婿,探我孙儿!"

"何时往?何时归?"

"早春去,暮春归!"

"孙儿何人?"

"菁菁少年,大学学子,来年初夏学成毕业!"

"贺老前辈,可想赴孙儿的毕业典礼?"

"正是姥姥心想!"

对答如流,秋姑娘一边观战,心里为老妈叫好。却没想到,此时风云突变,"笑面虎"突然收住笑容,喝道:"前辈早春去,暮春走,如何赴初夏的毕业典礼?"问完,手腕一抖,飞出一串柳叶飞镖,直捣贺姥姥心窝。贺姥姥暗中叫苦:此"笑面虎"果然不凡,我如此严防死守,还是让他挑出漏洞!

说时迟,那时快,秋姑娘一个"蝶儿护花",护住老妈心脉,同时反手一剑,挡掉柳叶飞镖,道:"考官可听清,老妈说心想,未必一定成行。赶不上毕业典礼,我们提前前往庆祝!"

"笑面虎"哈哈一笑:"那就可惜了。这个大会,是孙儿的英雄大会,岂可缺席? 贺老前辈,秋大侠,小生献上一策:暮春一到,若想滞留美国,可递交滞留申请,意下如何?"说罢,目光阴霾,盯住贺姥姥和秋姑娘,看她们如何应对。事实上,美国人最怕外国人滞留不走,想滞留便是移民倾向,历来"格杀勿论"。"笑面虎"这一招,江湖人称"温柔绵掌",看似绵掌,却是毒掌,掌内饱藏七花毒针。这个温柔绵掌凶狠毒辣,颇有隐蔽性,不知道多少江湖豪杰中此毒招,为此丧命!

但咱贺姥姥岂是等闲之辈,一眼识破温柔绵掌,高声喝:"谢了你的美意! 你美利坚有何要紧? 我贺姥姥早春去,暮春归,时辰一到,立马走人,半个时辰都不多留!"说罢,一掌击退"笑面虎"的温柔绵掌。这一掌大名就叫"贺家降龙掌",和著名的"降龙十八掌"是同系,温柔绵掌的克星!

"笑面虎"一声惨呼,失了一掌,血流如注。知道大势已去,长叹一声:"我'笑面虎'英名一世,未料今日栽在贺家掌下!"当下,向贺姥姥和秋姑娘拱手奉上签证。

此战告捷,贺姥姥笑如春风,携秋姑娘昂首而去,身后留下袅袅余音:"江湖比武,胜败乃兵家常事,若要再战,来年春分子夜时……咱们狼道见!"狼道就是我家门口的路,名叫狼道。贺姥姥约"笑面虎"在狼道比武,他肯定死定了,迎接他的有三军勇士鹅鸭鸡,伺候他的是鹅掌功、鸭嘴尖和鸡爪疯!

嘿嘿,武侠小说《面试风云》收笔。对不起,看了太多的武侠书,中毒很深,有机会就瞎比画几下,见笑见笑。不过老妈的面试呢,真的就是这么一个过程。应该说,这是一次很顺利的面试。直到现在,老妈回忆起来也总是说:"那个'笑面虎'是面试官里最英俊的,也是最好说话的,幸亏我们碰上了他!"

那么,我在这里谢谢那个"笑面虎",不,那个面试官。谢谢他,没有挡住我妈赴美的脚步;谢谢他,成全了我们母女相约春天的心愿!

宜居工程

老妈整装待发,吹响了进军美利坚的号角。老妈的"粉丝"们一片喜洋洋。首先就是"春粉"和"云粉","春粉"就是我姨妈贺春姬,"云粉"就是我表妹贺一云,她们代表全家,编草鞋、缝米袋、挑军粮,"欢送红军上前线"。

老妈将行,中国"粉丝"热烈欢送,美国"粉丝"——我,还有菲里普,不甘落后,热烈欢迎!欢迎的具体行动,就是开展"宜居工程"。

宜居是近几年的新名词。宜居工程也可以叫"旧包新"。记得当年杭州搞"旧包新",刷刷新,抹抹平,包包靓,从此年年被评为宜居城市,全国第一。我在美国的家,三十年的老房子、老院子,能不能评上"宜居",让老妈、老姐喜欢,也得靠"旧包新"!

这番话,是我对菲里普的战前动员。听了我这番动员,他二话不说,亲自挂帅宜居工程。工程有以下内容。

第一,洗房子。我们的小木屋已经好几年没洗了,经过风吹雨淋,漂亮的咖啡色变成灰、黑、黄、白混色,白的是鸟便便。这张生动吓人的"脸",不能让丈母娘和丈姐姐看到,不然她们肯定认为我嫁到美国,住的是贫民窟,过的是水深火热的生活。说不定应了丈人佬的预言,我妈住三天就跑了,还把我打包进行李带走!

听了我这番恐吓,菲里普能不洗吗?洗!

七月阳光毒辣,正是洗房子的大好时机。洗房子的工具是高压水枪,又长又重,和枪一样有扳机,看上去很好玩。我抢先玩,没想到扳机一扣,水流射到天上,人倒在地上,屁股那叫一个痛啊!这哪是水枪,明明是火箭炮!菲里普夺过水枪,吓我说:"当心射到脚上,比刀还快,割了脚!"我的妈呀,没脚我怎么走路!我不敢玩了,靠边观战。只见菲里普光膀、扛枪、瞄准、"哒哒哒哒"扫射。扫射了一天,房子变得一尘不染,露出了嫩嫩的木头本色。

我们还有一幢大房子,英文叫 shop,是菲里普的工作房兼储藏室。这幢房子里面塞满了破东西,当然,菲里普称之为古董。shop 三十年没洗了,洗 shop 得动用十把水枪。但我这话刚开了个头,菲里普就反对了:"亲爱的,shop 是古董房,洗坏怎么办?"美国有条法律,二十五年以上的东西都是古董。比如,二十五年以上的老车,能领古董牌照;二十五年以上的碗,能进古董店。菲里普的 shop 三十年了,洗坏了就是破坏古董,菲里普会和我拼命的,古董保护协会也会找我算账的。唉,破坏古董的罪不小,那就不洗了吧。

第二,漆房子。房子洗干净了,得立马油漆,为什么?一怕潮,潮了房子会烂;二怕虫,虫会蛀房子;三怕脏,比如鸟儿们的便便,比油漆还厉害,拉上去,渗进去,水枪都难洗!所以,漆房子的事刻不容缓。漆成什么色呢?有了分歧。我喜欢红,天生喜欢红色;菲里普喜欢黄,天生喜欢黄色。争执不下,于是致电老妈和老姐,问她们的意见。她们异口同声:"红!"菲里普抵不过"红色娘子军",就买了红漆"唰唰唰"开始刷房子。他刷高处,我刷低处。刷好后,白种人菲里普还是白人,黄种人盛林变成了红人。说实话,油漆这活儿看看简单,其实麻烦,手腕功夫得练三年,练好了油画也会了,难怪美国人都会画油画。

但不管怎么说,红房子很漂亮,两个油漆工绕着红房子一圈圈看,很满意。

第三,拆房子。当然不是拆红房子,是拆红房子边上的白房子。准确地说,应该叫黑房子,它也是三十年没洗了,由白变黑。黑房子干什么用的?美国人不像我们喝河里湖里的水,他们喝百米之下的地下水,城市统一挖井,造个大水塔供水;乡村呢,造房子时就把井挖好了,用小水塔供水。我家的小水塔,就在这个黑房子里。当然,这个黑房子也当过动物园,鸡睡过,鸭睡过,羊睡过,狗睡过,老鼠睡过。它有好多破洞,是让黄鼠狼、浣熊偷鸡时咬出来的。房子破得要命,风一吹就吱呀呀叫。有一天晚上,我跑出去看月亮,经过黑房子,听到"吱"一声,从里面窜出一样东西,月光下像鬼,吓得我马上就地趴下。我最怕鬼。"这黑房子,吓着我没事,不能吓着你丈母娘丈姐姐,必须拆!"

听了我这番恐吓,菲里普不拆行吗?拆!

拆房子的事我看多了,杭州工程队拆房子,"哗哗哗"就把房子拆了。所以我也想玩玩拆房子。但没想到,这破房子看看眼斜嘴歪,弱不禁风,身上却布满了长钉子、短钉子、胖螺丝、瘦螺丝,墙脚还有 N 根螺纹钢,我拔了一枚钉子、一枚螺丝,就累得坐到地上了,只好看菲里普干活。菲里普又是大锤子,又是大扳头,又是大斧头,"嗨呀呀"喊号子,为我表演拆房子。他说他十四岁就会拆房子了,帮人拆,一小时赚 20 美元。

太阳西下,黑房子拆得只剩一面墙了,那墙在风里摇摇晃晃。菲里普向我努努嘴,我知道轮到我了,便冲上去推。手刚碰到墙,墙就"哗"地倒了。我厉害吧!都说墙倒众人推,其实墙要倒的时候,不推也倒。众人推墙真的有点过分。所以记住,看到墙要倒了,别人要推,让别人推,墙会感激你的。

第四,造房子。黑房子倒了,水塔没房子"住"了,当然得造个新的,而且要造得大,不但让水塔"住",还让摩托车、割草机、钓鱼船"住"。我们的钓鱼船,买来后没地方放,一直露宿院中,松鼠上去做窝,野猫上去睡觉。最过分的是鸡,上去生蛋,然后蹲着孵小鸡,害得我们只能停止钓鱼活动,每天给产妇送水送饭,全心全意伺候宝宝。"这样怎么行,船不能再露宿,必须造个车船库!你丈母娘丈姐姐……"

这回我话没讲完,菲里普就连声嚷:"造造造!"

造新房子的事,我一点也搭不上手。首先要设计,设计要做数学,我一听数学头就大三圈。造房子还要打地基、拌水泥、浇水泥,这些都是力气活。一包水泥 85 磅,和我差不多重。这些活我都干不动,只好当志愿者,帮工人递递水,擦擦汗。

菲里普造房子很专业,也很会创新。比如拌水泥,他找一只桶,放进水和干水泥,封口后用脚踢,把这只"搅拌机"从草地这头踢到草地那头,再从那头踢回来。他后面跟着刚刚,刚刚是只大白鹅。他踢一下,刚刚叫一声,帮他配音。就这样他一口气踢了 20

桶,把强大的地基浇好了。地基浇好了,菲里普也累趴下了,倒在地上喘气如牛。我赶紧上前,先喂水,再喂蛋,最后做人工呼吸。人工呼吸很管用,做完他就活蹦乱跳了,继续造房子。后面的事,木工、电工、水工、泥工,"哐当哐当"进行得飞快。上梁这天,女儿、女婿、外孙都来帮忙,大家"嗨呀嗨呀"一起使劲,梁就上好了。

新房子刚造好,车啊船啊刚入住,验收者就来了。谁?飓风!五年里最大的飓风,"噼里啪啦"刮倒很多大树,我们的新房子却岿然不动,验收合格!

第五,拆露台。我们的旧露台一米高,四十平方米,三十岁高龄。按美国法律,当然也算古董。这件古董患了骨质疏松,站上去的人多了,老骨头就"咔咔"响。这件古董的牙缝也很大,大到脚能塞进去,却拔不出来;好不容易拔出来了,鞋子袜子全被它吞了。鞋子袜子一般都由我家的茉莉捡。茉莉是条狗。当然,这件老古董最不好的地方是没有门,晚上棕熊来走走,野狗来走走,有时狼啊豹啊也来走走。我睡眠差,不管谁上来走走,"咔咔咔","咚咚咚",听得我心惊肉跳,生怕谁破门入室。我们家的门是没有锁的!"还是那句话,吓了我没事,别吓了你丈母娘丈姐姐……"

听了我的话,好女婿一声不吭,直奔 shop 拿铁锤,开始拆露台。边拆边挥泪,拆古董啊!

不过,拆露台比拆房子快多了,我也积极参战。菲里普手把手教,我虚心学,学会了用电钻拔钉。夫妻合作,我拔钉子,他拆木头,拆一根少一根,很快拆得精光。没烂透的木头被他搬进了shop,当古董收起来了;烂透的木头堆在一起,一把火烧了。看着露台遗址,菲里普一边抽烟斗一边伤心,他说:"我在这个露台看星星、看月亮,看了三十年了……"

我安慰他:"亲爱的,旧的不去,新的不来,我们一起造个新的!"

这样,就有了第六件事,造露台!

造露台战役,菲里普非常投入,比前几次战役投入多了。为什么呢?他说前面的事靠蛮力,没艺术性,但造露台不同,造露台是一种创作,他要造一个又舒适又艺术的露台,有花箱,有木椅,有秋千,有盆景,有鱼池,一边一个木栅门,从此谁都不许乱进,我们夫妻俩呢,每晚坐在这里看星星、看月亮。丈母娘丈姐姐来了,我们一起看。

我听了很感动,马上点赞:"老公,你太有才了!我太崇拜你了!""叭"一个响吻。菲里普立马扔了烟斗,摊开白纸,设计露台。

从这天开始,菲里普一下班就扑在工地上,打地基、锯木头、敲钉子。他算过了,这个露台加上木栏,要用 125 根木头,3120 枚钉子。他干活时,我没有袖手旁观,而是帮着一起敲钉子。木头是橡木,硬得像铁一样,钉子 10 公分长,菲里普敲一枚,5 秒钟;我敲一枚,5 分钟。敲了不到 3 枚,我的手就长了血泡。

我们劳动时,边上放了只破收音机,五十岁的老古董,只能播一个音乐频道,反反复复播一样的歌曲。两周后,露台造好了,那些歌我也倒背如流了。不信我唱给你听:"Trouble ... Trouble ... Trouble ..."泰勒的《Trouble》。

一个清风习习的夜晚,星光灿烂,新露台完工了。露台刷了清漆,又光又滑,我们不舍得穿鞋子踩,就光着大脚板在上面来回走。然后一人捧一杯红酒,坐在露台上喝喝酒,看看星,接接吻。爱是什么？就是这个露台，就是露台上的每一根木头，每一枚钉子。这个体会，只有在夫妻俩一起敲完 3120 枚钉子后才会有。

宜居工程，全部告捷！

但事情并没有完。

我记得杭州大搞"旧包新"时，很多人有意见，说"旧包新旧包新，只包皮不包心，表皮新如画，心里旧模样"。所以，我要吸取教训，真正的宜居工程，皮要包，心也要包！

怎么包呢？我的办法就是扔东西。

我们家的房子三十岁高龄，很多家电、家具也是三十岁高龄，它们在菲里普眼里是古董，在我眼里是旧货，我早就想"改天换地"了，但碍于菲里普的古董情结，不忍下手。跨国婚姻，夫妻间很重要的一点，是尊重彼此的不同文化，比如他尊重我吃鸡爪吃臭豆腐的文化，我尊重他的收古董文化。但是现在，老妈、老姐要来了，摧枯拉朽的机会来了。当然，思想工作要做得委婉一些，策略一些，不能伤他的古董热肠。

于是我拉了菲里普坐到崭新的露台上，我笑嘻嘻地说："老公啊，新露台就是比旧露台好！我太喜欢了！"

菲里普嘴巴笑歪了："老婆，你喜欢是最重要的！"

我进一步"诱敌深入"："我们家的电器好像很旧了吧?"

菲里普听了很开心，如数珍宝："是哦是哦，都是古董！洗衣机、烘干机，三十年了；烤箱、微波炉，三十年了；冰箱、电视机，三十年了；中央空调，三十年了……家具呢，都是核桃木……"

我打断他："很值钱吗?"

他说："当然值钱，比新的还值钱！古董呢!"

我连忙说:"既然这样,我们把古董卖掉,买新的,还能有多余的钱。"

他说:"不急不急,古董是要放的,再放一百年,更值钱!"

再过一百年,我都不知道到哪里去了! 我拍拍老公的肩膀:"这样吧,我们得保护古董,把它们全搬进你的 shop。"

菲里普不同意:"搬到 shop? 那我丈母娘来就看不到古董了。"

我说:"去 shop 看啊! 我天天带她去看!"

他说:"shop 已经放满古董了,还是在这里看吧! 妈妈看到三十年的古董,也许会说,哇,我和古董住在一起!"

我听了气不打一处来:"老公,这些老东西在中国人眼里都是垃圾,送到贫困山区都没有人要!"

他转不过弯来:"为什么啊? 它们有什么问题?"

我想立马找出它们的问题,但偏偏找不出。我家的老东西,老成这样了,却不掉牙、不脱发、不歪脖子,更没高血压、心脏病、糖尿病,用起来"哗哗哗"地没任何障碍,身子骨太硬朗,硬朗得让我生气。

我只好实话实说:"样子太旧了,难看。"

菲里普呵呵一笑:"新东西有什么好? 用钱买就是了! 旧东西才好,想买都买不到!"

菲里普说这样的话,绝对不是乌龟垫床脚——死撑面子,更不是闭着眼睛说瞎话。在美国,把老东西、旧东西珍视到这个程度的人多了去了。

现在我知道了,和直肠子美国佬讲婉转、讲策略,是很笨的做法,根本没用。我只好扔出我的撒手锏:"我妈妈、姐姐要来了。旧东西我们自己用用也就算了,不能让她们看,更不能让她们用。她们要是看到我在美国五年,守着这些破东西过日子,肯定带我回去!"

这番话很有用,菲里普吓了一大跳,连声问:"什么什么什么?你是说妈妈、姐姐不喜欢旧东西?"

我肯定地回答:"不喜欢!"

他吃惊地问:"为什么?"

我说:"我爸妈三十年里换了四台冰箱、四台洗衣机、四台电视机、四台空调、N 只手机、N 套沙发、N 只椅子……为什么? 中国人不喜欢旧东西!"

他不信:"中国不是有那么多旧东西吗? 你的同学不是收藏旧东西吗? 怎么会不喜欢旧东西?"他说的同学是我的大学同学李建平,爱好收藏,家里有几百年的老东西。菲里普最欣赏他了。

我说:"告诉你,这里如果有只中国皇帝用过的碗、坐过的椅子,或者用过的马桶,我一定好好供起来!"

他明白了:"你的意思是,我们家的东西才三十年,还不算是古董。亲爱的,如果我们保护好,总有一天会变成古董的!"

说来说去,他还是没明白我的意思,还要誓死保卫这些古董。我吹了一下刘海,把话挑明了:"换了吧! 我妈、我姐要来了,全部换新的!"

菲里普眨巴了一下蓝眼睛,懂了。马上说:"亲爱的,我爱你,我全听你的。你想换什么就换什么吧。"

"啵!"我亲了他一下。我这个老公,在古董不古董的事情上和我的分歧很大,但他最大的优点是爱我,非常爱我。我想做的事,哪怕他心里抵触,却从不说"不"字。

于是我们开始扔东西。

扔东西的事,菲里普下不了手,由我下手。正好,扔东西是我的强项。当初我上班时,单位搞卫生突击检查,我能在十五秒钟内把所有"垃圾"扔进柜子,并荣获"卫生标兵"。

于是,旧电视机、旧电炉、旧烤箱、旧桌子、旧椅子、旧地毯、旧电话、旧相机、旧半导体、旧吹风机、旧可乐瓶……包括旧空调机,都被我列进黑名单。菲里普一边伤心,一边当苦力,一件件搬出家门,搬一件哭喊一声:"哎呀,古董没了! 古董没了!"

扔微波炉时,菲里普求我了:"林,这个可不可以不扔?"

我迟疑了一下。这台微波炉确实很好用,样子也不太难看,便问了一句:"几年了?"

他回答得很快:"三十三年零七个月了!"

我奇怪地问:"怎么多了三年啊?"

他大声说:"我中学的纪念品!"

天啊,三十三年零七个月! 中学纪念品! 我马上蹦出一个字:"扔!"

菲里普只好抱上微波炉走。当然你能猜得到,菲里普把我扔出门的东西全部捡回了他的 shop。你想看古董就去他的 shop 看吧,只是得小心脚下。不是怕绊了你,是怕绊了古董,绊破了古董,菲里普会哭死的。

其实,按我的脾气,房子里所有老东西都得扔掉,但我还是手下留情了。有只书架是菲里普高中的手工作业,我没扔;一套吃饭桌椅是菲里普大学的手工作业,我也没扔。这两样东西,都被搬进了我的书房,一个当画桌,一个还是做书架。

扔东西扔得很爽,接下来   件事就是买新东西。这件事比扔东西更爽,花老公的钱就是。

新家电、新家具买回家,安装好,菲里普奇怪地问:"林,我们家怎么亮了好多?"

我马上提醒他:"新东西多了呀!"

菲里普高兴地说:"亲爱的,我真高兴我们买了新东西。一百年后,它们又是古董了!"

我也高兴地说:"加上 shop 里的古董,一百年后,我们发财了!"

菲里普问:"发了财我们怎么花呢?"

我说:"去古董店呀!买一车回来再放一百年!"

他瞪大眼睛说:"那不是要发大财啦!"

我们笑着吻到一起,互相鼓励——亲爱的,我们一定要努力,拼了命也要再活两百年!

就这样,我们的"旧包新"宜居工程圆满收工!

就在这时,半路突然杀出个程咬金。谁?我婆婆安妮。她颠颠地跑到我家,嘴上说来看新露台,眼睛却滴溜溜地四下看,然后撇撇嘴说,露台的盆花太少了,厨房的光线太暗了,客厅里怎么没圣诞树?猫大便太臭了,有没有及时清理呀?飞机爱干净,会不喜欢的!这下我明白了,安妮是来"找茬"的!

来"找茬"的安妮好像对什么都不满意。最后,她停在了客房。我们的客房是一大一小两个房间,各放一张单人床,每个房间都挂了漂亮的中国画,一幅荷花,一幅梅花,都是我的涂鸦。安妮一向喜欢我的涂鸦,我想,这下她要表扬了。没想到,她冲着我们问:"床怎么这么小?"

我说:"没关系,我妈、我姐一人一间房。"

安妮说:"万一女孩害怕,要和妈妈一起睡呢?"她说的女孩就是我姐盛秋,我一听这话就哈哈笑了。

安妮不知道我为什么笑,严肃地说:"不能让飞机睡这么小的床!要是我的话,一定会摔下来的!"

我连忙说:"我妈很瘦,你……"我不敢说出"胖"字,马上改口:"别担心。"

安妮说:"我有只大床还很新,送给你们!快快快,跟我去搬!"不容分说,带上我们就走。我们搬来大床,安装好,安妮还亲手做了蕾丝花边罩,罩在床顶上,左看右看,高兴地说了一句:"这下好了,飞机会喜欢的!"

安妮对儿子的事向来不闻不问。当然美国人都这样,家庭成员互相不管。现在我妈、我姐要来了,安妮却紧张成这样。她在中国时,我们一家人,还有我的朋友们,喂她吃了很多又恐怖又好吃的东西,她没有忘记。

一晃,圣诞节到了,大学放假了,我家添小子一出校园就飞到杭州,接外婆、大姨去了!

第二章　田园

老妈进村

我妈和秋即将启程。

她们一上飞机，和我通了一次电话。

我妈说："林儿，我们就要飞上天了。好大一架飞机！"

我说："妈，你别怕。飞机越大越稳，你闭上眼睛睡觉，睡一觉就到了。我们在休斯敦会师，你女婿要开大卡车接你。"

我妈奇怪地问："大卡车？黄沙车？"

我笑着说："差不多！"

我妈说："黄沙车就黄沙车。拼命拼到休斯敦，坐什么都行！"

老妈用了"拼命"两个字。我知道，她心里其实很怕，怕半路上生病。我心里也很怕，妈妈八十岁了，突然血压不好、心脏不好，或哪里不好，那可怎么办，飞机不是说停就停的。

这个电话一打完，老妈一行人从浦东起飞了。

我妈和秋上飞机后一切顺利，飞机飞行平平稳稳，空中小姐热情周到。她们唯一的困难是睡觉困难。同机的人一个个歪着脖子呼呼大睡，鼾声大作。她们呢，一会儿数羊，一会儿数牛，一会儿打坐。飞机飞过太平洋了,她们还没睡着。我们家,除了我爸,其他五个都不擅睡觉,碰到有事更睡不着。

十四个小时后,第一目的地洛杉矶到了。

一下飞机,老妈一行就开始冲锋。为什么? 因为他们的转机时间只有一小时,不冲不行。但越想快,越快不起来。过海关时,警官慢吞吞问话,每个人都要问。轮到盛秋时,警官问:"秋! 你这次来美国打算住多久?"

秋答:"三个月!"

警官再问:"这么长时间,你不担心你老公在中国找女朋友?"

秋一听就傻了,这叫什么问题? 警官又问:"你老公就不怕你在美国找男朋友?"

秋一听很生气,大声说:"这怎么可能! 我们老夫老妻!"

警官笑了,说别介意,我是开玩笑,"啪"地敲下了放行印章。我妈和秋又好笑又好气,美国警察怎么这样,在海关开玩笑! 其实美国警察就是这样的,有一次我过关时,菲里普站在一边,警官笑着说:"他真是你的老公? 亲一下证明给我看!"我没亲,菲里普"叭"地亲了我一口。

过了海关拿行李。拿行李更慢,等得花儿都谢了,行李才慢腾腾转出来。拿了行李后要出关,出关的场面很吓人,站着很多警察,警察带着狼狗。出关的人排成队,推着行李慢慢过。这时,警察和狗的鼻子过一个闻一个,闻出异味,马上喊到一边,开包检查。查出违禁品,当场没收,还开罚单。

我妈一看这阵势,担心了。有一年,添儿从中国回美国,我妈往他包里塞了一包鸭舌头,是给菲里普吃的,真空包装的。添儿出关时,鸭舌头被揪了出来,当场没收,警察还罚了他300美元。警官说,初犯300,再犯3000!菲里普为这事骂了三天海关,他最爱吃鸭舌头!

这事老妈记忆犹新。现在,她包里有几粒冬瓜籽,是我姨妈让她带给我的。海关规定不能带肉和植物,菜籽算不算植物?老妈这个问题一提出来,三人小组马上开会,最后决定,把冬瓜籽扔掉。如果因为几粒冬瓜籽又罚款又留案底,就太冤了。

冬瓜籽刚扔掉,轮到他们这组了,警官的鼻子闻来闻去,竟在我妈这儿闻出了异味,开她的包检查。翻来翻去,没翻出什么。这时又过来一个警官帮着翻。我妈扔了冬瓜籽,心里不怕了,看他们能翻出什么。两个警官瞪着眼睛,终于翻出一包鸡蛋,拿在手里看。我妈说:"熟的!"抓过蛋剥开皮给他们看。这时又过来一个警官,也瞪着眼睛左看右看,终于点了点头,放行。

放行后,老妈出了一身冷汗,幸亏把冬瓜籽扔了!

接下来要托运行李。托运行李的地方在另一个航站楼,得下楼坐电车再上楼。他们跑得晕头转向,汗流浃背,才把行李给托运了。

最后还要再入关。入关时要脱外套、脱鞋子,男人还要脱皮带。我妈他们动作很快很麻利,但越急越有事,又有人被叫住了。谁?还是我妈,警官又要翻她的包!这回,我妈有经验了,"哗"地一下子把包倒了个底朝天,让他们看个够。警官们凑在一起看了半天,看到了钱包,钱包鼓鼓囊囊。

这里我补充一句,中国人到美国带多少美元都合法,但5000以上必须申报,还要有银行证明。如果拿不出证明,钱没收,还要审讯。我妈的钱包看上去藏着好几万。

我妈打开钱包,先取出一叠毛纸,擦鼻涕的;再取出一叠钱,大部分是人民币。她向警官晃晃,字正腔圆地说:"人民币!人民币!"他们听不懂,但看懂了,是中国钱,挥挥手,放行。

这时,早过了转机时间,老妈和秋急得浑身冒汗。添儿比较有经验,说:"这是最后一班去休斯敦的飞机,很可能还在等我们,我们快跑吧。"说完领头向登机口跑。老妈紧跟,拖着行李,跑得比秋还快。秋边跑边想:"我的妈呀,我老妈好厉害!"秋在飞机上一眼没合,下了飞机冲来冲去,还惊惊乍乍的,感觉要疯掉了。

跑到登机口,飞机果然在等他们。坐上飞机后,我妈才松了一口气。想想海关的经历,叹了一句:"美国怎么这样!海关像疯人院。下次再也不来了!"

真是糟糕,我妈刚到美国,就发誓再也不来了!

话说回来,那边,老妈他们在洛杉矶折腾;这边,我和菲里普开着皮卡奔到休斯敦布什机场。

深夜两点,我们两军会师,大家热泪盈眶,热血沸腾,热烈拥抱。热够后一起上卡车,行李坐拖斗,人坐车厢。车厢很宽敞,能坐六个人,也很舒服,开着暖气。我妈惊讶地说:"这就是黄沙车?我以为我们要和黄沙坐在一起呢!"

回家的路上,我拿出准备好的三明治、鸡蛋、香蕉。我说:"亲们,赶紧把肚子填饱,在车上睡一觉!"但吃了东西,我妈和秋没睡觉,不是不肯睡,是亢奋得睡不着,一直在讲"囧途"故事,她们讲,我们笑。讲到警察两次翻包,我妈生气地说:"我们这一组人,怎么光查我呀!难道我最像坏蛋?"

秋说:"妈,你穿得最漂亮,像大富婆!"

添儿说:"外婆,你东西最多,像大老板!"

我说:"妈,你像大富婆、大老板,不查你查谁!"

这时她女婿插了一句,说的是中文:"妈妈,你好看!"丈母娘一听,哈哈笑了。

两小时后,我们到了沃顿镇,镇上还有点灯光,但一出镇,黑乎乎一片。这样黑乎乎跑了十几分钟,到了我家住宅区,叫熊窝。熊窝一到,狼道就到了。我们住在熊窝的狼道。

这时已经是四点。天上有一轮明月,月辉如水,洒在院子里,到处是重重叠叠的树影,四周静悄悄。我妈和秋下车后,吸了口清新空气,抬头看月亮,同时说:"哈,美国的月亮!"

我说:"美国的月亮不比中国的圆吧?"

我妈说:"一样圆。不过,白人的月亮好像比中国的白点。"

秋说:"这个地方可真安静!"

话音刚落,我家两只老鹅"刚"地狂叫起来,它们一叫,鸭子也叫,孔雀也叫,昏头昏脑的大公鸡也"喔喔喔"一阵乱叫。这时,窜过来一只小狗,我家的茉莉,围着老妈和秋撒欢。

就这样,我亲爱的老妈、老姐,在月光下走进了乡村,走进了她们的美国家。

进屋后,我马上逼她们睡觉,她们两三天没好好睡了。

我一觉醒来,下楼时,看到老妈和秋正站在露台上很起劲地拍照片。我妈在拍蓝天,秋在拍露台。她们看到我,一起冲着我说洋文:"Hi! Good morning!"

我说:"你们怎么不多睡会儿呀!"

秋说："睡不着,吃了药也睡不着。"

我说："好吧,我带你们四下看看。"

我先带她们看房间,二楼左边是电视机房,右边是我和菲里普的卧室,两房之间是洗衣房,一台洗衣机,一台烘干机。看到烘干机,我妈和秋很有兴趣,她们没用过烘干机。我教她们怎么用,她们马上就学会了。但我妈说："烘干机还是少用好,太阳晒晒更消毒!"秋说："妈,这里哪来的毒呀,灰都没有!"后来的日子,我妈洗了衣服,还是喜欢放太阳下晒。她说,不管怎么样,阳光比烘干机香。

一楼的格局,左边是客房,右边是添儿的卧室。添儿的房间是橙色系的,很阳光,我称它为 UT 房,因为添儿就读的得克萨斯大学简称 UT,UT 的吉祥色就是橙色。UT 房边上是我的工作室,里面放着我的画、电脑、乐器。我的乐器有口琴、二胡、月琴、古筝。

看到古筝,我妈很喜欢,她最爱听古筝,便说："林,表演一个!"我哭笑不得地说："妈,这架古筝我才拿到半个月,是菲里普送我的圣诞礼物!我哪会弹呀,手都不知道往哪儿放!"

秋奇怪地问："你不会弹,他为什么送你古筝呀?"

我说："他认为他老婆是神仙呀,拿到就会弹!"

我妈笑了:"我女婿没说错!你学什么都快,自学吧!"听听,我妈和她女婿一样,也把我当神仙。我是神仙,是吃饭的饭桶仙。

看厨房、餐厅、客厅时,她们看到了一架钢琴,我妈的表情又很惊喜,她说她没弹过钢琴,但六十年前弹过风琴。

我说："老妈,为平,这就是你们在美国的家。"为平是秋的小名。

秋东张西望,说:"老猫斯道呢? 我怎么没看见!"

我说:"她呀,胆小,躲起来了。"

我妈笑容满面,发表评论:"林,你们的房子是老房子,但整齐干净,不错、不错、不错!"老妈连说三个"不错",我心里笑,这就是"宜居工程"的效果!

然后我带她们去看院子。我们家一共有 30 多亩地,大部分是林子。林子中有两幢房子,一幢是我们住的小木屋,一幢是菲里普的 shop。shop 是他的工作间,也是储藏间,放满了古董。我们还有一个鸡鸭鹅院,一块菜地,一个蜂房。我们的蜂房有 5000 只蜜蜂,每年酿 40 磅蜜,全是野花蜜。

我妈听了,赞叹道:"这才是田园生活。"

秋说:"怎么没看到菲里普?"

我说:"他肯定在 shop 修他的破车!"

秋说:"走,我们去看他修车,顺便参观古董!"

我们去 shop 要过草坪。现在是早春,草已经泛绿,开出了星星点点的野葱花。一大群鸡和鸭在上面奔跑,有只孔雀站在老树根上,长长的尾巴一直拖到地上,偏着脑袋看我们。秋拍着手叫:"孔雀! 孔雀! 快开屏!"孔雀没开,"呼"地一下飞到树顶。我妈开心地说:"鸡鸭草上跑,孔雀树上飞,田园如画美!"我说:"妈,好诗,好诗! 贺姥姥田园诗!"

我话音刚落,听见"刚"一声吼,冲来两员"大将",正是我家的两只老鹅。我说:"刚刚来了,快跑!"拉上老妈和秋跑,边跑边说:"那男刚刚很凶,连我都咬!"秋边跑边说:"那还不杀了吃!"我说:"杀不得,菲里普会哭死!"

我们一口气跑进菲里普的 shop，关上门，门上"咚"一声响，男刚刚撞的。

菲里普果真躺在破车下，看到我们便喊："早上好！甜心们！"他爬出来，身上脏兮兮，却依然扑过来挨个儿抱我们，然后说："林，快告诉妈妈和秋，这辆老福特是 1928 年的，比妈妈年纪还大！"

我妈和秋没等我说，先认出来了，一起说："菲里普，这车我们知道，林书上写过！"

菲里普一听，咧开嘴笑，带她们看老福特。老福特的尊容是这样的：车头上的发动机其实是一堆烂铁，车灯全瞎了；后面的后备厢应该叫蜘蛛箱，蜘蛛把网结得四通八达。下面的轮胎呢？根本没有轮胎，只有瘦骨伶仃的轱辘，而且只有三只！车窗玻璃、挡风玻璃、前视镜、后视镜，统统失踪，连地板也失踪，露出一个吓人的大洞，也结着工艺精美的蛛网。这还不算夸张，最夸张的是，方向盘也失踪！没方向盘，这车怎么开？！车里最好的东西，是被老鼠咬得破破烂烂的海绵椅。老鼠不但爱大米，还爱海绵！

菲里普见我们张着嘴不说话，懂了，转身从一堆破铜烂铁中摸出一只轱辘，往车里一戳，变成了方向盘；还顺手摸了一块木板，往洞上一搁，地板就有了。他很绅士地向老妈和秋做了一个"请"的动作，请她们上车。我拉住她们，对菲里普说："亲爱的，别急别急，等你修好车，我们一起坐！"我生怕她们真的上去，木板不牢，一脚踩空就糟了。

菲里普很认真地说："妈妈，秋，我要把车装配好，带你们去兜风！"

我妈和秋说："哇，那太酷了！"

其实他的丈母娘和丈姐姐早让破车吓呆了,她们认为这女婿在说梦话。这是车吗?明明是一堆烂铁。它能跑起来?还兜风?

看完老福特,菲里普带我们看老古董。古董们在 shop 另一间。光线很暗,没走几步,老妈就被绊了一下,绊她的是一只很破的抽水马桶。我妈惊讶地说:"这儿怎么有马桶!"

女婿连忙说:"这马桶,五十岁!"

我马上解释:"在美国,二十五年以上的东西都是古董! 要保护!"

老妈和老姐听了,美丽的眼睛无限迷茫。继马桶后,她们看到了更多的古董:破剃头椅子、破沙滩椅子、破红绿灯、破唱片机、破收音机、破电脑、破鸟笼……还有我们"旧包新"时,我扔掉,菲里普捡回来的东西。我妈和我姐的表情越来越迷茫。我知道,她们和我刚到美国时一样,认为这些都是垃圾,应该扔到垃圾中转站去。

于是,我又替古董解释:"别小看这些东西,古董店里都摆着卖呢! 三十年的可乐瓶 65 块一只!"

秋瞪大眼睛:"美元?"

我说:"美元!"

秋大吃一惊:"啊? 换算成人民币就是 400 块。一只瓶子 400块! 那只马桶呢?"

我说:"那只马桶古董店卖 250 美元!"

丈母娘马上对女婿说:"这些东西呢,在中国都不算古董,到了美国呢就是古董,以后你和林回家,我带你去老家,那儿有很多老古董。"

秋说:"比如说粪桶!"

我一听哈哈大笑,对菲里普说:"粪桶是木头做的,中国的早期马桶!"菲里普听了,居然很激动:"我知道,我知道,我在一家古董店看到过,200 一只,300 一对!"

我妈吃惊地说:"谁会买粪桶呢? 买来做啥?"

女婿说:"当装饰品呀,或者当花箱,插花、插孔雀毛;也能放粮食! 那木头,都是好木头!"

听了菲里普的话,我们的胃一阵难受。

不过,仔细想起来,我们下辈的下辈根本不知道什么是粪桶。一只粪桶传承着厕所文化,说不定真的会变成古董,价值连城呢。明天的事谁知道!

看过了菲里普的古董,从 shop 出来就是菜园,菜园围着高高的铁网,像监狱,当然,这个监狱不是防菜"逃"出来,是防鹿跳进去。菜园里种着西红柿、黄瓜、西蓝花、芥菜、青菜、生菜,红的红,绿的绿,生机勃勃。我妈一看就高兴了:"这个好! 我就是喜欢吃菜!"我妈是"食草动物",不喜欢吃肉。

我进去摘了一把西蓝花给她们吃,她们吃了一朵,再吃一朵,边吃边说:没想到现摘的菜这么好吃! 就在这时,"刚"一声,男刚刚又到了面前,一口咬住老妈的裤子,老妈起脚踢,踢不跑,我操起一根棒子要打,菲里普扑过来,一把抱住刚刚,说:"咬我咬我!"刚刚果然不客气,咬住他的胳膊,用力一拧,拧出了青紫色。

我妈说:"啊! 菲里普这样宠刚刚? 难怪它见人就咬!"

秋说:"杀了吃! 吃鹅肝! 吃鹅掌!"话刚说完,女刚刚冲来了。女刚刚平时很温柔的,今天看见生人"人来疯"。

我拉上老妈和秋离开后院,往狼道上跑。

狼道上空阳光灿烂,蓝天无边,蓝得晶莹,蓝得剔透。我妈和秋站住,又开始拍蓝天。我妈拍完蓝天,快乐地说:"你看看,你看看,这天蓝成这样,哪像是天! 我要传给你爸看看,传给你姨看看,传给为民和力看看。这么蓝的天,让大家都看看!"

我妈在美国三个月,天天拍照片,拍得最多的就是蓝天。

就在这时,"嗵嗵嗵"跑来一个女人,向我们招手。我马上介绍:"她是我们左边的邻居,叫丽莎。"

秋说:"我知道,你书里写过。'生命不息,跑步不止'的丽莎!"

说话间丽莎到了眼前。丽莎远看娇小玲珑,近看又干又瘦,脸上全是晒斑和皱纹。我说:"丽莎,这是我妈妈、我姐姐,今天刚到。"

丽莎一边原地跳,一边说:"你们好,欢迎欢迎!"

我妈和秋一起说:"哈罗!"

丽莎说:"真想听你们说说中国! 我喜欢中国!"

我说:"好呀,明天过来坐坐!"

她说:"明天我老公在家,过几天来吧。再见,祝你们有美好的一天!"说完挥挥手,跑开了。

她一跑开,秋就说:"啊呀,她的脸被太阳晒得跟树皮一样,还不戴帽子!"我妈说:"她跑得太多了,跑得精精瘦。锻炼太过分不好,不锻炼也不好。为平,等我们时差倒过来,有力气了,我们每天散步!"

秋说:"林林,我记得你书上写过对面的邻居叫黛比。怎么没看到她?"

我说:"黛比搬走了,留下十来只孔雀,都送给我们了。她的房子和200亩地正在出售,挂牌15万。"

"200亩地加一幢房子?15万?太便宜了!"我妈和秋像两个大富婆,财大气粗地叫起来。她们从杭州来,杭州一幢房子多少钱?200亩地多少钱?我们穷人扳手指再扳脚趾也数不过来。

在狼道上看足了蓝天,我们就回屋了。我妈和秋困了,这会儿应该是中国的午夜时间。

今天的午饭我昨天就准备好了,一大锅本鸡汤,还有从菜园摘的菜。鸡汤很香,菜很鲜。吃完饭,秋的眼睛都睁不开了。我妈说:"为平,不能睡,不然时差永远倒不过来!"秋应了声,却歪在沙发上不肯起来。

我妈问:"我女婿呢?怎么不来吃饭?"

我说:"他还在破车底下呢!他不是说了,修好了带你兜风!"

我妈说:"啊呀我的傻女婿,这车没十年时间修得好吗?"

我妈其实也很累,但她没躺下。她走到钢琴前,翻开盖子,开始弹琴,弹弹停停想想。她说,六十年没弹了,曲子忘记了,手指不灵了。虽然这样,她还是弹出了一支曲子,旋律欢快活泼。

我说:"妈,很好听。你弹的是什么?"

我妈说:"是支圆舞曲,曲名叫'春天'。"

秋问:"歌词是什么?"

我妈想了想说:"啊呀,不知道有没有歌词,想不起来了。"

我妈继续弹《春天》,我和秋手拉手,在妈背后跳舞。这么一跳,秋不瞌睡了。她身材好,会跳舞,跳得很好看。之后,这首《春天》我妈每天弹,弹得多了,我们都会唱了。是这样唱的:"索哆哆哆西拉索,索来来来咪来哆,索哆哆哆西拉索,索索拉西哆……"没歌词,只好这样唱,边唱边跳。

我妈和秋忍住不睡,终于忍到了晚上。睡觉前,我妈打电话回家报平安,我哥盛为民接的电话,他说:"放心吧,老爸很好,家里一切都好,怎么样,美国家好不好?"我妈说:"美国家太好了,有很蓝很蓝的天,很大很大的草地,到处绿油油,和春天没两样;家里有菜园,有孔雀,有鸡,有鸭,有鹅,就是鹅太凶了,让我女婿宠坏了!"我哥说:"听上去完全是农村呀!"我妈说:"农村好呀,我就喜欢农村,田园生活,干净,安静!"接着,我妈说到对面邻居黛比,说她正在出售的 200 亩地。我妈说:"为民啊,美国到处是地,大片大片空着,很便宜,200 亩地加一幢房子,才 15 万美元!"

我哥一听,在电话里喊:"妈,等着我,等太平洋一结冰,我就从杭州冲过来,抢地! 当地主老财!"

熊来了!

老妈和秋到美国家的第三天,添儿要回 UT 了,我和菲里普要送他去奥斯汀。

这天早上,我把手机号码抄好,放在电话机边,对她们说:"有电话来不用接,对方会留言的,我们回来听。你们有急事就打我的手机。"

秋说:"林林,没问题。晚饭我来做,等你们回来吃!"

我说:"天黑之前如果我们没到,要辛苦你们把鸡鸭关好。"

秋说:"放心吧,我一样样帮你搞定!"

菲里普说:"秋,鹅就别管了。"

秋说:"我不怕。臭刚刚要是不肯进笼子,我就拖住它的脖子,拖它进去!"

添儿说:"外婆、大姨,有机会到我学校来玩哦!"

秋拍拍添儿的肩膀说:"老添的学校,一定要去!"

外婆抱抱添儿说:"添啊,谢谢你把我们从中国接来!"

我们把老妈和秋丢在家里,出发了。我一路上很不踏实,她们刚到美国,时差还没倒过来,东南西北还没搞清,不会开车,英语不好,万一出门散步迷了路,或被蛇咬了,她们连报警都不会! 我很后悔没告诉她们,美国的报警电话是911。还有,我忘记教她们怎么用炉子了,秋怎么烧饭!

我心里一急,马上给家里打电话,没人接;再打,还是没人接;连打五次,都没人接。我更急了,会不会出事了呀? 这时,添儿说话了:"妈,你不是叫她们别接电话的吗?"

菲里普安慰我:"亲爱的,你一点都不用担心,她们很聪明,有事会给你打电话的!"

果然,没多久,我的手机响了,传来秋的声音:"哈罗! 你们好吗?"

我说:"我们好的,快到奥斯汀了,你们呢?"

秋说:"我们好的! 准备烧中饭了,你们的炉子是电炉吧?"

我说:"是啊是啊,开关和煤气炉是一样的,按下去,往左打。左旋低温,右旋高温。如果烧开水就用电壶。"

秋说:"开水不烧了,我们火气重,接冰箱的冰水喝。再见!"她挂了电话。

我笑嘻嘻地对菲里普说:"她们果然聪明,会用电炉了,还会接冰水喝!"

没过多久,电话又来了,这回是老妈打的。老妈说:"林林,今天上午电话真多。刚才熬不住,接了一个,好像是安妮。"

我问:"你怎么知道是她呀?"

我妈说:"声音听得出呀,她还提到菲里普的名字! 我就说,林,菲里普,go to 奥斯汀! 她听懂了,说 OK,thank you。我就说,

Good bye!"

我一下子乐了:"妈咪,你太强了,会接美国电话了!"

我妈说:"我是怕安妮有什么要紧的事,所以和你说一下。"

我说:"好,我马上给安妮打个电话。"

果然,电话是安妮打的。我给安妮一打过去,她就说:"林,飞机告诉我,你们去奥斯汀了! 我是想和你们说,什么时候飞机她们休息好了,我来看她们!"

我们把添儿送到学校,离开奥斯汀时已是下午四点。我们马不停蹄往回赶。天慢慢黑下来,是关鸡鸭鹅的时候了。这时我的手机响了,是秋打来的,她气喘吁吁地说:"男刚刚太坏啦,他在老妈腿上狠狠咬了一口! 老妈都要哭啦!"这时,老妈抢过电话:"谁说我要哭了! 是为平要哭了。鹅追她,这个门追进,那个门追出……追得她哇哇叫……"

我说:"妈,别管刚刚了,刚刚由我们对付!"

秋说:"现在的问题是,鸡都在树上不肯下来! 我准备爬树。梯子在哪儿?"

我一听连忙说:"别爬别爬,用竹竿赶!"

电话挂断,我对菲里普说:"乱呀,乱呀,两个城市女孩乱套了!"

菲里普笑着说:"乱点好,今晚肯定睡得香。"

这时天完全黑了,沃顿镇到了,这里离家只有十五分钟。菲里普停车加油,我下车活动手脚。电话又来了,是我妈打的。我妈的声音很惊恐:"林林,不好了! 有熊,大灰熊!"

我不信:"怎么会有熊! 看清楚了吗?"老妈说:"看清了! 真的

是大灰熊!"我对着电话狂喊:"妈,你们别出去! 我们就要到了!"
我妈说:"大灰熊还在院子里! 你们小心!"这时秋的声音传了过
来:"林林,你们的枪在哪儿?"我说:"别找枪啦,先把门抵住,等
我们!"

我的步枪其实就放在门边角落,但我不敢告诉秋,她还没试过
枪,万一打不死熊,让熊倒打一耙,那就惨了。

我跑向菲里普,向他嚷:"快快快,快开车! 家里有熊!"说罢跳
上了车。

菲里普问:"谁说的?"

我说:"你丈母娘!"

他说:"不会不会,不会有熊!"

我说:"怎么不会有熊! 我们家不是叫熊窝吗?"

菲里普摇着头说:"熊窝最后一只熊 1950 年就被打死了!"

我说:"你怎么知道没第二只了?"

他说:"报纸说的啊!"

我说:"你相信报纸? 我最不相信的就是报纸! 亲爱的,开
快点!"

菲里普不相信有熊,但看我急成这样,就踩着油门开得飞快。
开进熊窝,开进狼道,开进院子,房子的感应灯"唰"地亮了。我们
看到家门口果然蹲了一个家伙,大屁股,黑灰毛,眼睛像灯泡一样
亮,屁股边有好多鞋子。我的亲妈、亲姐,鼻子正贴在窗玻璃后面,
紧张地向外张望。

我们下了车,"大灰熊"站了起来,"呼哧呼哧"走到我们面前,
菲里普走过去摸她的头。

老妈和秋开门出来,我冲着她们说:"别怕别怕,她叫布露,丽莎家的老狗,很温顺的。她来看你们呢!"

我妈说:"布露和熊长得一样啊!"

秋说:"你书里没提过布露!"

我连忙检讨:"我不好,我不好,下次一定把布露写到书里。我们这里以前叫熊窝,但最后一只熊早就被打死了!没有第二只了,报纸上说的。"

秋说:"你相信报纸?"

我努努嘴巴,这话我刚对菲里普说过。

秋开始捡鞋子,边捡边说:"对不起,我找不到枪,找不到刀,只好把所有鞋子当武器扔了。"

我妈说:"一场虚惊!饿坏了吧,快吃晚饭!"

晚饭是一只老鸭煲,一碗土豆丝,一碗蜜汁西红柿,一碗鸡蛋炒青葱,一碗肉丝炒芥菜。我妈高兴地说:"看看,都是好东西,自己养的鸭,多鲜!自己种的菜,多嫩!自己采的葱,多香!田园生活,多好!"

我竖起大拇指:"好诗好诗!妈,你就留在狼道当诗人吧,出个《贺姥姥田园诗集》!"

我妈笑得嘴都合不上了:"贺姥姥哪会作诗!贺姥姥每天给你做青葱炒鸡蛋吧!"

菲里普不知道我们说什么,光傻笑。

秋说:"啊呀,菲里普真可怜!我们应该学点英语,和菲里普说说话!"她指指西红柿、土豆,问菲里普:"菲里普,西红柿、土豆怎么说?"

菲里普指着西红柿说:"Tomato!"

老妈和秋一起学:"偷没偷!"

菲里普指着土豆说:"Potato!"

她们继续学:"不太偷!"

菲里普夸:"Wonderful!"

他丈母娘开心地说:"好记,偷没偷,不太偷!"

秋说:"偷没偷,不太偷,偷了也白偷! 旺得福!"

芳邻丽莎

有一天早上,丽莎打来电话,说跑完步想过来,和我妈、我姐聊聊天,问可不可以。我说:"欢迎欢迎!"

丽莎约好十点过来。时间还早,我妈和秋向我打听丽莎的事,这样她来了好有话题。

丽莎是墨西哥人,她老公叫约翰,是白人,他们有一对混血儿女,很漂亮。都说远亲不如近邻,但我们当了五年邻居,她没来过我家,我也没去过她家。她不过来,是怕她老公;我不过去,也是怕她老公。有一次我在两家交界的竹林挖笋,挖得太忘情,我们的边界没铁丝网,我一不小心就越了过去。这时,我听到一声吼:"你,滚出去!滚!"我抬头一看,五大三粗的约翰握着一把枪,怒目圆睁,吓得我连忙滚回家。菲里普回来后,听说了这事,生气地说:"那片竹林是我家的地,他有什么权力让你滚,我让他滚!"菲里普灌了一大口白酒,背上大砍刀,发动割草机,沿着两家交界的草地来回割草。我生怕他惹祸,喊他回家,他不肯,还大声说:"我就是要会会他,他要是敢出来,今天总有一个人要死!"吓得我手脚冰凉。还好，约翰一直没出来。

从此我很规矩，不管做什么事，绝对不越边界，但我家的鸡鸭鹅很不懂事，老喜欢跑到约翰的领地玩。约翰当然不留情，"砰砰砰"开枪。我家的男鹅刚刚根本不怕死，不但不跑，还冲过去战斗，一次被打穿翅膀，一次被打穿屁股，还好命大没死。每次刚刚受伤，菲里普就喝一口白酒，背上大砍刀去割草，其实他也就这点本事。万一打起来，菲里普不是约翰的对手。不是菲里普不够猛，是他不够狠。有一次约翰打死我三只鸡，我怒从胆边生，用关鸡的笼子捉了一只约翰的鸡。这是一只大公鸡，有火烧一样的羽毛。但我举枪对准它时，手很抖，扣不下扳机，最后我还是把它放了。其实我和菲里普一样，就这点本事。

老妈和秋听了故事，倒抽一口气。

我妈说："可怜的刚刚！我知道了，他见人就咬，是让约翰吓出毛病了！"

秋说："菲里普这么善良的人，怎么摊上这么个恶邻居！"

我说，约翰很凶，很无礼，但丽莎完全相反，很友好，很有礼。在狼道上相遇，她会抢先问我好，当然，都是她老公不在的时候；如果她老公在，她就低着头管自己跑，装作没看到我。有一次，她家水泵坏了，没水喝，她过来向我讨了一桶水。第二天在狼道上碰到，她样子很惨，门牙掉了，眼眶青了，我问她怎么了，她说老公打的，因为她到我们家讨水。她泪如雨下地告诉我，约翰对儿子、女儿也很凶。

我妈说："可怜的丽莎！没想到，美国也有可怜的女人！林，约翰是约翰，丽莎是丽莎，我们好好招待丽莎！"

我们准备在露台接待丽莎。我妈亲自动手，摆了一桌子零食：

豆腐干、瓜子、山核桃、冻米糕、大红枣、地瓜干、海苔片、鲜虾条、柿子饼、芝麻糖……她嫌不够,还泡了一壶绿茶,备了一份水果拼盘,为丽莎准备了礼物,一条杭州丝巾。

我笑着说:"妈,你要把丽莎吓死了,美国人的路子不是这样的。"

我妈说:"我们是中国人,就按中国人的路子来。"

十点整,丽莎来了,穿了一身干净衣服。她看见花团锦簇的露台,还有一桌子吃的喝的,非常吃惊,坐都不敢坐了。我妈把丝巾送给她,她马上戴上了。我妈说:"丽莎,请坐,请喝茶!"说着,递给她一杯茶。

丽莎捧着茶杯,皱纹笑成一堆,连声说:"你们对我太好了! 谢谢妈妈,谢谢姐姐! 谢谢林!"

秋说:"快吃东西,都是中国特产!"

丽莎每吃一样,都问是什么,我妈很耐心,告诉她各是什么,有什么营养。比如豆腐干,是用黄豆做的,含蛋白质,含黄体酮,女人多吃好;红枣健脾补血,女人多吃也好。

丽莎一边听一边谢,她说:"妈妈,每样东西都好吃,每样东西都有知识,可惜超市买不到。妈妈,太谢谢你了!"她一直喊我妈"妈妈"。

我说:"丽莎,有机会跟我去休斯敦,中国超市什么都有。"

丽莎说:"真的? 我不知道休斯敦有中国超市。"

我说:"下周五我们要去,一起去吧?"

丽莎面露难色:"周五约翰休息……"我听了就有点生气。看样子,她要做点什么事,得趁老公不在。丽莎见我不作声,很抱歉地说:"林,对不起,约翰有时比较粗鲁。"

既然她主动提到约翰,我就忍不住说了:"丽莎,希望约翰不要打我的鸡鸭。"

丽莎惊讶地说:"林,他没打过呀!"

我说:"我亲眼看见的! 以前,他打死过菲里普的猫。"

丽莎矢口否认:"林,没有的,他从来不杀宠物!"

她这样说,我只好不说了。她是客人,不能和客人争论。我心里可怜她,她怕老公怕成这样,怕得为他说谎。

于是我岔开话题,说:"丽莎,我住在狼道五年了,你天天跑步,真有毅力!"

丽莎说:"跑步对身体好。林,你应该跑!"

秋说:"你最好戴帽子,抹点防晒霜。"

丽莎说:"我喜欢晒太阳呢。"

我妈说:"锻炼是不可少的,但我觉得你跑得太多了,这样对膝盖不好吧?"

丽莎笑着说:"但我一天不跑,心脏就不舒服。"

我妈一听就急了:"心脏太重要了! 你应该吃 Q10,我吃了好几年了,很有用!"Q10 就是维生素 Q,养心护心。

丽莎听了,那张风干的脸闪过一层迷茫:"Q10? 我知道的,很贵的……我没钱吃这个,还是跑步吧,跑步让我的心脏舒服。"

我妈听了,轻叹一声,拿水果给丽莎吃。

丽莎把所有东西都吃了一遍,提出能不能参观房间。我们就带着她看了客厅,看了客房,看了卧室,看了我的画室,还有添儿的UT 房。丽莎一边看一边说:"林,你家变化太大了,里里外外都变了！二十几年前不是这样的！我都不敢认了！"天哪，原来这两邻居二十多年没来往了！

丽莎要走了，我妈拿了些冻米糖、鲜虾条、柿子饼塞到她手上，让她带回去给孩子们尝尝。丽莎接了东西，有些羞赧地说："我能不能再拿几个红枣？红枣太好吃了……"我妈一听，拿来一只塑料袋，把所有东西倒进去，一大包交给丽莎。丽莎眼里闪着快乐的光芒，不停地说："你们太好了，你们太好了！今天我太快乐了，我代孩子们谢谢你们！"说完，她轮流拥抱我们。她看上去瘦小，但抱人的力量很大。

菲里普下班回来，我们告诉他丽莎来过了。他很惊讶："真的？她怎么敢来？我真高兴你们成了朋友！"

我说："妈妈还送她一条杭州丝巾。"

菲里普说："太好了！但愿约翰不找丝巾的麻烦！"

我说："丽莎说约翰从来不杀宠物。"

菲里普苦笑："她怎么敢说啊！"

秋说："丽莎太软弱了，要是我，一百个约翰也蹬了！蹬到火星上去！"

我妈叹了口气："唉，原以为美国男人都像我女婿一样。"

后来，丽莎搬走了。约翰在外面杀死了两个人，进了监狱，丽莎没工作，一下子断了经济来源。银行逼她还房贷，约翰的债主逼她还债，她只好把房子和地都贱卖了，保住了银行信用，替约翰还了债，自己带着一双儿女住到了父母家。有一天我在镇上碰到她，她看上去气色红润，精神焕发，与以前判若两人。她对我说，她现在虽然一无所有，但非常自由，约翰不再打扰她，希望他一辈子不要出来。

亲家安妮

老妈接待过丽莎,又接待了一位客人——她的亲家安妮。

这天,安妮一早就打来电话,她开口就说:"林,飞机她们休息好了吧? 我急不可待要看她们,我下午来好吗?"

我说:"当然可以,我妈请你吃晚饭,正宗中国饭!"

安妮很高兴,约好傍晚六点过来。

安妮要来做客,我们马上准备。第一件事是准备礼物。我妈和秋带了很多杭州礼品。虽然我一再提醒,美国人不送礼、不回礼。但我妈和秋还是千里迢迢背了一箱子,美国亲戚人人有份。我妈说:人家无礼,我们有礼,礼轻礼重都是礼,表一份心,留一份情。

给安妮的礼物准备好后,我们商量晚餐,先定菜谱,再定岗位。我的岗位是洗菜,秋的岗位是烧菜,妈的岗位是烧饭——在杭州也是这样,这锅饭我妈必须亲手烧,为什么呢? 她怕我们洗不干净米,饭里有杂质;也怕我们洗得太干净,洗掉了营养;她还怕我们掌握不好水量,饭不好吃。你说我妈操心不操心!

责任到位，我跑菜园摘来菜，"哐哐哐"洗，我妈站一边看，一边唠叨："林林，水要冲三遍，泡一下，把农药泡干净。别泡太久，营养泡掉了！"秋姑娘听见了，叫："妈，这菜是从菜园摘的，哪来的农药？"

我妈一拍脑袋："哈哈，忘记了！这是在我洋女婿家！"

我和秋弄菜时，老妈去弹钢琴，还是弹《春天》。我和秋一听到琴声，就扔掉手里的活开始跳舞，后来干脆和老妈坐到一起，"哐哐哐"敲琴键，把刚露出头的老猫斯道又吓回了床底下。

我们嘻嘻哈哈、唱唱跳跳，刚把晚饭做好，菲里普下班了。他一进门就朝我们嚷："How are you doing?"

老妈和秋不示弱，回答："Fine！How about you?"

菲里普笑答："Fine！Fine！Fine！"

我们一家人笑着抱到一起。我妈已经抱习惯了，不会起鸡皮疙瘩了。

六点一到，安妮准时敲门。我跑去开门，吓了一跳，安妮怀里抱了两盆菊花，一盆白菊花，一盆黄菊花，指名送给老妈和秋。我妈和秋的眼神当然很惊异。我赶紧把花接过来，放到角落。安妮又递上一只小篮子，里面是她做的玉米饼，她说记得我妈喜欢玉米饼。

老妈接了篮子，连声说："Thank you！Thank you！"

老妈送给安妮的礼物是一块丝绸大围巾，很大，能把整个身子裹起来，还有一串珍珠手链；秋送给安妮的礼物是一套青花瓷刀叉，很艺术，还有一条玛瑙手链。拿到这么多、这么好的礼物，安妮乐不可支，全部笑纳。

安妮问："飞机,秋,你们时差倒过来了吗?"

我妈说："还差一点!"

秋说："我差好多!"

我妈说："安妮,我们换一个地方就睡不好,没你厉害。你跑到中国,一点都没事!"

安妮说："我睡觉没事,但吃饭有事。我的上帝,餐餐都是饭桌历险记!"

我们听了哈哈笑,安妮说话一向风趣。

我把菜端上桌,招呼大家入座。安妮看见一桌子的菜,笑着说："哈哈,这让我想起了中国! 每次吃饭,都是这么一大桌!"

菲里普说："吃光了又端上来,吃光了又端上来!"

安妮说："我以为完全吃好了,主人却来问要不要吃主食,哈哈!"

菲里普说："相比之下,美国人请客太简单,没好东西吃。"

安妮一听,不服了,与儿子抬扛："谁说的? 过几天我就请飞机和秋吃饭,做好东西吃!"

菲里普问："有驴肉吗? 最好有辣鸭头!"

安妮撇撇嘴,不理他,对我妈说："飞机,我很难忘在中国的每一天,特别是在杭州,有美丽的家人,有美丽的西湖,还有美丽的饭菜! 我每天都很开心! 我希望你在美国也像我一样,每天很开心!"

我妈说："我很开心呢,这里天很蓝,人很少,心很静。我女婿很周到!"

秋说："还有最好的菜,最好的蛋,最好的鸡,吃得比在杭州还好!"

秋这么一说,安妮马上看菜,嘴巴里念:"鱼我认识,虾我认识,鸡我认识,蛋我认识,这是什么?猪肉还是牛肉?不是驴肉吧?"她指着一碗红烧肉问。她在杭州玩时,有一次吃饭,把驴肉当牛肉吃,吃完才知道,但来不及了。她最喜欢的动物就是驴!

我说:"安妮,记得吗?吃中国菜,吃了再问比较好。"

安妮笑起来:"对对对,吃了再问!"

等安妮把所有菜尝了一遍,我才对她说:"这碗红烧肉是浣熊肉。"

"啊?浣熊?我的上帝!"安妮吓得叉子差点掉下来,"我还以为是猪肉!"

菲里普说:"这只浣熊吃了我们三只鸡,终于有一天被我就地正法,为鸡报了仇!浣熊肉呢,一直留到今天才吃。"

安妮哭笑不得:"林,你们又给我下陷阱!"她拿出手机拍浣熊肉,拍好后发到脸书上。不到一分钟,有人给她评论了,评论的人是她妹妹黛比。黛比说:"姐姐,你真勇敢,敢去林家里吃饭!"

一桌子的菜,安妮说她最喜欢蟹黄蛋,她吃了好多,说酸酸甜甜,一点都吃不出是本鸡蛋。安妮的意思是,如果吃得出是本鸡蛋,她就不要吃了。秋说:"这叫蟹黄蛋,我妈教我做的,我妈做得更好吃。"安妮就问我妈:"飞机,蟹黄蛋怎么做?"

"做蟹黄蛋很容易,调好糖醋姜汁,锅里放一点点油,打七八只蛋,让蛋黄流出来,不要等凝固,就倒下汁水,滚一下马上起锅,蛋黄半生半熟,就像蟹黄一样。"我妈说,"安妮,蛋越好,蟹黄蛋越好吃。我们家的蛋好,你拿些回去。"

安妮一听连忙摆手："不,不,谢谢了,我去超市买。"

我妈说："超市的蛋不好,我家的蛋好!"

安妮听了,瞪大眼睛说："飞机,说反了吧?"

她儿子说："没反没反!超市的蛋,是关在笼子里、吃饲料的鸡生的,就是差!我们的蛋,是吃虫子的鸡生的,就是好!"

安妮冲着儿子说："吃出一条虫子怎么办?"

听了安妮的话,我们都笑了。安妮对我说："林,你别生气,我是开玩笑的。我不是说你的蛋不好,而是因为我吃惯了超市的蛋。这么好的蛋,让飞机、秋多吃点。"

吃完饭后,大家吃安妮做的玉米饼,安妮没有多做,一人两个。玉米饼又香又脆,我妈吃得很欢。她喜欢玉米饼,百吃不厌。

安妮临走时,我妈硬要她带几打蛋回去,安妮越不肯,我妈越要给,我妈认为安妮是客气。最后,美国亲家婆斗不过中国亲家婆,拿了一打蛋。

安妮走后,我对妈说："妈,她不是客气,她真的不喜欢本鸡蛋。"

我妈说："不可能,安妮不可能这么傻!"

我说："还有更傻的,她女儿珊蒂坚决抵制本鸡蛋、本鸭蛋。她说这些蛋授过精,会吃出活鸡、活鸭的!"

秋一听差点喷饭。我妈笑着说："啊呀,不会吧,哪会傻成这样?"

她的美国女婿说："妈妈,美国人都是傻瓜!"

三娘组合

　　老妈和秋过了好几天,才倒过来时差。时差一倒过来,她们的精神就好了,菲里普上班时,我们"三娘组合"过日子。"三娘组合"的日子是什么样的呢?

　　每天大清早,勤快的老娘把两个懒惰的小娘从床上揪起来,老娘领队,三娘雄赳赳气昂昂,在蓝天下散步。散步时,我妈和秋戴帽子、戴墨镜、戴口罩、戴手套、戴围巾,像两个防暴队员。防什么呢? 防晒。她们的杭州脸白白嫩嫩,怕晒。我什么也不戴,我这张杭州脸早已晒成得州脸了。无所谓,反正菲里普喜欢,越黑他越喜欢。

　　三娘散步时,我家茉莉总是跟着。自从我们散步后,她不跟丽莎了,只跟我们。

　　三娘散步时,好几次和丽莎碰面,亲亲热热打个招呼。我们走一圈,她跑好几圈,我们打道回府了,她还在跑。

　　散步完毕,三娘回家吃早饭。每天的早饭主题是"爱家蛋"。我家的鸡鸭鹅很勤快,每天生二十多只蛋,我们才四个人,哪里吃得完,A冰箱B冰箱被挤得要哭了。所以,大家只能加油吃。我妈在杭州时,两天吃半只蛋,防"三高";现在呢,每天吃一只。我和秋每天吃三只;菲里普呢,每天吃五只。后来我妈回到杭州,第一件事就是去医院,查有没有"三高",结果,什么都不高,一切正常。事实证明,我家的蛋就是好。

早饭吃好,肚子里都是"爱家蛋"。下一个节目,三娘坐到露台上干活。我妈和秋绣十字绣,我妈绣红枫,秋绣梅花。我呢,捧着电脑,坐秋千上边晃边写字,我正在写《因为爱,飞往美利坚》。我们干活时,常有鸡飞上来,孔雀飞上来,它们的共同目的是吃露台上的花,挑最漂亮的吃。我妈就拿着扫帚赶,边赶边骂:"肆无忌惮!肆无忌惮!"

休息时,我和秋"乒乒乓乓"弹古筝。古筝是个好乐器,不管你怎么乱来,都像弹古筝,不像弹棉花。我妈弹钢琴。开始她只弹《春天》,后来我和秋帮她想,想出了很多歌,《东方红》《北京的金山上》《北风吹》《红梅赞》《莫斯科郊外的晚上》《红色娘子军》……再后来,我妈拿着我的二胡书看,连流行歌曲都会弹了,比如《两只蝴蝶》《女人花》。我妈弹琴,是把钢琴当风琴弹,节拍很准、很强、很美,让我想到小学里的音乐老师,叫贾明,她就是这样弹的。

我妈弹琴时,我和秋就停止"虐待"古筝,跑出来跳舞。我妈弹什么,我们跳什么。她弹《红色娘子军》,我们就拿着扫帚一起跳,一会儿骑,一会儿扛,跳到脸红扑扑、汗津津,完成当天的健身运动。

我们的中饭由老妈管,她管的中饭很素,没肉。我和秋是"食肉动物",就一起抗议:"妈!想吃肉!"我妈说:"肉晚上吃,等我女婿一起吃!"我妈对女婿很偏心。所以,我们的午饭不是豆腐煮芥菜,就是芥菜煮豆腐,芥菜是从菜园摘的。我和秋一边吃一边唱:"苦菜花开……"我妈一听,就去弹琴,弹《苦菜化》。

晚饭呢,我妈就不管了,由我和秋管,她只管煮饭。我和秋有分工,技术含量低的,我上,比如煮煮炖炖蒸蒸,我最拿手;技术含量高的,秋上,比如爆爆烩烩炒炒,她最拿手。秋的炒菜功,我十年也学不会;我也不想学,太麻烦了,一块肉要切得像针一样细!我姐盛秋心很细,所以她从小理科好,后来当了高级工程师,设计地图。地图上各种地理要素,每一个的精度要求都很高,不细心,根本对付不了。我呢,心很粗,最干不了细活,所以从小数学差,喜欢"哗啦啦"写作文,写得龙飞凤舞,每次老师写评语都有一句:"文笔好,缺点是字太差!"不过现在好了,有电脑,"咣咣咣"打字,没缺点了。

话说回来,因为菲里普,我们的晚餐都吃得很好,不是鸡就是鸭。杀鸡杀鸭的事,我们三娘合作,我负责捉,我妈负责杀,秋负责洗。我每次捉了鸡鸭后,会躲到一边伤心。我说:"这些鸡鸭是我养大的,像我的孩子,它们把我当妈妈的……"秋听了,眼睛红了:"啊呀,老妹,你这样子,我都伤心了,别杀了吧……"我妈说:"你们真没出息! 虫吃草,鸡吃虫,人吃鸡,生物链!"一刀把我的"孩子"宰了。

我的伤心,喝到鸡汤就没了。自己养的鸡就是鲜,鲜得一塌糊涂,越吃越好吃。我妈说得对,生物链!

每天晚饭后,菲里普冲到 shop 继续捣鼓老福特,为实现带丈母娘兜风的理想努力奋斗。我们三娘呢,碗一洗,又到狼道散步。

空气中已有了很多春的气味,迎春花、旱水仙、野百合、野葱花都开
了。有时走着走着,突然会有野兔窜出来,把我们吓一跳。走到天
快黑了,菲里普就出来接我们,他怕我们被狼咬。狼道狼道,真的
有狼,我看见过三次。然后,一家人回院子,赶鸡关鸭。菲里普的
任务是把两只鹅摁住。一阵混乱后,动物们各归各位,一家人上楼
看电视。

我们经常看的一个节目叫"你痛我笑",是美国人的家庭录像,
讲他们怎么疯玩、怎么受伤,很有趣,我们边看边笑。菲里普笑起
来没声音,我们三娘的笑声就大了,"咯咯咯","哈哈哈",三个人一
台戏。有时我们三娘看电视,菲里普在一边剥核桃,核桃全是他从
地里捡来的。我们沃顿这地方,钱没得捡,核桃有得捡。我妈吃核
桃时,菲里普就坐在她身边帮她按摩,肩按按,背按按,脚按按。有
一次,女婿还用按摩梳子给丈母娘梳头,痒痒的,很舒服,我妈忍不
住"咯咯咯"笑,笑到后来竟流出了眼泪,她说是沙子进眼睛了。家
里哪来沙子!

我知道,我妈是让女婿惹哭了。

总之,我妈住到我这个女儿的家里后,很快习惯了,安心了,每
天乐呵呵。田园生活,天伦之乐,是她快乐的源泉。

第三章　天伦

中国画家

今天是周五,菲里普休息。他一周休息三天,我妈称之为"三休日"。

今天的早饭是菲里普做的,奶酪三明治。菲里普做饭时,我们三娘围着看。只见菲大师把面包和奶酪扔进电夹板,夹一下,夹出一个三明治,再夹一下,又夹出一个三明治,很快夹出了一大堆三明治。三明治、番茄片、牛油果片、苹果片装盘,缀一枝香菜,漂漂亮亮的早餐做好了。

三明治很香,水果很鲜,丈母娘夸女婿:"这样的早餐好,营养丰富! 谢谢你,菲里普!"

秋说:"是呀,三明治真香,谢谢你,菲里普!"

我说:"哎,谢谢老公,你辛苦了!"

这里插一句,在美国,家里人不管做什么好事,都是要谢的。你不表示感谢,对方会认为你在生气,或者你对他有怨恨。我每天给菲里普做饭,每天听他的感谢,开始不习惯,后来很习惯了,如果他不说,我反倒觉得不对劲。

菲里普做了顿早饭,我们又是夸,又是谢,他当然很得意。但结果是,我妈和秋只吃了半只三明治,我勉强吃了一只。我们都不喜欢奶酪,或者说,中国胃都不喜欢奶酪。菲里普是"奶酪狂",一口气吃了五只三明治。

早饭吃好,菲里普说:"妈妈,秋,今天带你们到镇上看看,顺便去博物馆看画展。"

秋问:"什么画?油画?"

菲女婿说:"中国画!"

我妈和秋很惊讶:"沃顿有中国画家?"

我说:"有啊,名气还很大呢,我们去捧捧场吧!"

我妈和秋一起表态:"那当然了,中国人一定要捧中国人!"

我们出发了,出了狼道就是村道,出了村道就是高速。高速上开十分钟,沃顿镇就到了。这时,菲里普放慢车速,让我妈和秋看看沃顿镇。今天,是她们第一次出门。

沃顿是个百年老镇。镇上有很多百年老店、百年老房,东南西北四条街围成了镇中心,用中国字写,是一个"回"字。"回"字的东、南、北面,是医院、学校、商场、饭店、民居;西面,是镇政府、镇报社、镇消防队、镇警察局,政治文化区。

沃顿很快就看完了。一圈看下来。我妈和秋对沃顿的印象如下。

第一个印象,居民区乱。居民的房子一幢幢很漂亮,家家有花园、有草地,但排列不整齐,一幢朝东,一幢朝西,密的地方密,空的地方空。绿化更乱,有的人家种花,有的人家种草,有的人家种树,有的人家种菜,有的干脆什么都不种,放滑滑梯、游泳盆,让小孩子玩。这还不算,很多人家这里一个小棚,那里一个大棚,这些"棚",英语叫"shop",是美国男人动手劳动的地方,但在我们眼里就是"违章建筑"。总之,居民区就是一个乱字,和杭州不能比,杭州多整齐漂亮!

第二个印象,土地浪费。学校、商场、超市、饭店、电影院、咖啡馆……放眼看去,都是平房,比如沃尔玛、HEB,这么大的超市也是平房。为什么不造高点呢?又气派,又省地。停车场也是,所有停车场,哪怕是牙医诊所的,也大得能停飞机。人没几个,要这么大的停车场干吗呢?放在杭州,能造好几幢高楼大厦呢。浪费啊浪费!

第三个印象,房子便宜。前有花园,后有草地,房子五六百平方米,挂价多少?15万美元!旧一点的,10万美元!这样的房子放在杭州就是别墅,得有几百万、几千万。太平洋要是结冰,杭州人真的会冲过来,把沃顿的房子抢光。

第四个印象,墓地太多。小小的沃顿有四片墓地,墓地上碑石林立,鲜花盛开,漂亮气派,单独看也算风景。但问题是,所有墓地都在镇中心,和商场在一起,和民居在一起,和学校在一起。放在杭州,别说这样的房子没人住,这样的镇也没人来了。

第五个印象,也是老妈和秋最深刻的印象,那些重要机构的房子实在太简陋。比如报社,又小又挤,像杭州小区的剃头店。比如警察局,在路边草地上,一幢孤房,没有围墙、没有岗哨,不知道的,还以为是公共厕所。比如镇政府,远看像仓库,近看也像仓库,如果不是门前的美国国旗和得州州旗,怎么看都不像镇政府。还有沃顿消防队,车库里停着一辆消防车,没见一个消防队队员的影子,着火了谁来救火啊……

我妈和秋把"沃顿印象"说给菲里普听,他听了哈哈笑。他解释说,房子乱、绿化乱是没办法的,土地是私人的,他们想干吗干吗,谁敢管?踏上一只脚,子弹过来了。至于平房,是因为土地太多了,多得用不了。干吗造高楼呢?浪费钱;而且爬楼多累,美国人又懒又胖。墓地嘛,墓地多好啊,热闹。沃顿人太少了,有故去的人做邻居多好,这样的邻居最安全、最安静、最干净,而且从来不抱怨。至于镇政府的房子,你们真有眼光!镇政府的房子原来就是 HEB 超市的仓库,放大米的。HEB 造了新仓库,旧仓库就送给镇政府了。为什么送呢?因为镇政府的老房子破了,想修,要花几十万,征求意见时,居民不同意,怎么办呢?镇长总得要地方办公,HEB 老板很大方,就把旧仓库送给了镇政府。

我妈和秋听了大叹一声:"哦,原来如此!"

那么,为什么消防队只有一辆车,也没看到消防队队员,闹火灾谁去救呢?菲里普说,沃顿的消防队有几十个队员,但都是志愿者,他们人人有消防车,停在家里待命。居民有情况,消防车马上到。这些消防车,包括所有器材,都是沃顿人捐助的。

我妈和秋觉得不可思议,消防队队员都是志愿者?这么危险的事,志愿去做?我告诉她们,菲里普就做了十年消防志愿者,所以他懂救生、救火、救水。十年中,他不知道多少次半夜出动,出生入死,救死扶伤,不拿半分报酬,不但不拿,每年还向消防队捐款。

我妈和秋听了,一起拍菲里普的肩膀:"哇!菲里普,你是大英雄啊!"

菲里普笑着说:"我不是英雄,沃顿人是英雄。很多人抢着当消防队队员,竞争很激烈呢。我现在老了,想当都当不上。"

我妈提了一个问题:"菲里普,消防队这么重要,为什么政府不管?"

菲里普说:"大城市管的,有正规消防队,但沃顿是小镇,政府没钱。养一辆消防车,养一个消防员,要很多钱,政府拿不出钱,沃顿人民就自己拿。"

我妈和秋又大叹一声:"哦,沃顿人真好!"

菲里普说:"沃顿人喜欢当志愿者,我们有消防志愿者、造房志愿者、修路志愿者、校外活动志愿者,小学、中学、大学的校委会委员也是志愿者!"

我妈和秋说:"啊?校委会委员也是志愿者!"

菲里普说:"镇政府里除了镇长,副镇长及以下的镇委会委员也是志愿者!"

我妈和秋说:"啊?镇委会委员也是!"

我说:"这样好啊,镇长不管做什么事,都有志愿者盯着。他一犯错,第二天就见报了,选民马上知道了,他也就玩完了!"

我妈说:"看来,美国是志愿者的天下。"

秋说:"所以,镇长得在旧仓库里办公!"

沃顿镇看过了,接下去,我们去沃顿博物馆看画展。

沃顿博物馆在沃顿镇北面,前面是草坪,后面是牧场。刚进入早春,博物馆四周已经郁郁葱葱,牛群在移动。博物馆也是平房,却是沃顿最好的平房,和镇政府、镇报社的房子相比,博物馆能用上"雄伟壮丽"这个词。

这座博物馆也是志愿者的产物,是由一个叫舒尔茨的人创办的。开始是一小间,后来是一大间,再后来参观的人越来越多,连休斯敦、奥斯汀、达拉斯的人都跑来了。沃顿人认为,沃顿应该有座像样的博物馆,就成立了志愿者俱乐部,帮助舒尔茨搞扩建,建起了现在这座博物馆。里面的展品呢,都是沃顿人捐献的;工作人员也都是志愿者。菲里普也是这里的志愿者,负责修电器。

我们进博物馆时,门口坐着一男一女,七八十岁,看见我们就说:"早上好,欢迎欢迎!"

我妈和秋知道他们都是志愿者,很尊敬地说:"早上好,谢谢!你们辛苦了!"

博物馆第一个展厅,是用照片和实物展示沃顿的历史。沃顿有两百年历史,沃顿最早的人是印第安人,最早的文化是牛仔文化,最早的农业是种植棉花和核桃,最早的作坊是纺纱和制奶酪,最早的工业是硫黄和石油,最早的商业是咖啡和酒吧,最早的饭店是烧烤和汉堡,最早的学校是沃顿中学。

第二个展厅里是老古董,有老电脑、老打字机、老相机、老收音机、老游戏机、老工具。那些老工具除了种田、养牛、驯马用的工具,大多是家用工具,有制奶酪的,有做冰淇淋的,有磨豆的,有剥核桃的。它们看上去很简单,但都是当年沃顿人的生存武器。

在一个角落放着一个木桶,桶外有一个手柄,这是滚筒洗衣机的雏形。我妈对这台洗衣机特别欣赏,看了又看,由衷地说:"美国的古董虽然不像中国的古董,却是他们从手工业走向制造业的见证。对他们来说,真的是古董!"

秋指着一台剃头椅说:"嗨,菲里普,这东西你也有呀!"

菲里普得意地说:"是呀,我的比它还旧!"

我妈说："菲里普，那台游戏机你也有啊！"

菲里普更得意了："妈妈，那台游戏机是我捐的，我捐了三台！"

这时，走来一个老人，拄着拐，他就是舒尔茨，博物馆的创建人。菲里普向舒尔茨介绍自己的中国丈母娘、中国姐姐。舒尔茨马上把手伸向她们，问："画看过啦？"

菲里普说："画还没看，先参观。"

舒尔茨对我妈和秋说："中国画展可棒了，你们一定要看！"

我妈和秋连忙说："会看的，会看的！"

舒尔茨转头对菲里普说："有一台唱片机不会转了，还有台游戏机不能丢钱币。"菲里普一听，马上修唱片机。这台唱片机有三门冰箱那么大，里面一层一层，一共十几层，每一层有一圈唱片，启动时会自动换片，是二十世纪初的古董。菲里普捣鼓了没几下，唱片机转了起来，传出的音乐很嘶哑，但听得出是《魂断蓝桥》。接着，菲里普花了五分钟，把游戏机也修好了。

菲里普修好机器，舒尔茨非常高兴，说还有一个展厅，本来今天是不开放的，但中国客人来了，破例开放！说完，就带我们去了这个展厅。这个展厅是一幢独立的房子，但和博物馆连在一起，屋子里全是猛兽标本，有威风凛凛的老虎，雄姿勃勃的狮子，昂首挺胸的白熊，凶相毕露的豹子，高大如山的野牛……墙上缀满了羚羊、斑马、野鹿的头。

这个标本房，是沃顿博物馆的主打展厅。

1899年，一个男孩在沃顿出生，名字叫强森（Marshall G. Johnson），他父亲是个石油大亨，所以强森长大后，也成了石油大亨，是沃顿的首富，也是休斯敦地区的大财主。强森娶的老婆比他大十岁,是大农场主的女儿,继承了成千上万的牧场。强森夫妇实在太富了,向社会捐钱捐地,如今的休斯敦医城、沃顿医院、沃顿社区大学、沃顿中学及小学,所有的土地都是强森夫妇捐的。

强森最大的爱好就是打猎,最常去的地方是美国的阿拉斯加、加拿大北部、非洲南部、印度中部。这些地方都是猛兽出没的地方。他打了猎,一不吃肉,二不卖钱,只做标本。每打到一头猛兽,他就用专机运到纽约,找最好的工匠,花最大的成本,做成标本收藏在沃顿的家中。

强森出去打猎从不带妻子,打猎是一件玩命的事。强森最后一次打猎是在沃顿的熊窝,就是我家所在的地方。这里熊多得要命,很多人被熊咬死,所以叫熊窝。政府号召大家打熊,熊一年年少下去了。1950 年,强森在这里打死一只棕熊,报纸登了他和棕熊的照片,并宣告:"沃顿熊窝最后一只熊被强森打死了! 强森是我们的英雄!"

打猎太辛苦、太惊骇,强森七十岁生日一过,就得心脏病死了。很多人说,他是被猛兽吓死的。他老婆莉莉一直活到九十八岁。他们这一生有很多石油、很多地、很多钱,就是没有孩子,财产无人继承。所以莉莉死前,根据强森的遗愿把钱都捐了,地都捐了,并把这幢藏满标本的房子捐给了沃顿博物馆。

沃顿人无论如何都不会忘记强森,强森是沃顿人的骄傲,他留给沃顿居民的不光是钱,还有精神。什么精神呢? 就是慷慨的精神、拼命的精神。这些标本,都是他用命拼来的。

听了强森的故事,我妈说:"强森真的很了不起,在那个年代,历尽风险、花尽钱财,留下这么珍贵的标本,比那些拿了钱去害人、去造武器、去打仗的人高尚多了!"

从强森的标本屋出来,舒尔茨带我们去画展厅。画展厅里光线明亮,几十幅中国画,有的挂在墙上,有的放在桌上。我妈和秋走过去认真看,看了几幅后,秋说:"林,这些画好像不怎么地,我觉得你也画得出!"我妈说:"就是啊,林,你的画一点不比它们差!"

我和菲里普捂着嘴笑,舒尔茨也笑。

我妈和秋看看菲里普,看看我,看看舒尔茨,一下子明白了:"啊! 林,是你的画吧?"

我很得意地原地转了个圈。

舒尔茨说:"我们放在这个时候展出,就是为了让你们看,让你们为林骄傲!"

我妈听了,一把抱住我,激动地说:"啊呀,原来我女儿就是那个中国画家! 我这个妈妈太光荣了,太高兴了!"

秋刚才还说画不怎么地,现在改口了:"我说呢,沃顿除了我老妹,谁能画得出这么好的画!"说完,拿起她的 iPad 现场直播:"看见这些美丽的画了吗? 梅兰竹菊四君子,花鸟鱼虫荷仙子! 画家是谁呢? 是我家老妹。画在哪里展出呢? 美国博物馆。"说完,"啪"地一下发出去了。

我连忙纠正:"老姐,不是美国博物馆,是沃顿博物馆!"

秋说:"管它什么馆,反正都在美国!"

我问:"你发给谁啦?"

她说:"发给全家了! 包括你和菲里普!"

我笑了:"这下我出名了!"

我妈说:"来、来,我们和大画家一起拍照留念!"说完,拉着我,拉着秋,摆好姿势。菲里普用中文喊:"一! 二! 三!""三"喊得像"香",我们一下子笑了。这张照片里,三娘的眼睛都笑没了。

乱了一阵,我妈才想起来问:"林,沃顿博物馆为什么办你的画展?"

我告诉她们,这个博物馆从主人到工作人员都是志愿者,大家不但不拿钱,还帮助筹钱,有钱了就能应付博物馆的日常开销。他们筹钱的一个方法就是每月搞一次特展,展出有特色的东西。特展其实就是特卖,赚到的钱归博物馆,所以需要大家志愿报名,我就报了名。

秋说:"哈哈,原来林也是志愿者,卖画志愿者。卖掉几张了?"

我说:"展出一周了,一张没卖掉。"

我妈说:"别灰心,不是还有时间嘛。我女儿的画,还会卖不掉?"

这时,舒尔茨开口了:"林,别担心,看画的人可多了,会有人买的。别人不买,我肯定要买,买一对!"

告别了舒尔茨,离开博物馆时已经十二点多了。我妈开心地说:"这个博物馆是我参观过的最好的博物馆! 有历史,有故事,有古董,有标本,还有宝贝女儿的画! 如果我回去和人讲,肯定没人信;也许他们还会笑,博物馆是什么地方呀,怎么能随便挂画? 我要告诉他们,别笑,这事在美国就是有可能!"

我说:"唉,要是一张也卖不掉,我白当志愿者了。"

秋说:"卖画有什么难? 我买! 老妹当卖画志愿者,老姐我当买画志愿者!"

我妈说:"对,这个志愿者我也当! 向女婿学习,当志愿者光荣!"

菲里普说:"我也当！家里挂不下,挂我 shop 里!"

我被他们哄得咧嘴笑。

一个月后,我的画卖掉了两幅,每幅 100 美元,全部捐给了沃顿博物馆。

打枪比赛

菲里普每天下班后总是不停地干活,这里修修,那里补补,一会儿上房,一会儿上树。菲里普干活时,我妈和秋很喜欢在一边看。我妈总是边看边说:"菲里普勤劳,不是一般的勤劳。"我说:"妈,在美国不勤劳不行,人工费很贵。"

有时菲里普做事,我妈和秋也要参与,比如往树上挂玉米瓶、小米瓶、葵花籽瓶,这是用来喂松鼠、小鸟的,菲里普每年开春都要挂。我妈和秋觉得很新鲜,跑过去一起挂。挂食瓶的事,她们以前听说过,却没想能亲手挂一次。

菲里普干活时,秋参与得最多。菲里普割草,她也要割,开着割草机跑得欢,菲里普怕她撞着树,就追着她跑,跑得汗流浃背。这时我妈就会喊:"为平,停下,菲里普比你还累!"菲里普修树枝,秋也跟着修。有一次修高枝,菲里普刚把梯子架上,秋就抢先上去了,爬得老高老高,吓得我和老妈不敢看。

总之菲里普干什么,秋都要去帮忙,连菲里普烧垃圾她也要帮,把火烧得半天高,吓得我妈生怕她把房子烧掉。菲里普很高兴,夸姐姐勤劳。我妈说:"秋聪明、勤劳是真的,不过想玩也是真的。"嘿嘿,知女莫若母呀。

有一天,菲里普下班后没干活,说要带我们骑摩托车,我妈一听就摇头,我也摇头。我和我妈都怕两样东西,一是高度,二是速度。但秋不怕,她一听要骑摩托车,欢呼雀跃,光着脚要往摩托车上跳。我连忙把我的骑车行头拿出来,头盔、皮衣、靴子、手套,逼着秋一样样穿好。

菲里普发动了摩托车,"轰"地一下带着秋跑了。跑了一圈回来,秋看到我们,老远就在叫:"爽啊爽啊,我还要骑!菲里普,骑快点!"菲里普哈哈一笑,带着秋又骑了一圈,骑到了 60 码。回来后,秋还没过瘾,还要骑,菲里普又带她骑了一圈,骑到了 100 码,她还是不过瘾。100 码这个速度让警察看见,要下罚单了!他们第四次骑回来后,秋跳下车就问我:"林,你最快骑到多少?"我说:"50。"她神气活现地说:"我 120!"她骑了 120 码,还面无惧色。这个姐姐和我是不是一个妈生的呀!

这时菲里普说:"林,上来上来,我也带你骑 120 码!"吓得我往老妈背后躲,老妈护着我说:"别骑了,别骑了,我看看都怕!"

我这么怕高怕快的人,几个月后,竟跟着菲里普骑着摩托车,骑越了阿尔卑斯山。阿尔卑斯山几千米高峰、几千米悬崖,我怕成什么样?发生了什么?在这里就不说了,都写进了我另一本书——《骑越阿尔卑斯山》。

话说回来,割草、上树、骑车后,菲里普更喜欢秋了,夸这个姐姐聪明、勇敢、勤劳。

我妈告诉菲里普,秋在家是老二,十五岁就下乡,干过很多农活。因为是老二,家务事做得最多,最听话,最能忍受委屈。

秋说:"是呀,老二老二,爹不疼,娘不爱!"

菲里普说:"我在家也是老二,十五岁也干农活,割草、割玉米,也是爹不疼,娘不爱! 爹还要打!"

我妈说:"为平,谁说不爱啦,最爱你!"

我问老妈:"我呢?"

我妈说:"也最爱你。"最爱只有一个,怎么有两个?

总之,菲里普和秋,老二见老二,两眼泪汪汪。菲里普决定对秋好一点,再带她玩。玩什么呢? 打枪! 秋一听要玩枪,欢呼雀跃;我妈一听,摇头说:"打枪的事,你们玩,我看看就行!"

菲里普说:"妈妈,你一定要玩,说不定你第一名!"

我和秋围住老妈一起说:"对,对! 老妈一定要玩!"我妈还是摇头,我们就拉着她的手唱歌:"古有花木兰,替父去从军! 我们娘子军,扛枪为人民! 向前进,向前进……"

我妈哈哈笑,无奈地说:"啊呀呀,你们三个凑到一起,都变回了小孩子! 好吧好吧,我也变回小孩子,和你们一起玩!"

打枪这天,菲里普在后院准备了一张桌子、几盒子弹、三把枪,然后在 20 米远的地方架好木板,贴上纸靶。三把枪中的一把 R22 是我的,一次只能打一颗子弹。这把枪是菲里普送我的生日礼物。菲里普说这枪安全,打一枪是一枪,不容易走火。我呢,对这把枪很有意见,我说:"如果有两个敌人,杀了一个,还有一个怎么办?"菲里普说:"傻丫头,你杀了一个,还有一个早逃得看不见了,和打鸟的道理一样,一树的鸟,你开一枪,还有几只留下来?"

另外两把枪都是菲里普的老枪,一把六十岁,一把八十岁,是菲里普的心肝宝贝,平时我想摸一下也得打申请报告。为什么呢?他一是怕我乱摸,把枪摸坏;二是怕我乱玩,玩出事来。我的枪技状况是,不会装子弹,只会扣扳机。

一切就绪,打枪比赛开始。

我第一个上,没选老枪,还是选择我的 R22,不管怎么说,这把枪声音轻、后坐力弱,好打。我打之前先开口:"我以前打枪,人家都喊我'隐形杀手'!"说完就扣扳机,"砰"一声打在了靶上。我和秋跑过去看,9.5 环!"隐形杀手"没吹牛。

秋第二个上,打之前也说道:"我当过民兵,人家喊我'冷面杀手'!"说完,握起菲里普的老枪。我提醒"冷面杀手":"这把枪很响的噢,当心耳朵聋掉!""冷面杀手"向我冷冷一笑,瞄准。我赶紧把耳朵捂上,听见"砰"一声,全院的鸡鸭都飞了起来,连鹅也飞了起来。我和秋过去看靶子,正中靶心,10 环!我很嫉妒:"我的妈呀,果然是'冷面杀手'!"

轮到我妈了,我妈神气地说:"我也当过民兵的,打枪会打的!三点成一线!"我连忙把我的 R22 交给她,她握住枪,搁在桌上瞄,瞄得很认真。我们都屏住呼吸等枪响。这时,我妈竟握着枪"咯咯咯"笑了起来,她说:"啊呀,我觉得好笑,我都八十了,怎么和你们这些小孩子一起玩枪!"

秋说:"八十算什么,我一百岁时还要玩!"

我说:"妈,打枪不能笑,前面是敌人,你一笑,敌人就跑了!"

我妈不笑了,又握住枪仔细瞄。我们又屏住呼吸等枪响。但我妈又说话了:"孩子们,我往哪儿打啊?"

我和秋一起说:"打靶心!"

我妈说:"我连靶都看不清,怎么能看到靶心?"

菲里普说:"妈妈,别担心,朝前打就是了!"

于是,我妈听女婿的话扣了扳机,一声清脆的枪响。我和秋跑过去看,靶上还是两个洞。我和秋互相看了一眼,回头欢呼:"妈,打中了,打中了!"

我妈一听,高兴地说:"真的? 我瞄都没瞄就打中了?"

秋说:"妈,高手都是这样,不用瞄!"

菲里普说:"妈妈,你真棒,再打一枪!"

我妈又打了一枪,这枪出去,还是没上靶,却打下了一根树枝。我和秋欢呼:"妈,好枪法,你把树枝打下来了!"

我妈说:"啊呀,我怎么打到树上去了,没上靶!"

秋说:"妈,这叫歪打正着,你本事最大!"

我妈捧着枪"哈哈哈"大笑,我从来没见她这么放声大笑过。

这时,菲里普上场了,他冲着我和秋说:"你们三个太厉害了! 但我不会输给你们!"他拿起最大一把枪,子弹装好,瞄得很快,也打得快。"轰"一声巨响,我没来得及捂耳朵,耳朵马上嗡嗡乱响。

我们跑过去看,靶上有几十个洞,连靶心都穿烂了! 菲里普很得意地说:"怎么样? 输了吧?"我马上明白了,他打的是散弹,这种散弹,一枪出去,百把个小弹头,能打一堆敌人。于是我向菲里普喊:"你赖皮!"秋说:"不算不算!"

菲里普换了张新的纸靶,把枪交给我妈,说:"妈妈再打一枪。"

我妈不肯打了,说她打枪是浪费子弹。我和秋知道菲里普的用意,一起哄妈妈:"老妈,最后一枪啦,你一定行的啦!"

我妈拗不过我们,又捧起枪,对准前面就放了出去。我们跑过去,把纸靶收回来给妈看,上面千疮百孔。我妈吃惊地说:"啊呀,这是我打的吗?我怎么一枪打了这么多洞?"

菲里普向丈母娘竖大拇指,我和秋一起说:"妈,你才是'一号杀手'!打枪比赛,你第一!"

我妈很开心,马上把这张纸靶小心叠起来,放进了衣袋,她要带回家给我老爸看。

接着,菲里普把两只啤酒瓶放在地上,上面搁上可乐瓶,他要和我们姐妹比赛,看谁一枪命中可乐瓶。秋第一个打,"砰砰"两枪,打掉两只可乐瓶。我第二个打,"砰砰"两枪,打掉一只可乐瓶。菲里普呢,"砰砰"两枪,没打到可乐瓶,却打爆了两只啤酒瓶。菲里普宣布,打可乐瓶,秋第一名,我第二名,他第三名。我和秋击掌庆祝,跳舞。我们打败了菲里普,打败了老猎手!

我妈一直在观战,这时说了一句:"我觉得菲里普才是第一名,他把啤酒瓶打破了,可乐瓶也掉下来了,这叫'一枪双瓶'!"

这天,我们打枪一直打到夕阳西下才收起靶子。回家时,我们三娘各扛一把枪,走在前面;菲里普扛着桌子,走在后面。四个人,一路纵队向家里走。我和秋边走边唱:"日落西山红霞飞,战士打靶把营归,把营归……"我们一开头,我妈也跟着我们唱:"咪索拉咪索,拉索咪哆来……"

菲里普不知道我们唱什么,就在后面学鸭叫:"嘎嘎!嘎——"逗得丈母娘唱不下去。

夜半猪叫

有一天,菲里普很晚才回家,回到家天已漆黑了。他一下车,就向我们"噢噢噢"三声叫。这是什么叫?猪叫!叫完,菲里普从车里拖出一只麻袋,一打开,掉出来两个大家伙。什么?野猪!难怪他学猪叫!

两只野猪黑乎乎、毛扎扎、血淋淋,露着獠牙,瞪着死不瞑目的眼。我妈和秋看了一眼,毛骨悚然。她们第一次看到野猪,没想到这么丑。

我一直催促菲里普去弄野猪,我妈和秋的胃都不太好,我想请她们吃野猪胃。没想到菲里普一下子弄回两只,我马上表扬他:"亲爱的,你真有两下子!弄来两只!"

菲里普说:"两只野猪两个胃,妈妈和秋一人一个!"

我妈说:"太好了,野猪胃灌糯米,蒸烂了很好吃!"

秋说:"还是切成丝,爆炒好吃!"

我说:"你们吃的时候,给我也吃一点哦!"

我妈说:"放心,你有得吃,菲里普也有得吃!"

菲里普听了哈哈大笑,他知道这个马屁拍对了,现在他在丈母娘眼里是个大大好的女婿!

那么,两只野猪从哪儿来的呢?菲里普单位有一个同事叫戴维,业余时间捉野猪,捉到后挂到公司网上卖,一只45美元。他昨晚捉到两只小野猪,虽然小,也都有100磅。他挂到网上后,有五个人跑到戴维家买野猪,其中就有菲里普。竞争激烈,但最后戴维全卖给了菲里普。为什么呢?因为另外四人只要全精肉,别的都不要,戴维得帮他们剥皮去骨取肉;菲里普却表态:"连头带尾,包括肚里货,我全要!"戴维惊问:"你要肚里货做什么?"菲里普说:"请我的中国丈母娘、中国姐姐吃!"戴维一听,当即"砰砰"两枪把野猪杀了,每只35美元,卖给了菲里普。

听完菲里普的叙述,我们都很奇怪,我们要这么多东西,戴维为什么反而少收10美元?

我妈杏眼转转,说:"懂了,我们敢吃肚里货,戴维感动了,降价!"

我姐凤眼转转,说:"不是,是我们帮他省了力气,他表示感谢,降价!"

我说:"不是,他一听天下还有这么苦的人啊,苦得要吃野猪头和肚里货,帮帮他们吧,降价!"

菲里普很认真地说:"你们全想错了!戴维是认为我疯了,不请丈母娘吃汉堡,请她吃猪胃!他想这样的疯子惹不起,还是对他好一点吧!降价!"

我们一听哈哈大笑。

我妈说:"说美国人和中国人不一样,真的不一样!"

秋说:"幸亏不一样,要是都一样,哪轮得到我们吃野猪胃啊!"

接下来要剖野猪。剖野猪的主力当然是菲里普。他在院子里点上灯,摆开了杀猪刀。这些刀中有剥皮的,有挑筋的,有剔骨的,有开膛剖肚的,亮晃晃一排。

动手前,菲里普先灌酒,一大口中国茅台,我哥为民送他的。他灌酒是为了壮胆,别以为菲里普天不怕地不怕,他还是有怕的。他怕高,上房、上树前,要灌酒壮胆。他怕蛇,因为被蛇咬过;他怕蜂蜇,因为蜂蜇就像打针,他最怕打针,怕得要命,还没打就先抖。所以,他杀蛇、采蜜前,也必须灌酒壮胆。

那么今天为什么灌酒?这是因为他剥过蛇皮、兔皮、浣熊皮,却没剥过野猪皮,更没给野猪开过膛剖过肚,心里有点慌,又不能说出来,他可是家里的男子汉。那么,灌酒吧!

菲里普一大口茅台下去,血气冲脸庞,豪气冲云天,手持尖刀,跨开马步,甩开臂膀,"哗"一刀下去,野猪血溅卡车,我们三娘一起闭眼。

等我们睁开眼,菲屠夫开始剥野猪皮。从猪脚开始。把脚钉在木板上,切开一段皮毛,然后用力往下扒,一直扒到只留下一只毛扎扎的头。这时菲屠夫"哗"一刀,把头砍下来,顿时血肉横飞,我们三娘又闭眼。

等我们再睁开眼,菲屠夫已换了把刀,准备开膛。只见刀光一闪,野猪肚皮裂开,里面的东西"哗啦啦"掉了出来,血淋淋、软绵绵,一大包。我们三娘惊叫着逃开。菲屠夫冲着我们喊:"嗨嗨嗨,甜心们,别走。心肝肠肾胃全要吗?"我们三个捂住嘴巴,拼命点头。

菲里普一听，又给自己灌酒，他的脸已灌得通红了。然后他开战，拉肠，掏心，割肾，取肝，最后，他把野猪胃拎了出来，这个胃像一只打足气的篮球。菲屠夫一刀将胃剖开，流出一大堆稠密的黄浆，很恶心。但菲里普说："快来看、快来看，全是你们喜欢吃的核桃！"

我们一听，凑近看，果然全是核桃浆，还能看到核桃壳。难怪它们毛闪亮，牙雪白，肉结实，吃核桃吃的！

这时，菲里普开始剥野猪头，这是细活，得一刀刀来。

看女婿干活，丈母娘感叹道："我女婿太勇敢了，很多美国人怕做的事，他却不怕！"

秋说："还不是让林给逼出来的。娶了中国老婆，不敢剖野猪怎么行！"

两小时后，两只野猪全部被扒了皮、剖了腹。这时菲屠夫换上电锯，开始锯骨分肉。我们三娘也都出手了，菲里普锯猪腿时，我帮他按住，这样他锯得稳。我妈把分好的肉一盆盆拿进屋里洗。秋呢，拿着水管冲内脏，肝冲干净了，胃冲干净了，肾冲干净了，心冲干净了，剩下肠，秋喊我帮忙。她让我揪住肠的一头，她向里面灌水，"哗哗哗"没灌几下，我们看见地上有东西在动，低头一看，是一堆虫，白白胖胖的，从肠里面冲出来的。我和秋"妈呀"一声，扔掉猪肠和水管，逃得远远的，冲着菲里普喊："肠不要了！肠不要了！"

菲里普脸红红地嚷："什么？我都不怕，你们怕了！到底谁是中国人啊！"

就这样，我们三个在外面作业，分猪肉；我妈在里面作业，洗猪肉。两只野猪的肉被全部锯开、分好、洗净,这时已经半夜了。灯光下,有一大堆皮毛、大肠、脂肪。菲里普拿了一根绳子,把这些东西捆成一个血包,拎着向树林走,等他回来时,手上空了。我问:"扔哪儿啦?"他说:"扔约翰院子里了!"秋说:"什么?他明天看见,要发怒了!"菲里普说:"他敢!"说完,仰天"噢噢噢"三声。他被中国茅台灌醉了!

之后,我们收工进屋。进了屋才看清,我和秋脸上、头发上、衣服上,粘着猪血、猪肉,还有猪毛。我妈拿了毛巾过来,一边帮我们擦,一边笑:"嘿嘿嘿,看看你们俩,都变成小野猪了!"

我和秋一听,"噢噢噢"连叫三声。

甜甜蜜蜜

"野猪之夜"的第二天早上,我们三娘散步时碰到丽莎,她正在跑步。想到前一晚菲里普扔血包的事,我们心虚,向丽莎打了个招呼就走开,没想到丽莎追上我们,急吼吼地说:"林,你们小心呀!昨晚狼来了,野猪也来了,狼吃了野猪!"我们"啊"了一声,站住了。丽莎说:"昨天半夜,我们听到狼嗥。今天早上出门,看到院子里有一群秃鹰正在吃野猪毛,肉和骨头都没了,全让狼吃了!"

我吃惊地说:"啊呀,看来不止一头狼呀!"

丽莎跑开后,我们忍不住笑,菲里普明明学猪叫,怎么变成了狼嗥?不过这样也好,血包的事栽赃到了狼头上,约翰不会找茬了。

接下来几天,我们连着吃了三顿野猪肉。第一顿是我做的,炖了一大锅全精肉,摆上桌,一家人吃得很欢。老妈说,这肉的味道,小时候吃到过。第二顿是秋做的,她把野猪胃炖烂,切成丝,加调料凉拌;把野猪心煮熟,切成片,加酱油白切;把野猪肉切成丁,加香菇爆炒。这三盘东西上桌,全体哄抢,直到盘子抢空了,我和菲里普才想起来，胃是老妈和秋的"专属"，没我们份的，但来不及了，吃到肚子里去了。菲里普摸摸大肚子，很抱歉地说："妈妈，秋，这次野猪胃没吃够，下次他们打野猪，我去多捡几只！"

也许你看到这儿不相信，野猪这么有得捡吗？我告诉你，很有得捡。我们这一带庄稼多，野猪也多，特别是夏天，玉米棒子长大了，野猪也出动了，农场主必须雇枪手打，不然他这一年的收成就没了。野猪成群结队，一晚上能打一片，少则几十头，多则上百头，全扔在野地里。这时候去捡，想要多少有多少。

我们吃的第三顿野猪肉是菲里普做的，他把猪大腿用调料腌一腌，涂上厚厚一层蜂蜜，放进室外的烧烤炉烤四小时，烤得皮开肉绽，香飘满院。这时，取出来再涂一层蜂蜜，切成片，配上豆酱、薯片、沙拉，开吃。这种吃法叫蜜汁烧烤，得州名吃。

我和秋是"食肉动物"，这样的蜜汁烧烤，一口气吃了好多。我妈是"食草动物"，但也吃了不少，因为她喜欢蜂蜜。她说："烤肉上涂蜂蜜，很开胃！好吃！"

我说："这上面的蜂蜜，是我们家的小蜜蜂酿的。"

菲里普说："对了，过几天，我们一起采蜂蜜！"

我妈和秋一听要采蜂蜜，一下子变得很兴奋。她们喜欢吃蜂蜜，也很想知道蜂蜜是怎么采的。

蜜是怎么采的呢？想知道这件事，得先知道怎么酿蜜。

酿蜜第一要有蜜蜂，第二要有蜂箱，第三要有蜂板，第四要有野花。

蜜蜂会在蜂板上筑六边形的巢穴，筑巢的材料是蜜蜂的分泌物，我们管它叫蜡。蜡巢筑好后，蜜蜂就来来回回，把采来的花蜜一点点放进去。蜜蜂的一生只有 30 天,一生只酿一汤匙蜜。

所以,甜蜜的事业需要前赴后继的"接班"蜂。这件事由蜂皇完成,蜂皇和雄蜂交配后,往巢穴下蛋,蜜蜂向里面喂蜜,蜜满巢穴后,用蜡封起来。里面的宝宝孵化后,蜜就是喂养它们的乳汁。有一天,它们会咬破蜂蜡飞出来,继续甜蜜的事业。

蜜蜂有三大天敌。第一大天敌,飞蛾。别看飞蛾小,它们会成群涌入蜂箱,下蛋快,孵虫快,虫吃掉蜂蛋,吃掉巢穴,让蜂皇无处下蛋。第二大天敌,蚂蚁。蚂蚁会把蜂房咬破,给飞蛾提供通道。第三大天敌,跳蚤、螨虫。这些小鬼子跳到蜜蜂身上,蜜蜂痛痒难熬,只好背井离乡。

所以说,蜜蜂酿蜜不容易,首先要生存。

我们家有 5000 只蜜蜂,两只蜂箱,上下相叠。底下这只蜂箱的蜜给蜂皇吃、蜂皇用,让她从从容容,传宗接代。上下两只蜂箱之间隔着小网,胖蜂皇不能过来下蛋,小蜜蜂能过来酿蜜,所以上面这只蜂箱的蜜才是给我们吃的。蜂箱里面有十板蜜,但我们一般只取五板,还有五板留给蜜蜂,冬天采不到蜜时,这是它们的战备粮。

我们取走蜜,一般蜜蜂不介意,它们的本性温柔、随和,默默奉献,只要不被过分惊扰,一般不会攻击。但有一种蜂叫"killer bee",杀人蜂,如果它们混在蜂群里,你拿走它的蜜,它会和你拼命。有一年,菲里普刚把蜂板搬回家,成千的杀人蜂追来了,包围了房子,杀声一片,吓得菲里普好几天不敢出门。

那么,杀人蜂从哪儿来的呢?每年春天,蜂皇会飞出去找"情人",她的"情人"至少有七个,品种不同。蜂皇如此风流不是享受爱情,而是要培育不同体格的宝宝,宝宝长大后,酿的蜜也不同,混在一起是上等野蜜。蜂皇喝了这样的蜜,产下的宝宝更健壮。但如果蜂皇"交友不慎",就会产下杀人蜂,养蜂人会有生命危险。

上面这些关于蜂的"蜂之语",是我说给老妈和秋听的,她们听了,第一句感言是:"蜜蜂真不容易!"第二句感言是:"养蜂人真不容易!"第三句感言是:"我们真的要珍惜每一滴蜜!"最后的感言是:"林,你懂得真多!"我说:"都是菲里普教的,他养了二十几年蜂,是个老蜂人。"

我妈说:"菲里普了不起,样样会,样样懂!"

秋马上说:"老二呀!"

话说回来,一个阴雨天,菲里普向我们宣布当天要采蜜,因为阴雨天蜜蜂不兴奋,不太会攻击人。采蜜的时间定在天黑前,这时蜜蜂准备洗洗睡了,最好下手。采蜜人呢,是菲里普和秋。这个差事不好玩,我一点都不想和秋争。

天快黑时,菲里普和秋武装好了,裹上了专业蜂衣,白色,连体,无缝。行动前,菲里普对秋说:"秋,你跟着我,我把蜂板取出来,放到车上,你马上拉回家。蜂衣要脱在门外,如果有蜂沾在上面,不会带进家。"

秋说:"好!"

菲里普又说:"万一有杀人蜂,你马上跑,别回头,跑得越快越远越好! 跑不动也要跑!"

秋说:"好!"

我说:"亲爱的,你放心,秋以前是长跑冠军。"

菲里普说:"林,如果秋跑,你和妈妈也要跑,朝狼道跑,别跑进家。"

秋问："怎么才知道有杀人蜂呢?"

菲里普说："蜂蜇你了呀。家蜂不蜇人的,杀人蜂才会蜇,它的针很厉害,能穿透蜂衣,跟打针一样!"

秋一听叫了起来："妈呀,先打一针才能跑呀!"

菲里普"咕咚"喝了一大口酒,还是中国茅台,然后带着秋向树林走。菲里普手上有一把烟壶,驱蜂用的;秋拖着小拖车。

我和老妈站在离蜂箱20米的地方,向他们张望。

菲里普和秋一前一后走到蜂箱前,菲里普先挥烟壶,挥了几下,回头和秋说了什么,秋突然向我们跑。她一跑,我拉上老妈也要跑,秋叫着："别跑! 烟灭了,我要打火机!"我连忙跑回家,拿打火机给她。

我和妈继续张望。菲里普熏了一会儿烟,放下烟壶,很小心地打开蜂箱的顶盖,盖一打开,他们俩就一起向后退了一步,估计是看见蜂了。菲里普又用烟熏,然后很慢地取出一块蜂板放到小车上。秋回头,向我们做了个"OK"的手势。看来很安全,没惊动蜜蜂,更没有杀人蜂。

菲里普继续小心翼翼取蜂板,两块,三块,四块,就在取第五块蜂板时,秋突然一个转身,又向我们狂跑,吓得我一把拉住老妈,正要起步,听见秋在叫："别跑! 我要相机! 我要拍照!"我赶紧把手上的相机扔给她。

直到菲里普和秋把五板蜜搬进了家,关上了门,我和老妈才松一口气。我对秋说："啊呀! 没被蜂吓死,差点被你吓死!"

秋脸红红的,兴奋地说："我也差点吓死。打开蜂箱盖时,里面一大片,黑压压,全是蜜蜂!"

接下来取蜜。这件事充满了快乐和甜蜜。

取蜜第一步,是割蜡。蜂板表面一层都是蜡,割蜡的方法是用电蜂刀,先加热,然后从蜂板的横面平平地割,割下来的蜡像蛋卷一样卷在一起。蜂蜡一割开,蜂板上就露出了六边形的蜂巢,巢里的蜜像泉水一样汩汩向外冒,这时得马上放进滚桶。

菲里普割蜡时,我们围着看。割下来的蜡卷依然有很多蜜不断渗出来,我们都伸出手指蘸,放进嘴里舔,边舔边笑。

菲里普割了四板蜡后,把电蜂刀交给秋,让她感受一下。菲里普说,不能割得太深,会割掉蜜;也不能割得太浅,会把蜡质留在蜜中。秋说了声"OK",拿过刀就割,割得咬牙切齿的。割好后,喊了声"啊哟!我的妈呀"。她说:"看着容易做着难。要有手劲,更要有巧劲!"

蜡全割下来了。这时,桌子也甜了,地上也甜了,瓶瓶罐罐也甜了,到处都沾上了蜜,我们的身上也沾上了,但我们没浪费,能舔的我们都舔掉,还嚼蜂蜡里的蜜。有个成语叫"味同嚼蜡",意思是淡而无味。但如果嚼的是蜂蜡,就完全不同了,蜡是甜的,很香浓的甜。我们三娘嚼蜡时,没忘记菲里普,掰下一块蜡塞进他嘴里,他一边忙一边嚼,笑着说:"甜心们,别把蜡扔了,我们用它做蜡烛!"

蜂板全部进了滚桶,取蜜的时候到了。滚桶上有个把手,摇动时带动内胆,内胆带动蜂板,"哐哐哐哐"摇,蜜就下来了。摇滚桶时,我们三娘都去帮忙,你摇一下,我摇一下,五板蜜沉得像铅,我们没摇几下就满脸通红,摇不动了。最后还是靠菲里普,这个大力士一阵猛摇后,打开滚桶下面的龙头,蜜就像自来水一样"哗哗"流出来了,我们就像石油工人看到石油,欢呼起来。

灌瓶时,一家人流水作业,菲里普接蜜,我传蜜,秋灌蜜,我妈扶瓶。装蜜的瓶子是只塑料小熊,胖脚、胖身子、胖脑袋,眼睛黑溜溜,头上还有顶黄帽子。这样的小熊,我们一装就装了25瓶,它们排着队把餐桌站满了。小蜜蜂的一生是30天,一生采一勺蜜,这25瓶蜜,多少条生命?

甜蜜入瓶,采蜜的事业全部结束,这时已经是午夜了。但菲里普还要做一件事,就是把蜂板还给小蜜蜂们,让它们继续甜蜜的事业。菲里普还蜂板时也是全副武装,我们三个站在露台上看,等他把蜂板放回去,安全走回露台,我们才放心。

这时,天上已亮起了繁星。我们一边看星星,一边舔手指头,我们的手指头很甜,当然心里更甜,一家人在一起采蜜、品蜜,做这么甜蜜蜜的事,心怎么会不甜!

舔完手指头,菲里普挨个儿道晚安,丈母娘主动上去,给了女婿一个快乐的拥抱,由衷地说:"菲里普,谢谢你,今晚太快乐了,我爱你!"

女婿抱着丈母娘,甜声说:"妈妈,我也爱你!"

这个夜,甜甜蜜蜜。

第四章　见识

美国商店

一到"三休日",菲里普就当车夫,拉着我们三娘到处跑。跑得最勤的地方,是商店。菲里普知道,要拍女人马屁,就把她们往店里塞!

老妈和秋当然开心,她们最想逛店了,一是想见识见识美国的商店;二是想挑选回国的礼物。而礼物这件事,是逛店的主要目的。她们刚来美国,就在想回国的礼物。为什么? 很多美国人不明白,但菲里普明白,他从我身上明白的。我每次回国前,总是神采奕奕、神经兮兮、神魂颠倒。干吗? 奔商店,选礼物! 开始他很纳闷,后来他知道了,这件事对中国人很重要。当然,我选礼物就一个标准:美国小东西。比如一包牙线、一打唇膏、一瓶维生素 C、一袋得州核桃、几瓶得州小酒……我坚持我的送礼理念:重情义,不攀比,不铺张,不夸张。当然一看就知道,这是一个穷人的理念……不过还好,亲友们不嫌弃,给他们什么,他们爱什么。道理很简单,他们爱的是我,不是礼物。

好,说我们逛店。我们最先逛的是沃顿的 HEB,一家食品超市。

那天走进 HEB,我妈和秋的第一感觉是,HEB 绝对不像杭州的农贸市场,也不像杭州的食品超市,HEB 太清静,没嘈杂人声,没喇叭叫卖,更没咸鱼咸肉的气味,而且冷得要命,她们一进去就缩起了脖子。超市为什么这么冷呢? 为了食品安全,控制细菌。这么冷的超市,面积很大,人却很少。没有人,显得更冷。放眼望去,晃来晃去的,除了我们一家,还有几个胖子,胖子不怕冷,一律穿背心短裤。有一个胖子和我们碰面,问我们今天过得好吗,还说起今天的天气。我妈和秋以为他是我和菲里普的熟人。后来发现,每个人都这样问,这样笑。不但问,不但笑,还很夸张地喊一声"Sorry",停下来让路。条条路很宽,条条路很空,让什么路呢!

但我妈感觉很好,她说:"美国人礼貌倒很礼貌,又是问好,又是让路,笑嘻嘻的。这点,中国人应该学习!"秋说:"妈,这是因为人少,人一多,一挤,一闹,像杭州的联华超市,谁笑得出来? 这样笑一天,脸要抽筋的!"我说:"菲里普到了杭州,我带他去超市,他朝每个人笑,没人理他,人家忙都忙死了。后来他也不笑了,忙着帮我排队。有人插队,他对着人喊'No',很凶呢!"我妈和秋一听,哈哈笑,一起说:"入乡随俗!"

HEB 人很少,但东西不少,有人的食物,还有狗食、猫食、鸟食、鱼食,甚至还有瓢虫食。瓢虫也在家庭成员之列。HEB 的食品很丰盛,最丰盛的当然是人的食物。别的不说,就说奶油和奶酪,一架子一架子,铺天盖地,而且色彩斑斓,奇形怪状。我妈眼神不好,乍一看,以为那一块块的是肥皂,一条条的是条头糕,一圈圈的是发糕,一包包的是豆腐,一粒粒的是麦芽糖,一坨坨的是馒头。

至于那一包包奶酪丝,白的、黄的,我妈以为是萝卜丝,白萝卜、胡萝卜。她说:"美国人这点好,加工周到,萝卜切成丝,包起来!"

她女婿马上告知:"妈妈,这些统统是奶酪!"

秋说:"吃这么多奶酪,难怪他们胖,不怕冷!"

我妈说:"是呀,我们这么瘦,这么怕冷,是不是也应该吃点?"

秋说:"我可不要,奶酪吃一口就饱了!"

菲里普说:"不,不,秋应该吃。奶酪营养好呢,比牛奶好几倍!我帮你们挑!"说着便拿奶酪,一包奶酪条,一包奶酪粒。

我妈说:"家里不是还有奶酪吗?"

我说:"家里的奶酪是大人吃的,很腥,很浓,是菲里普的最爱。菲里普为你们选的是小孩子吃的,幼儿园的点心,很清淡。"

我妈和秋一听笑了:"什么,我们变小孩子了?"马上对菲里普说:"Thank you!"

一圈下来,最让我妈和秋惊心的,不是奶油和奶酪,而是物价。奶粉 5 美元一盒;大米 5 美元十磅;花生油 5 美元一桶;锅煎饼粉,可以做 40 只大饼,只要三四美元……饼干、巧克力、糖果这类零食,都是两三美元一盒;最贵的巧克力,同样的品牌同样的量,杭州甚至卖到几百元,这里只卖几美元、十几美元……菜和水果呢?黄瓜 1 美元两根,生菜 1 美元一个,花菜 2.5 美元一个,西芹 1 美元一把,洋葱 1 美元一磅,番薯 1 美元三个,玉米 1 美元五个……鸡肉 0.8 美元一磅,猪肉 1 美元一磅,牛肉 3 美元一磅,海虾 5 美元一磅,鸡蛋 2.5 美元一打,火腿 15 美元一只,火鸡 18 美元一只,橄榄油 15 美元一桶……苹果一两美元一磅,香蕉 0.5 美元一磅,车厘子 3 美元一磅,猕猴桃 1 美元三只,牛油果 1 美元两只,提子 3

美元一大盒,蓝莓4美元一盒。

HEB的物价让秋大叹一声:"啊哟我的妈! 折成人民币也比杭州便宜。真想把HEB带回家!"

我妈说:"HEB是带不回家的,这个梦呢不要做了,我们实际些,回去前来买些便宜货,比如巧克力,多买些。送送人,人人喜欢!"

秋说:"油也很想带呢! 还有火鸡,还有水果,还有菜。"

我妈说:"这个梦也不要做了,菜和肉不能上飞机,还是趁我们在美国,发狠多吃点!"说完挑菜挑水果,挑了一大车。

购物车满了,我们向收银台走。突然,我妈和秋站住了,她们看到了一样东西。什么东西? 药! 两排高大的架子,挤挤攘攘,放满了维生素、钙片、鱼油……这是她们最想买的送人礼物。但菲里普拉住了她们:"妈妈,秋,要买药,我们去CVS!"我赶紧对她们说:"对,CVS是药店,全是药!"

付账时,菲里普要付,我妈要付,秋也要付,我呢,帮菲里普拦截老妈和秋。四个人推推搡搡,吓得收银员直瞪眼,以为我们在打架。最后还是老妈胜了,老妈说:"一个都不许动! 老妈带孩子们买菜,一律老妈付!"老妈的语气很强硬,吓得我们都不敢动。

老妈付钱时,收银员有了麻烦。老妈把几张100美元往收银员面前一放,收银员连忙指指电脑,一共32美元。我妈抽出100美元,又拿出2美元,交给收银员。我妈的意思很明白,我给你102美元,你找我70。收银员呆住了,想了想,还是把2美元还给我妈。找钱时,她先拿出8美元,然后10美元、10美元,从40开始数,数到100,手上正好68,找给了我妈。

出了门,我妈奇怪地说:"给她 2 美元,凑个整数,她为什么不要呢!"

菲里普说:"妈妈,美国人数学不太好,你给她 2 美元,她反而糊涂了。"

我说:"我刚来时也这样。给他们零头,他们还以为我给小费呢,一个劲儿说'No,thank you'。"

我妈和秋一听笑了,她们说:"早听说美国人数学差,难道比林林还差?"

她们拿我打比方,因为我从小数学差,差得方圆几百里都有名。我便嘟嘟嘴说:"这个收银员,数学不会比我差,是一时反应不过来,让老妈的几百美元吓得。美国人都刷卡,身上不带现金,有10 美元、20 美元不错了,100 美元很少见,几千美元更少见。你要是当众亮出几千美元,说不定有人报警,警察马上就来了,怀疑你不是强盗就是毒贩!"

我妈瞪大眼睛说:"我不相信,口袋里没几百几千敢逛店吗?"

秋说:"我也不信!"

我马上从菲里普屁股口袋里抽出他的钱包,打开来,里面有 3 张 20 美元。

我妈和秋眼睛瞪得像铜铃一样:"这么点钱! 他敢带我们逛街!"

菲里普不但敢带我们逛街,还敢带我们吃饭。离开 HEB 后,他把我们拉到汉堡店吃午饭。菲里普认为,汉堡是正宗美国餐,我妈和秋第一次逛街,第一顿美国餐必须吃汉堡。

我妈和秋一听吃美国汉堡,当然很高兴。早就听说美国人强壮,是因为吃汉堡;美国人憨厚,是因为吃汉堡;美国人快乐,也是因为吃汉堡。汉堡真的这么厉害?今天得领教领教。

走进汉堡店,我妈和秋马上知道汉堡的厉害了,那么好的HEB没几个人逛,这里却挤满了人,里面满了,外面也满了。我们好不容易坐下,发现四面都是胖子,菲里普是我们家最胖的,但相形见绌,肚子不够大。至于我们三娘,三个瘦子,在胖子群中显得很可怜。那些胖子边吃边瞧我们,肯定认为我们吃不饱饭,饿成这样。

菲里普把盘子端来,一人一只汉堡,一人一包薯条,一人一杯白水。那杯水浮了半杯冰,那汉堡半尺厚,上面一片面包,下面一片面包,中间两层肉、一层西红柿、一层生菜、一层洋葱、一层酸黄瓜,还有一层黄黄黏黏的东西。我妈和秋看了半天,不知道这黄东西是什么。我告诉她们,这就是奶酪,英语叫"气死"。我妈说,汉堡很漂亮,就是"气死"太多了,只能吃一半。秋也说"气死"太多了,只能吃一半。于是她们都把汉堡一切两半,咬了一口,一起说:"真香! 谢谢菲里普!"

菲里普说了声"不客气,请享用!"张开大口,一口下去,汉堡少了一个角,再一口下去,又少了一个角。然后捏起一把薯条,蘸蘸酱,一把塞进嘴巴。他这样子吃薯条,很像饿急了的人,我妈和秋"呼"地一下,把自己的薯条推给菲里普。

我妈和秋咬了几口汉堡,肚子就饱了,一边啜冰水,一边看菲里普吃。菲里普吃完了他的汉堡和薯条,继续吃老妈和秋的薯条,大口大口,中间没逗号。我妈惊讶地说:"菲里普平时吃饭很文气的,嘴巴很小的,怎么一吃汉堡就变大了!"

秋说:"喜欢吃呀! 唉,他讨了个中国老婆,天天吃中餐,太委屈了!"

我说:"什么呀! 他一吃汉堡就肚子痛,我规定他一个月只能吃一次。今天他把这个月的指标吃掉了。"

秋说:"你这不是虐待他吗! 可怜的菲里普,我这一半给他。"

我妈说:"我这一半也给他。"

我妈和秋把另一半汉堡都给了菲里普,菲里普没客气,一一吞进肚子,然后摸摸肚皮说:"这个月的指标完成喽!"

我说:"你吃了两只,下个月的也完成了。"

我妈和秋一听,马上冲着我说:"啊呀,他喜欢吃,让他吃。"

菲里普得意地向我抬抬下巴。他今天有靠山了,不怕我。

但是,他得意了没多久。回家路上他就肚子痛了,痛得汗流满面,一到家,直冲厕所。

他有肠炎,不能吃油炸食品,不能吃太多粗纤维,不能吃大量牛肉,不能吃太多"气死",这是医生的叮嘱。今天他吃了两只汉堡,能不痛吗! 所以,一个月一只汉堡,规章制度不能变! 有靠山也不行!

当然,菲里普肚子一痛,他的靠山"哗"地倒了,我妈和秋很后悔。早知道,那半只汉堡应该给茉莉吃。

老妈和秋在沃顿逛的第二家店是沃尔玛。

沃尔玛,我们都很熟悉,和 HEB 一样,也是大超市,食品种类和 HEB 差不多,但其他东西比 HEB 丰富多了,厨具家具,服装鞋帽,电子用品,学习用品,办公用品,汽车用品,运动器材,化妆美容,玩具花卉……五花八门啥都有。

走进沃尔玛的感觉明显和 HEB 不同,人多了,也忙了,顾客之间笑一笑是有的,让个路也是有的,但问好聊天就没了,人太多聊不过来。我妈和秋很奇怪,都在沃顿,为什么沃尔玛的人比 HEB 多呢?

其实,秘密在价格上。沃尔玛的东西很普通,但价格特别便宜,比 HEB 还便宜。沃尔玛号称是天下最便宜的超市。便宜的原因——它所有商品,除了吃的,都在国外加工,比如中国、越南、印度,生产成本低,价格也就低。同样一条牛仔裤,大商场卖 40,这里卖 14;同样一盒子弹,枪店卖 25,这里卖 15;同样的巧克力,HEB 3.5 美元一袋,这里 5 美元两袋!

这几年,美国人一直在骂沃尔玛,骂他们剥削境外工人,剥削店内职工,对沃尔玛的声讨一浪高过一浪,菲里普就是其中一个,对沃尔玛恨得直咬牙,总是说"我最恨这个店了!没人性!"但尽管如此,他要买汽车零件了,要买钓鱼竿了,要买油漆了,要买子弹了,要买面包、饼干了,还是屁颠颠往沃尔玛跑。没办法,这里东西太便宜,"菲穷人"骨头再硬,也得吃饭。所以,沃尔玛天天有人骂,仍旧天天人气十足。穷人离不开沃尔玛,那些坚决抵制沃尔玛的"硬骨头",都是有钱人。

资本家剥削工人,从人性角度是可恶,但从资本论角度,是他资本运作的一种方式,生存的一种方式,而他的生存,保证了更大面积的生存。这种生存链,让剥削和被剥削变得顺理成章。

总之,我妈和秋走进沃尔玛后,马上把 HEB"抛弃"了,她们都对菲里普说:"沃尔玛东西这么多,这么便宜,干吗去 HEB 啊,以后就来沃尔玛!"菲里普说:"好,没问题!就来沃尔玛!"然后咬牙切齿地补了一句:"但是,我最恨沃尔玛了!"唉,人心中的爱恨情仇,横还是竖,白还是黑,道不清说不明。

我们逛沃尔玛时,我妈看到了她最喜欢的东西——"中国制造"的小工具、小电器。那些小工具,有打蛋的,有切番茄的,有切苹果的……我妈爱不释手,一口气挑了一大堆;那些小电器,有做玉米饼的,有做锅煎饼的,有做华夫饼的,有做三明治的,有做饼干的……这些东西,用电脑语言说,是厨房"快捷键",一个"回车"就把饼呀饭呀搞定了,省力,方便,我妈一见钟情。她说,她一辈子,一把菜刀一把铲子,围着锅台转,却没享受过这些"中国制造",太对不起自己了;往后的日子,得向美国人学习,学会享受,学会偷懒。这些东西,都要买!

这些小电器,秋也喜欢,但她对老妈说,别急别急,这些东西又重又大,太占空间,其实沃尔玛所有东西网上都有,回去我们网购!我妈一听,同意了。别看我妈八十岁,却是铁杆网民。

说是说回去网购,她们一圈下来,还是挑了很多东西,有手表、首饰、挎包、餐桌上的彩垫、地上的彩毯、墙上的挂毯。小车装满了,我妈和秋还在东张西望,找免洗液。她们说,免洗液洗手最好,一定要买! 她们这样说,是因为有一年我回国,带了一堆免洗液,结果遭到哄抢,抢光了还有人来讨。我妈和秋只好把我送她们的全"贡献"了。

我们三娘忙着挑东西,菲里普帮我们背包、推车,和熟人打招呼。丈母娘很过意不去,对他说:"菲里普,对不起,我们买东西,你管东西,陪我们大半天了!"

女婿笑着说:"妈妈,没关系。慢慢看,慢慢挑,今天时间不够,明天再来。大不了让我的朋友们骂我,好地方不带你们去,带你们逛沃尔玛！他们都知道,我最恨沃尔玛了。"

我们三娘一听,马上声援菲里普:"我们也最恨沃尔玛了。"转个身,继续挑东西。没多久,我妈和秋看到了药,沃尔玛和 HEB 一样,有很多维生素,还贴了八折的标签。我妈和秋很激动,但菲里普又拉住她们:"不急、不急,买药去 CVS!"

我妈和秋眨眨眼睛,这是她们第二次听到 CVS 的名字。

从沃尔玛出来,菲里普向对面开,对面有个加油站,叫 Buc-ees。加油站很大,有上百个加油泵;便利店也很大,比沃尔玛还大;停车场更大,有三大区,区区停满了车,进进出出 Buc-ees 的人源源不断。

我妈很惊讶:"沃顿有这么大的店? 这是什么店?"

秋说:"是呀,人气怎么这么旺?"

菲里普说:"这是得州人气最旺的加油站。为什么旺,因为厕所!"

故事是这样的,八年前,有三个失业青年苦苦寻找生活出路。有一天,他们突发奇想,加油站是人们最常去的地方,但加油站总是千篇一律,油泵很少,便利店很小,厕所很小,路人万不得已,才去加一下油,进一下便利店。如果有一个加油站很特别,且有一个与众不同的厕所,人人喜欢的厕所,会怎么样?

三个年轻人为自己的想法感到激动,马上付诸行动,借钱,贷款,集资,造了一个叫 Buc-ees 的加油站,它有很多的加油泵,很大的停车场,很大的便利店,重要的是,有很特别的厕所! 不到三年,Buc-ees 出名了,门槛被踏烂了,人们经过路过,不肯错过。他们冲着加油站来,冲着便利店来,最主要的,是冲着厕所来。

就这样,Buc-ees因为厕所兴旺发达,财源滚滚,分店如花一样绽放,三个年轻人登上了财富名人榜。他们发的什么财呢? 厕所财!

听完Buc-ees的故事,我妈和秋急不可耐,跳下车就向便利店跑,她们要去Buc-ees的厕所。Buc-ees的便利店分南北两区,南区卖得州名食,北区卖得州名品,厕所在正中,左女右男。我妈和秋跑到门口,站住了。门口有间厅,墙上全是油画,地上全是工艺品,一群人正围着看。那些画都是得州题材,核桃、玉米、农场;工艺品也是得州题材,铜铸的牛,铁铸的马,树雕的牛仔。

我妈和秋没想到,厕所门口也能办画展、工艺展! 她们都是喜爱艺术的人,就停下乐滋滋地欣赏。她们很快发现,每一幅画、每一件工艺品其实都是商品,标着价,还很贵,低的几百美元,高的千把美元。有五幅画已挂上了"SOLD"(已售)卡片。厕所门口卖画,这事有点怪。

走进厕所,里面更怪,画和工艺品更多。不止这些,还有首饰架、标本架、陶瓷架,琳琅满目。当然,它们也都是商品,都有标价。厕所里卖东西,这事也太怪了。

厕所里还有长沙发、短沙发,如完厕的人可以坐在那儿休息、拍照。看见大家拍照,我妈也拍,边拍边笑:"哈哈,太滑稽了,在厕所里拍照!"秋说:"风景好呀! 不是有句'名言'吗? 到一个景点,留一个影,撒一泡尿!"

秋这句名言说完,我们三娘都进了"出恭间"。

"出恭间"三面花墙,很封闭,很隔音。"邻居"之间不可以互相聊天,也不可以互递毛纸,当然也不需要递毛纸,里面纸很多,消毒液也很多。里面很漂亮,马桶上方也是画,门上有镜子,还有音乐缭绕耳畔。

总之,我们三娘从厕所出来时,表情都很满足,不像上了趟厕所,像看了场电影。菲里普等在外边,我们连忙向他道歉,让他久等了,我们在欣赏艺术,拍照片,照镜子,听音乐。菲里普哈哈一笑:"没关系!其实我也刚出来!"说完,从背后亮出一样东西,一只陶瓷青蛙。我们三娘瞪着眼睛,一起说:"厕所里买的!"这只青蛙,女厕也有。

离开便利店,上车后,我妈和秋谈如厕的感想。她们说,这个厕所果然不一样,果然有创意,外面美,里面美,到处美,是厕所,也兼画廊、艺苑、商场,难怪人气旺!进这样的厕所,是享受,是消遣,是次美丽的体验。

谈完感想,我妈和秋一起叫饿,菲里普说:"我也饿了,我们去吃饭!"

我心里笑,老妈和秋从来不叫饿,去过 Buc-ees 厕所,心情一好,竟叫饿了。看来,这个厕所来对了。下次再来!

不过话说回来,厕所真的很重要,好的厕所应该让人心情愉悦,应该让人终生回味。因为有人统计过了,人的一生有五年时间在厕所中度过。五年光阴,一寸厕所一寸金呀!

几分钟后,我们到了墨西哥餐馆,菲里普说上次吃汉堡,是因为汉堡是正宗美国餐,到美国不吃美国餐,等于没来;今天呢,我们吃墨西哥餐,它是沃顿的餐饮之最。

我妈和秋很相信菲里普的话,因为眼前的墨西哥餐馆是二层楼。沃顿处处是平房,蹦出一个二层楼,简直是"平地起高楼",鹤立鸡群。这餐馆一定牛。

墨西哥人喜欢色彩,餐馆外面涂得红红黄黄绿绿,里面也是红红黄黄绿绿,就连服务生也穿得红红黄黄绿绿。坐下后,菲里普点餐,要我拿主意,我就对老妈和秋说:"墨西哥餐最经典的东西,最正宗的东西,最受欢迎的东西,一是玉米叶包的粽子,一是混合糊糊。糊糊里有肉、豆、番茄、洋葱、'气死'……"

秋说:"好啊,我吃粽子,吃豆糊糊。但'气死'不要。"

我妈说:"我最爱吃豆糊糊了,'气死'也不要。"

"气死"就是奶酪,我妈和秋聪明,记住了。她们很怕奶酪,我也怕奶酪,所以没敢和她们说明,其实墨西哥糊糊的主题就是"气死"! 体验墨西哥餐,非"气死"不可。

于是,他们三个全点了墨西哥粽子、墨西哥糊糊,只有我点墨西哥卷。

餐上来了,我的亲妈、亲姐一看,她们盘中的糊糊和餐馆的色调一样,红红黄黄的。这么漂亮的东西是什么呢? 是"气死",白"气死"、黄"气死"。那么粽子、肉、豆在哪儿呢? 全在"气死"里面埋着。

"天呀,这不是'气死'糊糊吗! 怎么吃?"她们拿眼睛瞪我,认为我"谎报军情"。

"这就是墨西哥饭啊!"我说,"凡是来我家的中国客人都到过这里,体验墨西哥文化,文化!"

听到"文化"两个字,我妈和秋奋不顾身舀了一点糊糊往嘴里送,几口之后,又向我瞪眼。因为我没吃糊糊,我在做墨西哥卷,鸡肉、牛柳、米饭、青椒、牛油果、番茄酱、红豆泥,用煎饼一裹,我一口气做了三只。

我妈说:"林,你的饭不错!"

秋说:"她坏,给我们吃'气死',自己吃饼!"

我说:"和你们说实话吧,凡是吃过墨西哥餐的客人都说,吃过一次永远不吃了。我呢,最恨奶酪糊糊了,每次来只吃墨西哥卷。"说完,我把做好的墨西哥卷递给她们。我妈和秋马上开始啃墨西哥卷。

菲里普呢,这老兄自从餐送上来后就没说过话,埋头吃奶酪糊糊,我们才吃了半个墨西哥卷,他已经吃光糊糊,在舔盘子了,舔得很干净彻底。我妈和秋一看,都把自己的糊糊推给他。菲里普就等这个,拖过去就吃。

我妈吃惊地说:"我还以为菲里普最喜欢汉堡,看来,他最喜欢墨西哥餐!"

我说:"墨西哥餐是他的命根子! 但油太多,奶酪太多,我不让他多吃。"

秋问:"也是一个月吃一次?"

我说:"两个月一次! 今天他吃三份,吃掉了六个月的指标!"

秋说:"可怜的菲里普! 半年没得吃'气死'糊糊了!"

我妈说:"这糊糊是吃不得,会把血管堵住的!"

菲里普知道我们在说什么,一边吃,一边说:"今天不能算,今天我做好事,当志愿者帮妈妈和秋吃饭,浪费总不好吧?MMMMM……"一阵猫叫,所有糊糊进了肚子。

回家的路上,车开到半路,菲里普喊肚子痛了,这事早在我意料之中。

到家后,菲里普直奔厕所,秋奔厨房"哗啦啦"烧了一碗光面,浇上老陈醋,"呼噜噜"一口气吞光,然后说了句:"我一看到糊糊,就在想这碗面了!"

我妈呢?烧了一碗清汤泡饭,用霉豆腐佐着吃,说:"还是泡饭霉豆腐好吃!林,你也来一碗!"

我妈和秋第三次逛店,就是逛 CVS。这一天不是周末,是周二,菲里普特意休假,陪我们去 CVS。菲里普为什么选这个日子呢?因为他看到了广告,今天 CVS 维生素大派送,买一送一!

我妈和秋一听有特价,很高兴,但也很奇怪,杭州搞特价都在周末,为什么这里放在周二呢?菲里普是这样解释的:沃顿是小镇,一到周六、周日,很多小店都关门了,店主休息去了,所以逛店的人反而比平时少,特别是周日,几乎所有小店都关门,大家都去教堂了。商店要搞促销,不能放在周末,得放在平时,而且是白天,不能在晚上,天一黑,所有店都关门了,没人逛街了。

我妈和秋听了,还是不理解,大家平时上班,周末休息,正好有时间逛店,你却把店关了;晚上大家有空,商店正好做生意,也关了。有生意也不做?怎么这么笨呢!

我说,他们不是笨,是他们信上帝。上帝说:家庭比钱重要。晚上、周末应该和家人一起,聊聊天,吃吃饭,上上教堂。特别是周日,这一天要全交给上帝,你怎么能为了钱忘记上帝呢?你的钱都是上帝给你的。你不信奉上帝,会被罚款的,有一天,上帝会把你的钱包收回去!

我妈这下明白了:"原来如此,上帝的力量!"

秋不信:"林,你听见上帝这么说了?瞎编的吧?"

我说："我哪编得出来,是菲里普说的。他不光这样说,也这样做。周日一到,打死他也不肯去加班。周日加班三倍工资呢！他不去,让同事去,同事下巴都笑掉了。你说菲里普笨不笨！"

我妈马上护着女婿："不笨、不笨,上帝会给他更多的钱！"

我说："老妈,你女婿就是这样说的！"

周二一到,"车夫"拉着我们去了 CVS。营业员是一个漂亮的小姑娘,看到我们就喊"早上好",我们也向她喊"早上好",她问我们"今天过得好吗?"我们三娘瞪着眼,不知怎么回,今天才开始呢！菲里普回："好的、好的,祝你也好！"带着我们向里冲。放维生素的货架在最里面。

冲到货架前,我们眼前一亮,果然很多种维生素都挂上了黄色小牌:"买一送一。"品种有深海鱼油、牡蛎钙、美拉托宁、维生素ABCDE……但仔细一看,我们失望了,一般的维生素还有几瓶,比较好的,比如牡蛎钙、鱼油、复合维生素,根本没货,架子是空的！

我急了："他们怎么这样? 搞特价,没东西,这不忽悠人吗！"

菲里普说："林,别急,说不定还没开始。"他跑去问营业员。没想到营业员说："你们来晚了,九点门一开,维生素就被抢光了！"

菲里普只好向我妈和秋道歉。我妈和秋说："不怪你,不怪你,没关系,有什么拿什么。"于是,她们把剩下的维生素全扔进了篮子。

付账时,菲里普拿出信用卡,丈母娘拦住他,坚决地说："美国人讲 AA 制,我的药我自己付！秋的药她自己付！"我妈在美国时都这么厉害,每当女婿要付款,她就抛 AA 制。

走出 CVS,我妈笑着说："没想到,美国人也会抢药！"

秋说:"都是好东西呀,实打实的买一送一! 而且很新鲜,保质期三年!"

我突然灵光一闪:"对了,贝城不是也有 CVS 吗? 我们去那儿看看,也许没抢光呢?"

菲里普一听,说:"对! 走,去贝城!"

于是,"车夫"拉着我们向贝城狂奔。贝城的 CVS 不远,半小时就到了。我们进门后,直冲特价药货架,虽然也只剩寥寥几瓶,但有比没有好。我和菲里普帮着老妈和秋"哗哗哗"把它们全"扫荡"了。然后,菲里普一鼓作气,带我们冲向另外几个小镇,搜搜刮刮,收了一大堆维生素。

回家的路上,我妈和秋很高兴,今天的"扫荡"收获很大。菲里普也很高兴,他说:"妈妈,秋,这下好了,这些维生素你们能吃好几年了!"

我妈说:"小部分自己吃,大部分送朋友!"

秋说:"我刚才算过了,送朋友的还不够,还要买!"

菲里普听了,大吃一惊:"啊! 送朋友吃药?"

我说:"亲爱的,美国药送朋友是最好的礼品。"

菲里普的表情还是很困惑,但嘴巴上说:"对、对! 中国文化!"

把药当最好的礼品请亲友吃这件事,美国人无论如何也接受不了,甚至认为这不太好。但中国人就是认这个理:要想身体好,补药少不了;亲友爱亲友,互相送补药。哪儿的补药好呢? 美国的!

上面这番话,是我在菲里普枕头边吹的"枕边风"。经过洗脑,他彻底懂了,爱我们,就得爱补药。从此以后,他拿到报纸就找特价药。每次出门,看到 CVS 就停下来,带我们进去逛,追问人家有没有特价活动。去得多了,CVS 的人都认识我们了,后来一看到我们就说:"啊呀,真对不起,今天没特价!"

但有一次,我们捡到了便宜。刚走进 CVS,营业员就说:"快!限时派送刚刚开始!"我们冲到货架边一看,乐坏了,今天的限时派送居然有安眠药。安眠药在中国是处方药,限量供应,为了控制谋杀率和自杀率。但在美国,有部分安眠药当糖果卖。不过安眠药买一送一,我还是第一次碰到,简直是天上掉馅饼!于是我妈拣,秋拣,我拣,菲里普也拣。他说,这药难得买一送一,我先藏几瓶,母亲节送我妈!他一激动,忘记他妈是什么人了。后来,母亲节到了,他脑子清醒了,哪敢献给他妈,提都不敢提,要是提了,他老妈肯定气得心脏病发作:"什么!母亲节请我吃药?吃安眠药?"

唉,美国文化,中国文化,就是风马牛不相及的文化!我要是在母亲节送我妈美国安眠药,她保证说:"啊呀,这么好的美国药,我要给你姨、舅妈也送点!"

菲里普带我们逛沃顿,有时也穿插着把我们拉去城里逛逛,比如罗森伯格(Rosenberg)、里士满(Richmond)、舒格兰(Sugar Land)、休斯敦(Houston)。

我妈和秋逛了这些城市后,感想颇多。她们说,这些地方和沃顿比较,是一个比一个大的大城市,路宽了去了,条条大路能当飞机跑道;楼高了去了,出现了熟悉的摩天大楼;车多了去了,人多了去了,当然人都在车里;人多车多,所以路就堵了。不过呢,这一切还是不能和杭州比,杭州的路,叫四通八达;杭州的楼,叫鳞次栉比;杭州的车,叫车水马龙;杭州的人,叫人山人海;杭州的堵,叫水泄不通,堵得会把休斯敦人吓坏。休斯敦人到杭州,那叫乡下人进城;杭州人到休斯敦,那叫城里人下乡。

我听了她们的形容,哈哈大笑。我说:"精辟、精辟!现在你们下过了乡,是不是怀念大杭州啦?"

她们一起说:"杭州不用怀念,回去天天体验。"

当然,舒格兰、休斯敦和杭州比虽然像农村,但我妈和秋很喜欢,喜欢它们的干净、开阔、明亮,喜欢逛它们时心平气和、不急不躁的感觉。她们印象最深的地方,是"一府一城一街三店"。

"一府",休斯敦市政府。我妈和秋对它印象深,不是因为它太豪华,而是太不豪华,太不起眼。门口就是公路,车来车往,人来人往,除了交警,没看见一个岗哨。不知道的人,会把市府大楼看成一般写字楼。堂堂市政府,别说黄金气,土豪气都没有。

但市府周围的摩天大楼、喷泉公园、市民花园,气势非凡,风景秀丽。那天到市政府,我妈想下车拍张照,菲里普一听,当街停车。一个交警马上过来,说没车位了,请到停车库。菲里普说:"停车库很远呢,我丈母娘就是想拍张照。"那交警探头一看,看到了我们三个外国女人,马上说:"OK!"我们下车拍照时,交警很友好,一边指挥交通,一边和菲里普聊天。他一听我们住在沃顿,开心地说:"哦!沃顿呀,我去过。打野猪!"于是两人开始聊野猪,边聊边笑。我们照片一拍好,赶紧上车,那交警笑着目送我们。我妈说:"没想到美国警察这么和气,这么爱聊天,爱说笑话。"秋说:"不奇怪,我们在海关就见识过了!"

"一城"是指医城。医城在休斯敦北部,这儿有著名的莱斯大学,著名的博物馆,著名的动物园,著名的街心公园,但最著名的,是医疗中心。医疗中心的主街上高楼林立,全是医院,紧密相连,环抱成一座城。这座城里,有世界上最好的医院、最好的医生。这座城里,无数的医生,无数的病人,每天在拼搏,为生命拼搏。这座城很大很大,大得人们叫它"医城"。当然,这座城外表大,心更大,它的心充满对生命无边无际的崇敬,对生命无边无际的热爱,对生命无边无际的渴望。这种渴望,给了这座城一颗跳得很坚强、很温柔的心。

看了医城,我妈说了一句话:"林儿,现在我放心了。你有福气,身边有这么好的医院。"

我妈的话很朴实,也很真实。母亲的心里话,也代表很多人的心里话。有好医院,有好医生,让人放心,给人希望,当然是福气。

"一街"是什么呢?是百利大街。这里是中国街,宽阔、气派,沿街能看到很多中国字、中国人、中国商店、中国超市、中国银行、中国医院、中国报社、中国餐馆……我们逛中国街时,去了几家超市,每一家超市都人气足、乡音足、乡货足。超市附近有很多餐馆,名字很好听:湘知湘味、黄金水饼、豆腐村、小厨娘、小沈阳、歌脚亭、富仔记、辣妹子……有一个小餐馆,居然叫"翠苑"。我妈住九莲新村,对面的小区就叫翠苑新村。所以我妈一看到"翠苑"就乐了,对我们说:"林,菲里普,等你们老了,院子里的活做不动了,搬到中国街住!这里多好,想要啥有啥,想吃啥有啥。"

我说:"我早就说过了,到一百岁住到中国街,但你女婿不同意!"

菲里普说:"我当然不同意了,我的 shop 怎么办?一房子的古董怎么办?"

我说："全卖了！"

他头摇得和拨浪鼓一样："不行不行，搬家可以，但必须把 shop 也搬去。"

秋问："菲里普，一百岁还修车啊？"

我说："你敢修，我可不敢坐。万一你脑子一昏，修出来的车没刹车怎么办？"

他说："那就帅了，谁敢拦我？开 200 码！"

我妈说："别争别争，孩子们，这事不急，等你们一百岁了，再想这件事也不晚。我反正是管不着了！"

我说："妈，你必须管，这女婿就听丈母娘的话！"

我妈一听，"扑哧"笑了："好、好，本丈母娘争取活到那一天！"

那么"三店"是什么？"三店"不包括超级商场，我妈和秋并不喜欢超级商场，除了人少点、停车场大点、房子低点，别的和杭州没什么两样。从装修来看，杭州的万象城更高级；从商品来看，这里有的，杭州都有。

那么"三店"是哪三家店呢？

第一家店叫"Bass Pro Shop"，卖户外运动品，比如登山衣、比基尼、迷彩服、猎人装、防晒装、帐篷、睡袋、钓鱼竿、四轮车、吉普车、房车、船……其中，光船就占了好大一片，快艇、游船、渔船、皮划艇……里面放不下，就放到停车场。停车场有车有船，热闹非凡。Bass Pro Shop 还卖武器，长长短短的枪、不同型号的子弹、大大小小的弓箭、宽宽扁扁的匕首，摆得就像我们小菜场里的菜，这里一排青菜，那儿一排萝卜，想吃什么随便挑。

那天逛了 Bass Pro Shop，我妈和秋的体会是，美国人会玩，想办法玩,可着劲儿玩,是因为他们有条件玩,人口少,天地大;但这家店如果开在杭州,肯定要破产。首先武器被禁止,其他东西,生意也不会好,不是杭州人没钱买,是没地方放,比如船和房车,往哪儿放?往房顶上放?就算房顶上能放,怎么弄出去玩?用卡车拖?要是杭州人都像得州人家家有卡车,那杭州的路一定堵到天上去了!这家店如果开在杭州,想不破产,唯一的出路是卖飞机,直升机、滑翔机、跳伞机,能飞得起来的都行,解决交通问题。

第二家店叫"Hobby Lobby",意思是"爱好店"。有 ABC 三区。

A 区是儿童区,用来满足儿童的爱好。儿童很奇怪,给他们好好的玩具,漂亮的玩具,益智的玩具,高级的玩具,他们不一定买账。他们往往喜欢脏兮兮的东西,比如沙子;喜欢恶心的东西,比如烂泥。他们喜欢破坏,比如拆房子;他们也喜欢创造,比如造房子,造出来的房子很可能没有房顶,没有楼梯,你就将就着住吧。这些叫什么?统统叫爱好。儿童有爱好,不管这爱好是上天还是入地,都应该满足他们。怎么满足?带他们来 Hobby Lobby。

纵容儿童"犯傻",是"爱好店"的重要宗旨。

逛 A 区时,菲里普告诉我们,他小时候最喜欢的地方就是 Hobby Lobby,因为他爱好很多。比如说有一阵子,他爱好当木工,拿着榔头到处敲,敲得他妈头痛病发作,没办法,就带他到这里,买木头、工具、钉子,回家后由他折腾。结果,他做了只小木盒,把小蛇放进去,搁在餐桌上,吃饭时蛇钻了出来,把全家人吓得半死。后来,他改行想当水泥工,没水泥怎么办?玩牛粪。他妈只好带他来买水泥,这里有彩色水泥,还有水泥刀。回家后,他拌好水泥,往墙上刮,往床上刮,往他老哥杰夫脸上刮,两兄弟爆发"世纪大战"。再后来,他认为做蜡烛更好玩,他妈就带他到这里买了全套蜡烛材料,回家后他沉浸在做蜡烛的快乐中,结果把圣诞树点着了,把杰夫的礼物烧成灰,两兄弟又爆发"圣诞大战"……

听菲里普讲故事,我们三娘笑成一团。秋说:"菲里普,你从小聪明!"我妈说:"菲里普,你从小爱劳动!"我说:"亲爱的,你从小可爱!"菲里普说:"不、不,我从小就是个麻烦!"

B区是成人区,用来满足大人的爱好,主要是女人的爱好。织毛线、缝衣服、做插花、制项链、做手镯、缝布包、做发夹、制扣子、做风铃……不管你想做什么,这里材料、工具、配件一应俱全。

秋在B区选了一大堆毛线,要送给她婆婆。她说她婆婆最喜欢织毛衣,织出来的毛衣大家抢,一家人穿的毛衣都是她织的。我妈盯着十字绣图样,看得津津有味。我跟在老妈屁股后观察,然后挑了她最喜欢的,那是一幅山水。我对她说:"妈,这套我送给你。"我妈说:"这都是英文,我哪看得懂! 不过我很想买一套送给你,你有空好玩玩!"我一听,连忙把十字绣塞回去,拖着老妈就走。要我一针一针绣十字绣? 我宁可去种菜。

C区最精彩,是成品区。你从"爱好店"买了东西,不管做了什么,做了布娃娃,做了衣服,做了十字绣,还是织了毛衣,造了房子,都可以拿回来,放在这里卖。店里没有的手工,你也可以拿来卖。把爱好秀出来、卖出去,这也是"爱好店"的宗旨。所以,C区人最多。我妈在这儿买了一串风铃,是用小酒杯串起来的,叮叮咚咚,像钢琴声。秋在这里买了一瓶辣椒,红红的辣椒放在螺旋形瓶中,这么简单的创意,却美不胜收。

我们从"爱好店"出来,我妈说:"这家店真不错!但为什么有儿童的爱好,有女人的爱好,没有男人的爱好?"

菲里普一听,就把丈母娘带进了"LOWES",一家家装超市。LOWES里面晃来晃去的都是"红脖子"。什么叫"红脖子"?是指很勤快、很爱劳动的得州好男人,他们的脖子很红,是太阳晒的。菲里普就是"红脖子"。

我告诉老妈,这家店就是男人爱好店,菲里普的最爱。他要造什么了,要修什么了,要配什么了,就往这儿跑。他造船库、造露台,所有工具和材料,包括油漆,都从这里买。

我妈忍不住夸:"菲里普,你是真正的劳动人民!勤劳,能干!"

菲里普说:"林也很能干呢,她现在会修马桶,还会换锁!"

秋说:"我老妹是了不起,到了美国又种菜又养鸡,像个老农民。"

我妈说:"这叫近朱者赤,跟菲里普学的!"

我被他们一夸,顿时浑身轻飘飘,忍不住自吹:"我还会做缝纫呢!你们房间的窗帘、台布、靠垫,都是我做的。"

秋一听,叫了起来:"我说呢!窗帘怎么是歪的,台布的走线也是歪的!"

逛完LOWES,我们讨论起一个问题。这家店如果开在杭州,生意会不会好?我们认为不会好。杭州人喜欢休闲,有空就出去逛公园,到桂花树下喝茶、打牌,有几个人愿意做手工?现在自己织毛衣、做衣服的女人,可能是百里挑一吧。至于小孩子学手工,可能也很少。不是小孩子不愿意,也不是家长不愿意,实在是——哪有时间!作业都做不完,做手工?还要不要考大学了。所以,

LOWES 的生意在杭州会很惨淡。

这天出了 LOWES，菲里普和平时一样要带我们去吃饭。我妈和秋一听，不肯去。秋说："菲里普，回家吃吧。家里有鸡汤，我做鸡汤挂面！"

菲里普说："秋，别客气，我请你们吃美国自助餐。"

秋说："不、不，我做面给你吃！"

菲里普说："不，秋，客气什么呢？必须请你吃饭！"

秋哭笑不得："啊呀，天啊，我哪里是客气，我真的是怕吃……美国'气死'！"

我妈说："为平，菲里普喜欢吃美国餐，我们就陪陪他吧。不好吃，闭着眼睛往下吞，大不了我们回去再煮面条！"

秋咬咬牙，点点头。

她们的样子完全是"舍命陪君子，拼死吃河豚"。我笑着说："妈、为平，别怕，美国自助餐没那么可怕。"

美国自助餐就在舒格兰。餐馆叫什么呢？就叫"美国自助餐"。美国人直、不拐弯，店名也不拐弯。进去后，我妈和秋发现我的话是对的，所谓美国自助餐，其实汇聚各国风味，除了美国汉堡、美国热狗、美国牛排、美国烧烤、美国炸鸡，还有墨西哥糊糊、墨西哥粽子、意大利面、意大利比萨、日本料理、德国香肠，还有中国拌面和小米粥！

我妈和秋看见小米粥，心花怒放，扑上去就是一大碗。喝了一口，差点吐出来。这是什么小米粥？奶酪小米粥！丈母娘冲着女婿又是笑又是叫："菲里普，'气死'！'气死'！"

美国医生

快乐三休日，菲里普拉着我们吃吃喝喝逛逛，到处玩，有时也去医院玩。医院好玩吗？好玩！很多医院里面有花园，有画廊，有水族馆，有礼品店，有饮食部，甚至还有教堂。教堂里有鲜花、天使、十字架。最好玩的地方是儿童区，有画片、图书、玩具，地毯上还有轨道，大人小孩可以一起玩赛车。

当然了，我们去医院玩，其实是陪菲里普体检、打针。别看他干活像牛，吃饭像狼，病还是蛮多的，得定期跑医院。比如他有肠炎，医生规定他每个月去医院验一次血，每两个月去体检一次。验血、体检都得打针，菲里普天不怕地不怕，就怕打针。

那天是菲里普的验血日。从早上起床开始，他脸色就不好，眼里含着恐惧，话也不多说了，拼命喝咖啡，想增加水分，抽血时抽得快些。我们去医院的路上，"车夫"一声不语，闷头开车。我们仨坐车的说笑话逗他，但他不笑，目光呆滞。我妈忍不住说："哎，菲里普，打针就像蚂蚁咬一口，别怕！"菲里普这才开口："妈妈，不是蚂蚁，是大老虎！"

我们陪他到医院,看到护士,他先往厕所逃,再往咖啡厅逃。实在逃不过了,只好苦着脸坐下,卷起袖子。我们围着他,一个劲儿说:"菲里普,别怕,不痛的! 不痛的!"菲里普笑得比哭还难看,和我们争:"怎么会不痛? 往肉里打洞呢! 还不知道要打几个!"因为有一次,护士找不到血管,连扎了8针,他差点吓晕过去。

护士要动手了,笑眯眯地问菲里普:"今天哪只手?"菲里普先伸左手,再伸右手,犹豫不决。我知道他在磨时间,提醒他:"亲爱的,上个月你是左手。"他瞪了我一眼,只好把右手伸给护士。护士还是笑眯眯,一边说"不痛、不痛",一边就把针扎了进去,菲里普马上就脸红、汗奔。我按住他的肩膀,怕他跃起来跑。打完针,我们一起说:"今天好,就一个洞,不痛吧?"菲里普说:"谁说不痛,痛的!"听了这话,我忍不住笑。想起添儿小时候,每次打针,他都怕得乱跳,我和护士拼命和他说"不痛的、不痛的",他不信,还是跳,边跳边叫:"跟我斗! 跟我斗!"我和护士哪里斗得过他,叫边上的人过来帮忙。针打好,我和护士,包括帮忙的人,都累得满头大汗,衣冠不整。添儿还气哼哼冲着我们嚷:"还说不痛,痛的!"

看菲里普打针的样子,我妈和秋很心疼,恨不得替他挨一针。她们没想到,菲里普这么勇敢的人,打针怕成这样。这件事,我也一直不懂。我亲眼看见榔头砸扁他的手指,血流如注,他眼睛都一眨不眨,还不肯包扎。现在面对一个针头吓成这样! 我怕高怕快,但我不怕打针,不就一个小针头嘛。

又一个三休日到了。周四晚上,菲里普对我们说,第二天要去沃顿医院。我妈说:"啊! 菲里普,你不是刚验过血?"菲里普面色坦然:"不,妈妈,不是我,这回轮到你。"我对妈说:"妈,我们是要带你去看头痛病!"我妈惊讶地问:"在美国看病不是要预约的吗?"我说:"是呀,三个月前,菲里普就约好了!"秋听了惊呼:"啊?约一个医生要提前三个月?"我说:"这还算快的。我有一次约了半年才看到医生。"秋说:"那有急病不是要出人命吗!"我说:"急病看急诊。一个电话,直升机马上来。"

我妈为什么要看病呢?我妈八十了,哪儿都好,唯一不好的,是头痛病,痛起来吃不下睡不着,止痛片都不管用。这些年,看过中医,看过西医,做过各种检查,医生的结论都一样:"没病!"没病为什么会痛?医生的回答也一样:"不知道!"

医生不知道,我们就更不知道了,没病怎么会头痛呢?她头痛,我们心痛。所以,这次她来美国前,我和她说了,要带她看美国医生,听听美国医生怎么说。我妈当然高兴,来之前把CT、核磁共振等等应做的项目都做了,把报告单都带来了。

按常规,我妈这样的游客要看医生得先预诊,然后填表入档,再约具体看病时间,这样一来一去要半年。菲里普没走这条路,他直接给他的家庭医生奥蒂斯打电话,他说:"奥蒂斯医生,我妈妈在美国只待三个月,想快点看病。"奥蒂斯一听就说:"好的,我看!"时间就约下了。

一个周五的早晨,我们出发,带老妈看医生。

医院就在沃尔玛对面。进了门诊楼,第一件事是到前台报到。护士笑眯眯地,看见我们就问好,问我们需要帮什么忙。

菲里普说:"我丈母娘看病,约好了奥蒂斯医生,九点半。"

护士马上查,查到了,冲着我妈说:"你好,飞机!"我妈叫惠姬,但从美国人嘴里说出来,都成了飞机。护士说:"飞机,请填信息表。"菲里普马上帮着填,一共 8 份,然后由我妈签字,我妈一口气签了 8 次。

表填好,护士说:"请交 150 美元押金。"

菲里普问:"不是先看病再交钱的吗?"

她笑笑说:"急诊是这样,但这里是门诊。如果你要看急诊,我可以帮你转。"

菲里普连声说:"不转、不转、谢谢你!"马上掏钱。但我妈动作比他快,抢先把钱交给护士。

手续办好,护士说:"谢谢,请上楼!"

楼上是候诊大厅,除了我们一家人,还有三五个人,很空,很安静。

墙上电视里正在放沃顿医院的广告。沃顿医院有门诊大楼、手术楼、急诊楼、住院楼、妇婴楼,还有一个老人院、一个临终医院。沃顿医院的占地面积几乎是沃顿镇的一半。

秋说:"医院的地都是强森捐的!"

我妈说:"休斯敦医城的地也是强森捐的!"

菲里普说:"对! 对极了! 你们记性真好!"

九点半到了,这时出来一个护士,笑容很漂亮,声音很温柔:"你好,飞机,请进!"

我妈连忙站起来,我们三个紧紧跟上,护士回头笑笑说:"放心吧,我保证把飞机送回来。"菲里普说:"我丈母娘不会说英语,我老婆要做翻译,我要帮老婆做翻译……"这话跟绕口令一样,但护士聪明,明白了,笑着说:"各位都请进!"门一开,把我们全放了进去。

里面又是一个大厅,有一排工作台,坐着几位护士,正在电脑前忙活。护士请我妈测体重,我妈的体重是 103 磅。我妈一下来,我上去了,我正好 100 磅。我下来,秋上去了,98 磅。我们三娘真是标准母女,体重都差不多。秋下来,菲里普也站上去了,185 磅。菲里普轻轻叫了一声:"Man!"Man 就是"天啊",美国男人的口头语。他胖了,被我妈和秋喂胖了。

护士带我们进了一个小房间,十来个平方米,带一个卫生间、一个盥洗池,大小和杭州医院医生的办公室差不多。不同的是,这个房间没有医生工作台,只有一张雪白的床。护士请我妈坐到床上,为她量血压、测心跳,然后笑着说:"飞机,血压、心跳正常。请等一下,医生马上到。"说完,莞尔一笑,出去了。

一分钟不到,有人轻轻敲门,菲里普说了声"请进"。门开了,进来一个男医生,长得很端正,他就是菲里普的家庭医生奥蒂斯。奥蒂斯和菲里普很熟,拍拍菲里普的肚子说:"你这家伙胖了呀!"

菲里普连忙收腹,说:"奥蒂斯医生,这是我丈母娘,这是我姐姐,这是我妻子。"

奥蒂斯马上洗手,然后和我们握手。这是医院的规定,接触病人前必须洗手,保证病人的安全。

奥蒂斯问:"飞机,你们住在中国什么地方?"

我妈说:"杭州。"

奥蒂斯说:"我知道杭州,我哥哥去过杭州! 有很多美食!"

菲里普说:"对极了!"然后就开始说杭州美食。

奥蒂斯和我们谈天说地了一番,才进入正题。他又去洗了一次手,检查我妈的鼻子、耳朵、眼睛、口腔、腹部。然后,他请我妈坐在床上,他站在床前开始提问。现在我们才知道为什么房间里没有医生工作台了,因为医生站着为病人诊断。

奥蒂斯提了一个问题,我没听懂,估计是问我妈的头痛史,我马上说:"我妈妈小时候……"菲里普拦住了我,回答奥蒂斯:"No!"奥蒂斯又问了一串问题,菲里普都说"No"。

总算听到奥蒂斯问:"请问,头痛是什么时候开始的?"

我说:"我妈妈小时候头部受过伤,受伤的地方有时会痛。三十岁后,头痛加重了,但频率并不高。五十岁后,频率高了,经常痛。从七十岁到八十岁,几乎天天痛!"

奥蒂斯问:"请问什么情况下会痛?"

我说:"走路、说话都不痛,但一静下来,比如看报、看电视、睡觉,头就痛了。睡觉时特别痛,痛得睡不着,必须吃安眠药。"

奥蒂斯问:"哪个部位痛?怎么痛?"

我说:"整个头都痛,好像有针在脑袋里钻来钻去!"

奥蒂斯问:"有没有做过检查?"

我说:"我妈来之前做好了全套生化,做了 X 光,做了脑部 CT,做了……"糟了,"磁共振"怎么说?我憋了几秒憋出一句:"做过……磁悬浮……"一出口就知道错了,忍不住哈哈笑。磁悬浮是什么?是列车,上海有。奥蒂斯也笑,笑得很夸张。我灵机一动,对妈妈说:"妈,你把片子给他看看。"我妈连忙把片子拿出来。奥蒂斯仔细看,看完后说:"从片子上看都好的,没病!"这说法,和中国医生一样。

我妈问:"那为什么头会痛呢?"

奥蒂斯笑着说:"你是紧张性头痛。很多人,这样的头痛伴随一生。你不用担心,不要紧张,保持快乐。你知道吗?飞机,你是位健康的女士！如果很痛,可以吃点止痛药。"

我妈说:"我吃了各种止痛药,都止不住。"

奥蒂斯说:"美国有一种新药,用植物做的,专治紧张性头痛,你可以试一试。"

我妈说:"好的好的,我买!"

奥蒂斯笑着说:"不用买,我有样品,送给你试试。好的话,我把样品积攒下来,都送给你。"

我妈一听,可高兴了,感激地说:"你真好,谢谢你!"

奥蒂斯说:"不用谢,请到护士台拿药。祝你们开心,再见!"说完转身走了。

我们离开房间走到护士台,那个笑容漂亮的护士马上迎过来,把一盒药交到我妈手上,然后拉开门,送我们到大厅。

菲里普说:"妈妈,你放心,奥蒂斯医生说了,妈妈很健康!"

我说:"妈,现在放心了吧,你真的没病!"

我妈说:"呵呵,放心了、放心了。真没想到,医生这么和气,还免费送我药!"

秋说:"原来美国药也有用草药做的。"

我妈说:"草药呢,肯定是中国的好,中国有几千年草药文化。不过医院环境呢就比不上美国了,这里看病不用跑,不用挤,还有舒服的套间。你爸是离休干部,也没这样的待遇。"

我笑了:"妈,主要是美国人少,医院多,医生多!我们中国呀,人太多了!"

秋说:"看病预约真好,病人舒服,医生也舒服,不像我家'陈一刀',病人源源不断,每天忙得脚底朝天!""陈一刀"就是她的儿子陈盛,医学博士,上海肿瘤医院骨干,专攻乳腺癌。

离开候诊厅要经过化验室,我推着菲里普说:"轮到你了,去打针!"

菲里普吓得抱头往楼下窜。这家伙真是没用,听到"打针"两字就怕成这样!

离开医院后菲里普驾车带我们去看医生的别墅。他说,沃顿最好的别墅区,住的都是医生。果然,医生的别墅很大、很豪华,有很大的游泳池,有连绵起伏的草坪,草修得很整齐,草坪上停着高尔夫球车。

我妈说:"房子是大,但怎么光种草,不种些树?"

秋说:"妈,这是富人的生活。种了树怎么打高尔夫! 不过,我觉得养一群鸡是可以的,有本鸡蛋吃多好。"

菲里普说:"这么大的草地,如果是我,我就养牛!"

这么好的地方,拿来种树、养鸡、养牛? 如果是我,全拿来种菜!

几天后,奥蒂斯的护士打电话来,问我妈吃了药效果怎么样。我告诉她有效果,头痛缓解了很多,睡眠也好了很多。

很快,医院给我妈寄来了信,还附了两样东西,一是免费的止痛药,二是 135 美元退款。信上说,我妈看病时交了 150 美元,但全部费用是 15 美元门诊费。

我妈拿着药和退款,吃惊地说:"医生又给我药又退款,怎么这么好?"

菲里普解释说:"药是医生给的,但钱是医院退的。因为妈妈没有保险,医院就免了医生的出诊费 135 美元。"

我妈说:"那多不好意思,这个奥蒂斯医生不是白看了吗?"

菲里普笑着说:"妈妈,别担心,沃顿医院是奥巴马医院,医生的钱,奥巴马会给!"

丈母娘说:"呀,我得谢谢奥巴马!"

我说:"妈,不用谢他,奥巴马的钱是你女婿给的!"

菲里普说:"就是呀,我一半的钱都给了奥巴马,他让我丈母娘免费看一次病算什么呀!"

丈母娘听了女婿的话,向钢琴走去,边走边说:"好,菲里普,不谢奥巴马,谢你。妈弹琴给你听!"

我妈打开钢琴,弹起邓丽君的《我和你》,弹得很深情。我和秋伴着琴声跳舞,边跳边唱:

> 我衷心地谢谢你
>
> 一番关怀和情意
>
> 如果没有你给我爱的滋润
>
> 我的生命将会失去意义
>
> ......

琴声一停,菲里普拍手:"唱得好! 跳得好! 弹得好! 妈妈,再来一个!"

我妈再弹,弹《红色娘子军》。我和秋扛起扫帚,边跳边唱:"向前进,向前进,战士的责任重,妇女的冤仇深!"秋还拉着菲里普跳,他跳得东倒西歪,完全不合拍,嘴里说:"这个有劲,但唱的是什么呢?"

美国亲戚

今天是周六,安妮请我们吃午饭,约好时间是十二点。一起吃饭的还有珊蒂一家。

今天的早饭是菲里普做的华夫饼。做法很简单,从超市买的华夫粉,粉里已经调进了蛋粉、油粉、奶粉、糖粉,水拌一下,往电模里一倒、一压、一转,就做出一只漂亮的华夫饼,十分钟,做了一大沓。

我们三娘吃了一只华夫饼,饱了;菲里普吃了三只才算饱。美国人一个肚子抵我们三个肚子。早餐结束,我妈吹捧菲里普:"谢谢菲里普,好吃!"

秋说:"林,美味怎么说?"

我说:"敌里血死!"

秋冲着菲里普说:"菲里普,敌里血死!"

菲里普一听可高兴了,马上说:"敌里血死?我再做!"秋一把拉住他,连声说:"No,No,No!"我笑了,我知道,秋的中国胃在想中国泡饭。

　　早饭后,菲里普上楼看电视,我和秋把老妈拉进房间。我们拿出一只胸罩要她戴。她吓坏了:"你们干什么! 我年轻时没戴这东西,八十岁了戴这东西?"

　　我说:"妈,你不是说安妮身材好吗? 其实她那么胖,哪有你好! 你戴这个,更好!"

　　秋说:"妈,会美国亲戚,必须漂亮! 显显中国亲家的风采!"

　　我妈说:"不要不要!"

　　我和秋一起叫着:"要要要!"

　　这时,菲里普敲门,紧张地问:"女孩们,怎么了? 发生什么了?"

　　我说:"没事! 女孩子的秘密!"

　　他说:"没事就好,我以为你们在吵架呢!"

　　我们听了哈哈笑。我们太激动了,听上去像在吵架。

　　好说歹说,我妈总算穿上了胸罩,往镜子前面一站,又精神又挺拔,她就没再反对,但话先搁下了:"一出安妮家,我就要拿下来,太别扭了!"

　　第一件事成功,我们办第二件,给老妈化妆。我妈当然不肯,她说:"我再化也没安妮好看!"我们一起说:"老妈,安妮好看就是化出来的!"

　　妈妈拧不过两个宝贝女儿,只好妥协,答应涂点唇膏,但是要淡。我们说好的好的,马上动手。这时,老妈已被我们折腾得脸上红粉粉,唇膏一抹上,更加光彩照人。在秋的掩护下,我还偷偷给她刷了点粉,然后把她推到镜子前。老妈羞赧地说:"啊呀,涂脂抹粉,这是我贺姥姥第一次! 今天为了女儿,拼了!"

然后，我们三娘坐在沙发上讨论起送礼的事。我妈说，我们先去超市买两盆花送给安妮，还她两盆菊花的礼；还要买一只蛋糕，还她玉米饼的礼；另外，再送她一把西湖绸伞，作为上门礼。我妈的提案全票通过。

我妈又拿出两只红包交给我："给他妹妹的孩子一人 100 美元见面礼。"

我说："100？1 美元就够了。"

我妈说："1 美元怎么送得出手！"

我说："他们根本不懂什么叫见面礼。"

我妈说："珊蒂呢，送一套真丝睡衣好不好？"

我很坚决地说："不，别送，什么都别送！"

我妈见我态度这么坚决，突然明白了："珊蒂和杰夫一样也看不起菲里普？好！不送！"

我笑了，我知道谁看不起菲里普，我妈就恼谁。我说："妈咪，不是的，他们真的没互相送礼的习惯，你送了礼，他们反而认为你很奇怪，送了也讨不到好！"

我妈说："他们没礼，我们有礼，要送！"

我说："妈，真的没必要，别送别送！"

这时，菲里普又来敲门："你们真的没事吧？"

我妈说："啊呀，我女婿又以为我们在吵架。"

秋说："这样吧，小孩子呢还是每人一只红包，包些中国硬币、纸币，算是纪念品。珊蒂呢，给她几包杭州零食吧，她要就要，不要就扔掉。但切里对你蛮好的，我要送他一条领带，加一只喷花蜡烛，他就要过生日了！"

我说:"为平,你这么了解切里?"

秋说:"你书上不是写着?"

我笑了,我姐真是我的"铁杆粉丝"。

快十二点了,我们出发。十五分钟后,我们到了安妮的庄园,感觉像到了森林公园,花草遍地,树冠遮天,小路弯弯。安妮的房子比我家的大三倍,神气地立在花木之中。下车后,我妈和秋环顾四周,表情惊愕,她们知道安妮家很大,没想到这么大。

安妮的门上挂了只花圈,红花绿叶,我妈和秋一看,眼睛瞪得滚圆。我连忙解释,美国人喜欢挂花圈,意义和中国人的不同,表示喜庆。圣诞节时,这样的花圈挂得满街都是。这只花圈肯定圣诞节就挂上了。秋问:"那有人过世挂什么?"我说:"啥也不挂!"这是真的,美国人家中有没有丧事,你根本就看不出来。

安妮开了门,欢快地扑过来,先抱我妈,再抱秋,再抱我,最后抱菲里普。

今天安妮很漂亮,眼皮涂成粉红,脸也涂成粉红,嘴巴血红,穿花布衣、花布裙、花布鞋,都是在中国买的,特意穿给我妈看。幸好我妈今天有备而来,往安妮身边一站,旗鼓相当,还略胜一筹。因为妈妈身材苗条,比安妮挺拔。

一阵寒暄后,安妮对菲里普说:"甜心,柜子上面的灯坏了,厕所漏水,麻烦你看一看。"菲里普一听,马上爬到柜子上修灯。安妮带我们看房子。这是美国人的习惯,客人来了,一定先带着看看房间。

安妮的房子是新的,只造了七年,但她房间的摆设有很多老东西。其中有两台老唱机是二十世纪三十年代的,唱起歌来调子跑到火星上去。那五只老摆钟是二十世纪四十年代的，不会走，停了好多年了。还有两只老皮箱，一只当凳子，一只当茶几，下面都有轱辘，可以滚来滚去；创意是安妮的，轱辘是菲里普做的。还有一架老镜子，一人高，三人宽，只有镜框，没有镜面；框上吊了一只老花瓶，老花瓶里插了一把孔雀毛；创意是安妮的，镜子是菲里普从古董店背回来的，孔雀毛是我送的。还有一套老桌椅，颤颤巍巍，在客厅正中，安妮在桌下放了块红地毯，桌上放了一堆照片；这套桌椅是安妮最骄傲的东西，祖父的祖父传下来的！

当然，房间里最惹眼的东西是一只大树墩子，一米高，半米宽，表面精光。这是早期的美国肉墩，砍肉用的。但安妮不砍肉，当装饰，上面放了一盆鲜花。我曾经含蓄地向安妮讨这个肉墩，我家砍鸡、砍鸭、砍骨头，很需要生猛点的肉墩子。安妮呢，没点头也没摇头，没说肯也没说不肯，只说："这肉墩子是从古董店淘来的呢！"原来是古董！这样我就不敢讨了，君子不夺人所好。

除了老家具，安妮还有很多收藏。最多的是碗和盘子，有五大橱，都是她从欧洲收来的，她每年要去一次欧洲。这五大橱的东西是她的宝贝，客人只能看，不能碰。盘子和碗太多了，橱里放不下，她就往墙上挂，挂得很艺术。她有三间客房，墙上的装饰都是饭碗和菜盘子。

安妮还有个创意，是在橱柜的顶上放儿童用的小东西：小桌子、小椅子、小书包、小玩具、小衣服，还有学步车。安妮说，这些都是珊蒂小时候用过的。

逛完所有房间，我妈谈体会："安妮很有才华，很有品位，很有创意。我要向她学习。我从来没想到，碗呀盘啊可以挂上墙。其实盘子和碗,藏在柜子里是餐具,挂出来就是艺术。这次回去,我也要试试!"

秋说:"孩子用过的东西摆出来当装饰,想法太妙了! 我这次回去,也要把儿子的小玩具、小衣服摆出来。"

我妈说:"安妮唯一不对的——她只摆女儿的,不摆儿子的。"

我把这话和安妮一说,她说:"儿子的东西想摆的,但找不到了,一件都没有了。"

菲里普正在修厕所,听到这话伸出头来说:"谁说没有? 我小时候收集的蛇皮、松鼠皮、浣熊皮都还在呢! 妈咪,要不要和珊蒂的东西摆在一起?"

我们都笑了。安妮撇撇嘴说:"飞机,秋,你们看看,儿子有什么好?"

这时,外面一阵轰轰的声音,开来两辆四轮车,接着跑进来一对男孩,金发碧眼,很漂亮。安妮连忙介绍:"飞机,秋,这是珊蒂的孩子。大的叫维斯勒,十二岁,小的叫山姆,十岁。维斯勒,山姆,这是林的妈妈,林的姐姐。"维斯勒和山姆喊了一声:"Hi!"秋给他们一人一只红包,他们打开来一看,是一堆中国钱,很高兴,一起喊:"Cool!"

安妮说:"飞机,秋,你们去珊蒂家看看,看完了我们就开饭。"

于是,两个男孩开着四轮车带我们去珊蒂家。珊蒂家离安妮家只有 100 米,也藏匿在树林里。前院停着一辆卡车、两辆轿车,后院停着一辆房车、一辆猎车。草坪上有网球架、篮球架、蹦床。草地上滚着篮球、足球、羽毛球、网球、高尔夫球。

我们进门时,珊蒂正在"哗哗哗"理东西,看见我们喊了声

"Hi"，伸伸舌头说："以为你们下午过来，家里还没理呢，真对不起！"我连忙说："没事没事，我们不介意的。"

这时切里跑过来，冲着我说："林，嗨！甜心！"一把抱住我，"叭"地在我头上亲了一口，然后向我妈和秋伸手，嘴里说："看我聪明不聪明！我猜猜，这是林的妈妈，这是林的姐姐！"我妈和秋被他逗乐了。切里一到，气氛马上热烈起来，这就是我喜欢他的一个原因。他是个快乐的男人。

珊蒂说："切里，家里这么乱，你都不理理！"

切里说："林，和妈妈、姐姐讲，只看好的，不看乱的！看到乱的也说没看到！"

我妈和秋马上说："没看到，没看到。"

切里对珊蒂说："甜心，客人说没看到！"

珊蒂瞪了切里一眼，带我们看房间。先看左边。左边属于维斯勒和山姆，他们有自己的卧室、浴室、厕所、活动室、电视室，还有共用的洗衣间。我们进去时，两个男孩正跑进跑出，往洗衣机里扔东西，然后把洗衣机一盖，站得笔直，迎接我们。即使有这样的"紧急处理"，他们的房间还是乱得走不进去，拼图、书、玩具、衣服、臭袜子丢了一地，连枕头、被子都在地上。

珊蒂皱皱眉，对我们说："我半个月没进来，就成这样子了！"

山姆说："妈，你不是保证过了，永远不走进我的房间！"

维斯勒也说："妈，你不守信用！"

珊蒂吼道："我永远也不进来了！"话声一停，两个男孩连忙摁开关，"轰轰轰"洗衣服，然后趴在地上理东西。其实不是理，是扔，从这头扔到那头。我们都笑了，珊蒂朝他们瞪瞪眼，没说话，继续带我们看房间。

房子的另一半是珊蒂夫妻的空间,很宽敞。浴室80平方米,走入式衣柜80平方米,卧室80平方米。卧室一面全是落地窗,能看到树林。但卧室很乱,塞了很多老柜子、老椅子、老沙发,我们走不进去,只能站在门口张望。珊蒂抱歉地说:"对不起,这些老家具都是切里父母的,我们准备卖掉。"

菲里普羡慕地说:"都是古董呢! 看,这张沙发多漂亮!"

菲里普这么一说,我们都看向那张沙发。果然,那张沙发红木雕花,四只脚雕的全是狮子,但坐垫和靠背是新换的,黑底大花,非常好看。我们三娘一起点头:"好沙发,好沙发!"

菲里普问:"切里,这张沙发你卖多少?"

切里说:"500!"

我冲口而出:"500呀,这么贵!"

切里一听,追问我:"林,你喜欢吗? 喜欢吗?"

我说:"当然喜欢,但我没这么多钱。"

切里说:"你喜欢,我送给你!"

我说:"啊? 不、不,你打个折卖给我吧!"

切里说:"你是我心爱的甜心,送给你!"

我还在推,珊蒂说话了:"林,要! 干吗不要! 这样吧,你给我们一张画,我们给你沙发!"

切里说:"林,这个交易不错吧? 我最喜欢你的画了!"说完伸出手掌,我"啪"地拍了过去,击掌成交。沙发归我了,画先欠着。我现在没画,画都在博物馆呢。

我妈和秋很高兴,连声说:"林,不错不错,一张画骗一张沙发!

而且是古董沙发!"她们用了一个"骗"字,这句话我就不翻译了。

菲里普又妒忌又高兴,他说:"林,切里就是喜欢你。我要,得付500,你要,一张画!"

这时,安妮的电话来了,说开饭了。

我们全部过去,安妮已在餐桌上铺好了雪白的餐布,摆好了刀叉、盘子、餐巾。开饭前,大家手拉手向上帝做祷告,祷告词由菲里普说。他说:"感谢上帝,为我们带来了中国妈妈、中国姐姐。感谢上帝,让我们聚在一起,享受天伦。感谢上帝,给了我们食物,给了我们美好生活! 阿门!"除了我们三娘,所有人都喊了一声"阿门"。祷告结束了,每个人拿一只盘子排队取食,小孩子最先,女人次之,男人最后。

取食的地方在厨房餐台,台面上食盘排成一路纵队:一盘鸡肉片、一盘火腿片、一盘玉米蘑菇糊、一盘红豆羹、一盘蔬菜沙拉、一盘奶酪丝。甜食是珊蒂做的核桃派,还有我们带来的蛋糕。我低声对老妈和秋说:"今天算是很大的餐了,除了没火鸡,该有的都有了! 感恩节、圣诞节才吃这样的大餐!"

我妈低声说:"安妮这么客气,我好像还吃不下。"

秋也低声说:"是呀,不知道为什么,这些东西,我一看就饱了……"

说是这样说,但出于礼貌,她们每样都拿了些。一家人坐下后,她们拿的东西是最少的,切里和菲里普的盘子堆得山一样高。两个小孩子的盘子也是满满当当。这时,安妮拿来一筐烤面包发给大家,我妈和秋咬了一口面包,一起称赞:"烤面包好吃,又香又软!"一下子就把面包吃了下去,然后就开始有点发呆的样子。我知道,她们的小肚皮让一只面包填饱了。

安妮说:"飞机,秋,你们吃得太少了。不好吃吗?"

我妈说:"好吃好吃,就是胃口小!"

秋说:"好吃好吃,就是奶酪还吃不习惯。"

切里开口了:"安妮,你应该烧有头的鱼,有脚的鸡,中国客人爱吃,我也爱吃!"他话一说完,珊蒂和两个孩子就朝他起哄:"No——"

菲里普说:"忘了,今天应该带点浣熊肉来!"

这下,珊蒂和两个孩子一起向菲里普起哄:"No——"

珊蒂问我妈:"飞机,来了几天,感觉好吗?"她是小辈,但直呼我妈的名字,美国人都是这习惯。她把我妈的名字叫成"飞机",从安妮那儿学来的。

我妈说:"好! 这里有清新的空气,蔚蓝的天空,还有美丽的家园,可爱的家人,我女婿菲里普对我们太周到了,他真是难得的好人!"我妈话音一落,安妮、珊蒂哈哈大笑,我妈愣了一下,不知道她们为什么笑。珊蒂笑过之后对我妈说:"飞机,你不知道,你女婿是我家最坏的孩子! 坏透了!"

我把珊蒂的话告诉妈,我妈就有点不高兴,说:"我认为菲里普是好孩子,聪明孩子,善良孩子。我们中国人有一句话,江山易改,本性难移。小时候是好孩子,长大就是好人。我非常爱他!"

珊蒂:"飞机,我也很爱他的!"

安妮说:"是的,菲里普很聪明,什么都会,我们有什么事,全靠他做!"

我妈说:"他太会做了,太会做会吃亏。"

这话我译过去，安妮、珊蒂愣了一下。切里连忙转换话题。他问："林，妈妈、姐姐会说英语吗？"我说："会一点。"切里说："厉害！我们都不会中文！"

秋一听马上秀英语，指着玉米糊说："敌里血死！"

切里说："哇，说得太好了！这句话中文怎么说？"

秋说："好吃。"

切里学："好气——好气——"学了好几遍，还是说成"好气"。

秋笑着说："切里，我喜欢你。欢迎你到中国去玩！"

切里说："我也喜欢你！我这次就跟你去吧！我喜欢吃中国菜，中国菜，好气！"他这么一说，一桌子美国人乱七八糟地嚷："好气！好——气！"

这时，安妮的猫从餐桌前窜过。我妈说："这只猫真漂亮！"我说："我妈妈的爸爸，就是我外公，是大画家，最喜欢画猫！"切里说："我还以为你要说，你外公最喜欢吃猫！好气！"

我们哈哈笑了起来。切里就是好，一下子把气氛搞乐了。

切里问我："林，你在家打不打乒乓球？"

我说："打不了，乒乓球桌上都是菲里普的破东西。我都忘了怎么打乒乓球了！"

切里说："你可不能忘，忘了我就没对手了！"切里最喜欢打乒乓球，和我打成平手，但打不过添儿。他的理想就是战胜我和添儿。

珊蒂说："林，把乒乓球桌上的东西扔出去！"

我说："不能扔，都是菲里普的古董呢！"

珊蒂说："女人说了算，这就是美国妻子。林，扔！"

安妮也来帮腔："对的,林,女人说了算。菲里普不肯,你告诉我们,我们女人多。看看,这里就是五比二!"

切里马上说："六比一,我不算男人!"

大家又笑。

菲里普抱住我,吻了一下说："你们放心,我们家里,永远林第一,猫第二,狗第三,鸡、鸭、鹅第四,我第五!"

这时,秋拿出一包杭州零食送给珊蒂;拿出一条领带、一只喷花蜡烛送给切里。切里拿到礼物,向珊蒂炫耀："看看,我的礼物比你多!"珊蒂不理他,拆开一包芝麻糖,咬了一口说："真好吃,我有得吃,你没得吃!"这下切里馋了,说："我用蜡烛和你换!"珊蒂一把抢过蜡烛,冲着秋说:"谢谢你!"切里喊:"怎么谢她? 是我的东西!"

切里和珊蒂离开前和我们紧紧拥抱,说:"谢谢你们的光临,谢谢你们的礼物,希望有机会再见。"切里还叮嘱我:"林,别忘记,你欠我一张画!"

切里一家走后,我们也向安妮道别,安妮把没吃完的鸡肉、玉米糊、火腿打了几个包,要我带走。这件事上,她和我妈很像,喜欢给孩子们打包。

上车后,秋说:"切里太可爱了! 珊蒂也可爱,很开朗,很直爽。"

我妈说:"美国文化和我们的不一样,我们要互相适应。不管怎么说,看得出,他们都喜欢林,对林都不错,现在我放心了。"

菲里普问:"妈妈,秋,今天的大餐好吃吗?"

秋说:"好吃! 不过,我回去要煮面条,拌老醋!"

菲里普笑着说:"What!"

这天晚上,菲里普就带我去珊蒂家把古董沙发运了回来,我把它放在了一楼钢琴边上。至于欠切里的画,过了半年我才给,给了一对花鸟。他们千恩万谢,还说我吃亏了,说好一张沙发一张画,我却给了一对!

美国教堂

与美国亲戚见面后的第二天是星期天,对基督徒来说,应该说成礼拜日、主日、神日。礼拜日不劳动,要休息,上上教堂,读读圣经,想想上帝,和上帝说说话,向上帝做做祷告,求他给你一个好的开始。礼拜日是一周的开始。

所以这天我们全家要去教堂。

这天的早餐,菲里普想做土豆饼,就是把土豆煮熟,打成泥,和碎面包、碎肉、蛋、洋葱、奶油、奶酪混在一起,烤一烤,叫土豆吐司,是著名美国早餐。但秋抢在他前面,先做了青菜肉丝面。青菜是从菜地摘的,肉是野猪肉。她把菜和肉切得像针一样细,加点榨菜丝,"沙沙沙"一顿爆炒,浇在面上,顶上放只荷包蛋,一人一碗端上桌。后果当然很严重,大家的吃相很过分,风卷残云般,一碗面消失了。

秋说:"锅里还有,想吃再添!"我和菲里普跑过去添,菲里普用身子挤我:"嗨、嗨,好一点,别和我抢!"他把面和菜都倒进了自己碗里,我就到他碗里去抢。

秋说:"别抢别抢,我明天再做!"

我说:"亲爱的,现在你明白了吧,秋做饭就是比我做好吃!"

菲里普没掉进我的陷阱,很狡猾地说:"都好吃,不一样的好吃!"他不想得罪我,秋是临时厨娘,而我是长期厨娘。

吃好早饭,我妈拿出中文版《圣经》,翻开第一页,说:"今天要进教堂,我得看看,《圣经》都写了什么。"秋说:"我已经看过一点了,地球最早是黑暗一片,上帝给了地球光明,还把地球分成陆地和海洋……然后造了人。"

菲里普说:"太好了,我很高兴,你们开始学习《圣经》。"

我妈说:"菲里普,你是真诚的基督徒,你相信的东西,我也很愿意相信,因为我相信你。只是我们受无神论、进化论影响太深了,很难接受上帝造人的事。"

菲里普说:"如果不是上帝造人,是谁造的呢?人不会自己长出来呀。"

秋说:"猴子变的呀!"

我说:"你是蓝眼睛猴子,我们是黑眼睛猴子!"

菲里普不急,很耐心地给我们"上课"。他说,既然人是进化来的,现在怎么不进化了呢?怎么没有第二批猴子变成人呢?按进化论来说,人应该不断进化呀?几千年过去了,人怎么还没长出第三只手臂?还有,人的智慧创造了文明,推动了历史,我们用的电脑比人还聪明。那么,比人聪明的电脑是谁做出来的?人做出来的。世界上所有聪明的东西,都是聪明的人做出来的。那么聪明的人是谁做出来的?应该是更聪明的人做出来的,对不对?那么这个更聪明的人是谁呢?

我和秋抢答:"爸爸妈妈!"

菲里普很高兴,他认为我们进步了,说:"上帝,就是创造我们的爸爸!"他这么一说,我和他的"答记者问"又开始了。我们之间经常有这样的"答记者问"。

我问:上帝是我们的爸爸,有什么证明?

他答:《圣经》说的。

我问:《圣经》是从哪儿来的?

他答:《圣经》是上帝留给我们的。

我问:谁证明《圣经》是上帝留给我们的?

他答:耶稣呀,上帝送他儿子耶稣到地球上,就是想借着耶稣,让大家知道上帝。

我问:谁证明耶稣呢?有人看见了?你看见了?

他答:我怎么可能看见!那是公元一世纪的事!但有人看见了,不止一个人!

我问:谁证明有人看见了?有照片吗?有录像吗?

他答:《圣经》上写了。

我问:就算有耶稣,就算耶稣来自上帝,那么,上帝从哪儿来的?这件事《圣经》上没写吧?

他答:上帝从哪儿来的,我怎么知道!我要是知道,我不成了上帝的爸爸!

我问:我必须弄明白上帝究竟从哪儿来的?

他答:到了天堂,问问上帝,都清楚了。

我问:我不信基督,到不了天堂,怎么问?

他答:那你相信啊,相信就能到天堂!

我问：怎么才能相信呢？

他答：读《圣经》啊。

我问：《圣经》是从哪儿来的？

他答：《圣经》是上帝留给我们的。

我问：谁证明《圣经》是上帝留给我们的？

和每次一样，又绕到了最早的问题。菲里普知道我在胡搅蛮缠，扑过来咬我，我被他咬得哇哇叫："救命啊，猴子咬猴子啦！"秋就来救我，揪菲里普的胡子。于是丈母娘喊："你们两个，别欺负我女婿！"

闹了一阵，我说："说正经的吧。亲爱的，我现在相信有上帝，上帝是一种能量，创造了世界万物。但是，我还是无法相信耶稣，我认为耶稣是一个传说，或者是一个童话。"

菲里普说："亲爱的，你完全错了。你不相信，是因为你无法理解，很多事真的无法理解。到了天堂，见了上帝，就能找到答案。"

这时，我妈说话了："我觉得菲里普的话有道理，人的理解力太有限了，人连自身都没认识呢，怎么可能认识更高智慧！"

菲里普说："妈妈说得对！我们就像蚂蚁，蚂蚁永远无法认识人类。所以，关于上帝，就做一件事——相信。相信了，就能进天堂。就这么简单！"

秋愁眉苦脸地说："怎么才能相信呢？我巴不得相信呢，谁不想进天堂啊，谁不想永生啊！可是，有天堂吗？"

菲里普说："相信啊！相信有就有了！"

我说："老姐，相信，就是前面有个无底洞，但你相信洞里有汉堡，还有墨西哥糊糊，有很多'气死'，想吃吧？闭着眼睛往下跳。

菲里普就跳下去了!"

我这么一说,菲里普又扑过来咬我。秋一边帮我一边说:"我不要吃'气死'!"信徒和非信徒又开始混战。

其实我知道菲里普的心,他希望我信奉上帝。所以,我一直在积极努力学习上帝。上帝非常平易近人,不需要供,不需要拜,只要你信,他就带你去天堂。所以我在想,上帝究竟是一种什么形态? 为什么信了就带上你? 是不是上帝的形态就像电波,你相信他,他就和你的电波相通,然后把你的灵魂从电波中带走? 或者说上帝是一种密码,你信了他,密码就解开了,天堂的门就打开了。电波、密码、灵魂,都是看不见的元素,所以天堂也是看不见的,它是无数元素的组成。人的灵魂脱离肉体后,继续活在这种元素之中。

这是我的天堂猜想。但我的猜想和教堂牧师的猜想完全不一样。牧师总是说,上帝住在天堂,天堂有蓝天,有绿草,有鲜花,有音乐,有美食,有人间一切美妙的东西;但天堂没有死,没有病,没有痛,没有悲伤,没有贫穷。听他这么说,我就不相信了。不是说人死了,只有灵魂去了天堂? 灵魂需要吃饭,需要穿衣吗? 如果需要,谁种棉花? 谁纺织? 谁做衣服? 一连串下去,上帝非得再造人不可。所以,我觉得我的猜想比牧师的更靠谱些。

我的猜想,菲里普听过好几次。他认为我很有想象力,不愧是写书的人。但事实到底是我说的这样,还是牧师说的那样,只有见了上帝才知道。

所有问题,见了上帝就知道了,那怎么证明有上帝? 天啊,又回到起点!

所以说,嫁给一个基督徒很纠结的,信还是不信?怎么信?纠结。认识他之前,我是纯粹的无神论者,从没怀疑过猴子变人的事。现在我纠结了,人到底怎么来的?我到底是从哪里来的?世界到底从哪儿来的?上帝造的?上帝在哪?又是谁造了上帝?越想越纠结。

好,话说回来,说我们上教堂。

沃顿教堂在镇中心,有三大区。第一区是活动室、篮球场、网球场、幼儿园。今天是礼拜日,幼儿园就成了托儿所,那些有孩子的家长要听课,就把孩子托到这里。管孩子的人叫迪劳爱丝,我的好朋友。我在《嫁给美国》这本书里写过她,一个很勤劳也很艰涩的女人。

第二区有五个小教堂,分男人班、女人班、夫妻班、少年班、儿童班。周日早上,大家先去小教堂,进自己的班上课。每班有一个老师,上课的内容是《圣经》。

第三区是大教堂。小教堂的课结束后,所有人集中到这里,听牧师说教。牧师是教堂的核心人物,不是一般人都能当的,要竞争上岗,被选上的牧师能拿到 400 平方米的免费房子,带花园带草坪,而且房税、水电费、保养费全免,由教堂出。不光如此,牧师每个月还有四五千美元的收入。

我们看完所有区域,走进大教堂,菲里普就进了音控间。他是教堂的志愿者,负责音控。我带妈妈和秋坐在最后一排。刚坐下就过来很多人,对我妈和秋说:"欢迎新朋友!"

我连忙介绍:"这是我妈妈,这是我姐姐。"

大家都说:"认识你们很高兴!"

　　这时,挤过来一个矮小的老人。她叫贝蒂,九十岁,是我的忘年交。她亲热地抱了抱我,然后说:"林,这是你的两个姐姐?"我对贝蒂说:"这是我妈妈,这是我姐姐。"我妈伸出手去,贝蒂说:"我们要抱的!"她抱抱我妈,又抱抱秋,然后说:"我们都很爱林。我要谢谢你们,送给我们可爱的林!"

　　又过来一对老夫妻,AC和玛丽莲,也是我的忘年交。他们每周都去海边钓鱼,常送我们鱼吃。玛丽莲对我妈和秋说:"看见你们我太高兴了。我想对你们说,我们非常非常喜欢林,林是我们的宝贝!"

　　我妈握着玛丽莲的手说:"谢谢,谢谢你喜欢我女儿!"

　　安妮也跑来了,抱抱我妈,抱抱秋,说:"飞机,秋,太好了,我们又见面了!"

　　过来问好、握手、拥抱的人源源不断,这样的场面,我妈和秋第一次碰到。她们像大明星一样,又是招手又是微笑,嘴里一遍遍说:"谢谢你们! 认识你们很高兴!"

　　直到台上唱诗班出现,大家才各就各位坐好。

　　我妈脸红粉粉的,低声说:"啊哟,信上帝的人真热情!"

　　秋说:"是啊,我还没被这样欢迎过! 这里的人好像大多是老人。"

　　我妈说:"都是漂亮老人!"

　　我说:"很多人九十多了。别看他们老,'呼呼呼'开车来,'呼呼呼'开车走!"

　　我妈说:"啊呀,这点我们没法比!"

　　这时,台上出现了一个高大的男人,他就是牧师,名字叫汤尼。

　　汤尼牧师说:"今天,我们有两位从中国来的客人,大家欢迎!"大家的脸像向日葵一样,"哗"地转向我们,掌声响了起来。牧师说:"现在祷告!"大家都低下了头。牧师说:"感谢上帝,给我们美丽的一天;感谢上帝,为我们带来了美丽的客人,我们一起为她们祈祷,也为我们教堂大家庭祈祷。上帝和我们同在。阿门。"

　　唱诗班开始唱歌了。唱诗班有男有女,大部分也是白发苍苍的老人,他们有时合唱,有时独唱,有时男女混合唱。他们唱歌时,全场也跟着唱。唱的歌都是歌颂上帝的歌,感谢上帝的歌,有的激昂,有的抒情,有的温柔。高耸的教堂里歌声回荡,给人一种脱世感。几支曲子下来,我妈的眼里竟有了泪光。

　　我妈小声说:"虽然我听不懂歌词,但我听得懂音乐,感觉宁静、甜美。"

　　秋也小声说:"没想到唱诗班的老人唱得这么专业。"

　　我说:"唱诗班的领唱是得州歌唱冠军;那对二重唱发行过好多 CD;那个独唱的是休斯敦地区很有名的婚礼主持人;还有那个弹钢琴的,大学钢琴教授,她哥哥就是《你是我的阳光》的作者;还有那个吉他手,是著名乡村歌手……"

　　我妈和秋听了,惊讶地说:"喔,沃顿教堂,藏龙卧虎啊!"

　　风琴响了起来,募捐开始了。工作人员拿着一个银盘子,一排一排走过来,想捐的就往盘子里放现金或支票。这时,菲里普走出了音控室,把一张支票交给了工作人员,顺手向我们飞了吻。

　　我妈问:"我们要不要也捐点?"

　　我说:"不用,菲里普已经捐了,他一个月捐 500。"

　　秋吃惊地说:"500?这么多!"

我说:"是的。他说钱是上帝给的。"

捐款结束,牧师开始说教。他讲了一个《圣经》里的故事。有一个男人,他有两个儿子,大儿子勤劳善良,小儿子好吃懒做。小儿子分到了父亲的一半财产,到处挥霍,吃喝嫖赌,直到山穷水尽。没活路了,才想起父亲,回到了父亲身边,向他请罪,愿意接受惩罚。父亲非但没惩罚,还送他最好的衣服、最好的金器,还把家里最肥的牛杀了,请小儿子吃。大儿子知道后很生气,他对父亲说:"他花光了你的财产,做那么多违反神意的事,我服侍你这么多年,你从没送我好东西,从没杀牛请我吃!你不爱我!"他父亲说:"儿啊,你一直在我身边,我的一切都是你的。你弟弟失去了一切,像个死人,现在愿意悔改,是死而复生,我们应该高兴,应该爱他。"大儿子听了,恍然大悟。

牧师讲完这个故事,笑着说,大儿子恍然大悟,悟到了什么呢?是悟到了其实他比弟弟幸福,他拥有一切,而弟弟是死过一次的人,现在复生,应该庆祝。牧师说,我们身边也有这样的人,我们是打击他,还是善待他?这个《圣经》故事,给了我们答案。

我很简单地把故事和牧师的话转述给我妈和秋听。我妈听了,轻声说:"这个故事,不是有句谚语吗?叫浪子回头!"秋补充道:"金不换!"

是呀,浪子回头金不换。中国谚语和这个《圣经》故事巧妙地重合了。其实,不管在什么地方,什么人,信教或不信教,人们最基本的道德观、人生观、价值观是一样的。

牧师的说教不长,只有四十分钟。散场时,朋友们又拥过来,对我妈和秋说再见,希望她们再来。

离开教堂,我妈的脸色很好,对秋说:"上过教堂,心情特别好。我回杭州后,也要到教堂坐坐。"秋说:"好呀,我陪你去,去崇一堂!"崇一堂是杭州的一个大教堂,每次我和菲里普回去,都要去那儿坐坐,感受教堂气氛。

上车后,菲里普问:"饿了吧? 甜心们,想吃什么?"

我妈说:"不要吃汉堡!"

秋说:"不要吃墨西哥餐!"

菲里普喊:"What!"

车开了两三分钟,停下了。我妈和秋下车一看,面前这家餐厅有两个中国字"永发",就一起欢呼起来:"哈,中国餐厅!"我妈说:"今天我请!"秋说:"我请!"我说:"我请!"菲里普看我们这么激动,就笑着说:"好气! 好——气!"这个词他才学会。

走进中国餐厅,迎面走来漂亮的女老板黄媚,声音脆脆地说:"林,这就是妈妈和姐姐吧?"

我说:"对、对,这是我妈,这是我姐。妈,秋,这是我好朋友,黄媚。"

黄媚说:"你们三个像三姐妹呢!"

我妈说:"太高兴了,在这里看到中国朋友。"

黄媚说:"快坐快坐,吃好哦!"

我们刚坐下,安妮也来了。每次礼拜结束,安妮不用问,就知道上哪儿找我们。

安妮对我妈和秋说:"哈哈,我们又见面了。希望你们享受中国餐!"

"永发"是自助餐厅,有炒菜、水产、甜食、炸肉、沙拉、寿司、水果,品种多,味道好,价格也很便宜。来吃饭的人很多,大部分来自各个教堂,进行家庭聚餐。

我妈说:"看来,美国人还是喜欢吃中国菜的。"

秋说:"是的,这里的菜不错,炒菜香,水产鲜。"

菲里普说:"可惜没有大鱼头!"

我妈说:"菲里普像中国人,喜欢鱼头。下次回杭州,我天天请你吃大鱼头!"

安妮说:"飞机,他是中国人!我生他时抱错了,抱了一个中国小孩!"

我们一起笑了。

这顿中国餐是我妈和秋在外面吃得最舒服的一顿。吃完饭,所有人抢着付账,连安妮也抢。抢单这件事,她是有了中国儿媳妇才学会的,之前她只知道 AA 制。

收银台前一阵混乱,其他人目光惊诧,以为我们在吵架。最后还是黄媚有办法,接过菲里普的卡刷了一下,说:"好了!"收据打出来一看,收了 1 美元。

这顿饭,最终黄媚请。

那就借写书的机会谢谢黄媚,谢谢你请我妈、我姐、我们全家,吃了一顿美美的中国饭。饭美,你的友情更美。

去过一次教堂后,我妈和秋对教堂有了感情,之后每个周日都跟着我们去教堂,一起听唱诗、听课,一起会老朋友。她们觉得,虽然相信上帝有些困难,但教堂是个可爱可敬的地方,这里有很多快乐,也有很多爱。

不上教堂的日子,我们三个常一起翻《圣经》。耶稣,上帝,天堂,地狱,也成了我们饭桌上常有的话题。

　　耶稣,上帝,天堂,地狱,到底有还是没有,这件事,在世的人,没有人能证明。但有一点是肯定的,每个人都希望有,希望有上帝,希望有天堂。这种希望是真诚的。我觉得,有希望是一件太重要的事,它会让我们继续寻找,继续思考。

第五章　节日

过年快乐

今年的 1 月 31 日是中国人的好日子:除夕。这个年怎么过?菲里普的意见是,我们全家去休斯敦,找家最好的中国餐厅,好好吃一顿。但我妈和秋不同意,她们说,在美国过年,也要像在中国过年一样,在家里做顿年夜饭。

一家人投票表决,三比一,通过了做年夜饭的提案。菲里普当场表态:中国年很重要,他 30 号休假,当全陪,陪我们进城办年货。

今天就是 30 号,星期四,菲里普开上车,带着我们三娘直奔越华超市。在 59 号公路上行驶了一小时后,越华超市到了。这家超市其实是越南人的超市,我们选择它,是因为它的蔬菜新鲜,而且品种多。

今天的越华很热闹,平时很空旷的停车场今天挤得没一点空隙,我们转了十来圈,才找到一个车位。超市里更热闹,挂满了红灯笼,挤满了中国人,人人推一大车菜、一大车肉,喜气洋洋,很有过年气氛。

我妈推着小车,向我们宣布:"年夜饭你们要吃什么,尽管拿!

妈买单,妈有钱!"

我说:"妈,我要吃粽子!"

秋说:"妈,我要吃素烧鹅!"

"你呢,菲里普,你想吃什么?"妈问女婿。

乖女婿用中文回答:"妈妈,胖饭!""胖饭"就是泡饭。他的要求真低,过年想吃"胖饭"!

我妈说:"好,大家跟着我!"

最后跟着妈的只有秋一个。菲里普说要上厕所,跑了。我也说要上厕所,跑了。

其实,我俩都没上厕所,而是直奔大龙虾区。菲里普早有谋划,这个中国年要请丈母娘吃大龙虾。越华超市最好的东西就是大龙虾,都是从龙虾基地缅因州空运来的深海龙虾。

今天大龙虾特别多,买龙虾的人也特别多。小一点的10美元一磅,大一点的12美元一磅,大家挤成一团抢,我们抢了四只最大的。龙虾这家伙,我一向敬畏。记得以前在杭州吃龙虾,都是一桌人吃一只,切得纸一样薄的龙虾肉很庄重地摆在巨大的冰盘上,端上桌时人人仰望,口水滴答。但一圈没转过来,龙虾肉没了,便眼巴巴等,等龙虾头泡饭。没捞到龙虾肉吃的兄弟,怎么着也得吞几碗泡饭,这样好吹牛:我吃过大龙虾了。

买好龙虾,我们又跑到西洋参柜台买了几盒西洋参,这也是菲里普的谋划。他说,送丈母娘西洋参,这个马屁一定要拍。因为他早就发现了,丈母娘一到美国,就满地找西洋参,但沃尔玛没有,HEB没有,CVS也没有,反正哪儿都没有,她奇怪了,美国不是产西洋参的吗,怎么会没有西洋参? 其实不奇怪,美国产参,但美国人只吃参丸,不吃参枝。吃参枝的人,99％是咱中国人。所以想买到西洋参,得去中国城。

我们把龙虾、西洋参藏到车里,才去找老妈和秋,她们俩正推着购物车走到海鲜柜。看到大龙虾,我妈说:"啊哟,这么大的龙虾!"

秋说:"买龙虾吃吧,10美元一磅,太便宜了。一人一个,我请!"

我妈说:"我请!菲里普不是要吃泡饭嘛,我们做龙虾泡饭!"

我跑过去说:"算了算了,这么远的路,到家就死了。"

菲里普帮腔:"是呀是呀,死了就不能吃了。"

秋说:"不会的,一到家我就做龙虾两吃!"

菲里普一把拉住秋,边走边说:"秋,快看快看,这儿有蟹!"前面有一摊梭子蟹,正在集体吐泡泡。但秋摇摇头说:"蟹死很快的,蟹死了就不能吃了。龙虾呢,放进冰里,能活好几天呢。"

我连忙推上购物车往前走。前面是肉柜,我妈挑了块五花肉,说回家包粽子。包粽子需要糯米、粽叶、棉线,这三样东西中,就是棉线找不到。我们只好问哪儿有棉线,但店员都是越南人,不懂中文,也不懂英文。问收银员,收银员也是越南人,只会半吊子英语,菲里普和她比画了半天,谁都不懂谁。菲里普正郁闷,走来了一位女士,英语说得很好,问菲里普找什么。菲里普说:"我丈母娘想找绑包子的线。"我马上纠正:"不是绑包子,是绑……"粽子怎么说?卡住了。那女士瞪着眼问:"是不是春卷?"我和菲里普一起摇头。啊呀,粽子的英语怎么说?正着急,老妈出手了,她拿起粽叶、糯米给女士看,字正腔圆地说:"包!粽!子!"对方一看,不但明白了,还蹦出一句中文:"包粽子么,么问题啦!"我们一愣,都笑了。弄了半天,她是广东人。

广东老乡很热情,帮我们找到棉线才离开,离开前教了我们一句英语:rice dumping。什么是 rice dumping? 米饺子,粽子的正解。哈,rice dumping,学会了!

老妈的购物车满了,满得像一座小山,年货办齐了! 一家人喜洋洋走向收银台。付款时,女婿、丈母娘、秋一番激战,最后丈母娘胜,她坚决抵制 AA 制,坚决地把单买了。

离开越华已快到十二点了,菲里普往中国城开,开到"金山海鲜"。我说,这家自助餐很不错,我们一家人今天在这里过小年,明天在家里过大年!

我妈说:"原来你们策划好了!"

秋说:"林最会卖关子!"

我说:"不关我的事,是你们女婿的'阴谋'!"

"金山"里人声鼎沸,座无虚席,弥漫着香气。这种香气,不是美国香,是中国香,香得我们口水直流,拿起盘子向餐台冲,餐台有一边是海鲜,有对虾、鱿鱼、蛤蜊、蛏子、花蟹、海螺、黄鱼……有一边是粤式点心,有营养粥、营养汤、营养膏、营养饼……还有一边是现做海鲜寿司、现做扬州炒饭、现煮广东面条、现涮四川火锅……

我们四个人各取所需,坐下一顿大吃,吃光了再去添,连胃口最小的老妈也添了三次。当然,我们三娘肚子小,很快没战斗力了。菲里普很顽强,我们饱得走不动了,他还在一次次跑餐台,从海鲜到汤煲,样样吃,连粥和面也吞了好几碗。他的肚皮和猪八戒的一样大了,嘴巴还在吃。

这时,边上有一桌人开始发红包、派礼物,餐厅里欢声一片。

秋说:"嗨,他们真积极,明天过年,今天发红包!"

我妈说:"今天回去,我们列个菜单,做好准备。明天上午看春晚,下午包粽子、煮粽子、烧年夜饭。对了,要不要把安妮也请来?"

菲里普说:"她和朋友出去旅游了,一周后才回来。"

我妈说:"那我们打个电话,给她拜年!"

我和秋一起说:"妈,这是中国年!"

我妈说:"中国年就是讲究拜年,这礼数要到!"

话说到了 1 月 31 日,今天应该是年三十。

昨晚我把闹钟设在六点。早上六点一到,钟准时叫唤,把正在打呼的菲里普叫醒了。我一骨碌爬起来,冲着菲里普说:"亲爱的,过年快乐!"

菲里普说:"嗨,甜心,过年快乐!"

我说:"一会儿看到妈,你别说过年快乐,要说拜年拜年!"

"拜年拜年……"菲里普学着,听上去像"办烟办烟"。

我跑到客厅,开电视,找到中央九台。现在应该是北京时间晚上八点,春晚时间。但中央九台没动静,往年这个时候,九台可热闹了,又是唱歌跳舞,又是烟花爆竹,还有一桌桌年夜饭。正在疑惑,楼下有了动静,我听见秋在狂喊:"不好啦!不好啦!"

吓得我连忙跑下楼。老妈正在烧开水,也被秋吓了一大跳,连声问:"什么事不好了?"

菲里普从房间冲出来,手里拿着苍蝇拍,大声问:"秋,是不是有蟑螂?我来打!"他天不怕地不怕,却很怕蟑螂。

秋哭丧着脸说:"不是呀,是我们错过了年三十!"

我妈睁大眼睛不相信:"谁说的? 今天过年啊!"

秋说:"昨天是年三十! 准确点说,现在是中国的大年初一晚上!"

我愣了一会儿,冲过去看年历。果然,昨天是除夕,今天是春节! 难怪昨天超市那么忙,饭店那么忙,还有人分红包,是忙着过年啊! 天呀,我们把年夜饭错过了,把春晚也错过了!

我妈说:"怪我怪我! 是我说 31 号过年的!"

秋说:"怪我怪我! 我粗心大意,以为今天过年!"

我说:"怪我怪我! 我怎么不早查一查!"

秋说:"不怪你,不怪我,也不怪妈,怪我们三个和尚没水喝!"

秋一说,我们笑了。就是啊,我到美国这么多年,从没错过年夜饭,今年多了老妈、老姐,竟给错过了!

菲里普这时才弄明白,没有蟑螂,是我们错过了年夜饭。他放心了,笑嘻嘻地说:"没关系,他们昨天过年,我们今天过年! 你们看,我过年的衣服都穿好了!"

我们这才注意到,菲里普穿得很漂亮,里面是红绸睡衣,外面是黄绸睡袍,黄袍外面又披了件唐装,唐装上全是金龙。他很得意地说:"中国男人过年是这样穿的吧?"

我妈和秋一看,捂住了嘴巴。

我忍住没笑,问他:"亲爱的,你怎么知道中国男人是这样穿的?"

菲里普说:"电影上看到的!"

秋"扑哧"一下笑出了声,竖起大拇指:"好看,你像个中国皇帝!"

我妈说:"我女婿的话一点没错,古代的男人是这样穿的。长袍短套,扇子一摇!"

菲里普一听可开心了,马上喊:"妈妈、姐姐,'办烟办烟'!"我妈和秋瞪着眼睛没听懂,我翻译:"他说拜年拜年!"

我妈和秋哈哈笑,朝他喊:"拜年拜年!"

本来的计划是今天早上看春晚,既然没得看,一家人便出去散步。茉莉"哒哒哒"走在最前面,后面"噔噔噔"跟着老妈,老妈后面是女婿,我和秋拖拖拉拉走在最后。我们不是偷懒,是看花,路边的野葱花白得像雪一样。

今天的天还是很蓝,蓝得像梦。老妈散步过了瘾,就停下来拍蓝天。这样的蓝天,她天天拍,还没拍厌。我们回到院子,院子里站了一只孔雀,正在开屏。羽屏上,缀满了蓝绿相间的"眼睛"。孔雀每一枚尾羽上都有一枚"眼睛",开屏时,"眼睛"闪闪发光,很美。

秋捧着iPad,小心翼翼走过去,镜头刚对准,孔雀转了个身,屁股对准秋。秋绕着孔雀,想拍孔雀的正面,孔雀就是不让,秋转它也转,秋只能看到屁股,气得直嚷:"让我看看嘛,这么小气!"

我说:"为平,我帮你!"我跑到孔雀前面,孔雀马上上当了,一个转身把屁股对准我,秋欢呼起来:"看见啦!"还没等她拍下来,孔雀"哗"地收了羽毛,拖着长长的尾巴跑了。秋冲着它喊:"别跑啊,看屁股就看屁股好了!"

菲里普哈哈笑,说:"秋,别担心,春天来了,孔雀天天开屏,你天天有得看!"

回到屋里,老妈便指挥我们包粽子。包粽子,要先把鲜肉腌好、糯米泡好、粽叶洗好,这些准备工作,老妈都提前做好了。我和秋不会包粽子,女婿更不会包,老妈就进行技术培训,边说边做示范:粽叶在手上铺好,折一折;米放好,抖一抖;肉放好,加点米,再抖一抖;然后包起来。线要扎得紧,别让米漏出来,漏出来就不是粽子,是粽子汤了。

我妈的粽子课上好,我们一起举手提问:"老妈,为什么要抖一抖?"

老妈说:"抖一抖,就把粽子的灵魂抖安稳了,不会跑,跑了就煮不熟了。还有,千万不能把粽子掉在地上,把灵魂摔死,就永远煮不熟了。"

原来粽子有灵魂啊!

我们每人包好一个,老妈做点评:"为平,你包的时候抖得不够。菲里普,你的粽子没包紧,煮的时候会炸开。林,你的包得太紧,用线太多。我们得节约用线。"

菲同学、秋同学一听,围观我的粽子。秋同学说:"老妹,我觉得裹小脚也不需要这么多线!"菲同学说:"亲爱的,你把粽子绑架了!"我说:"我是怕粽子的灵魂跑了!"

"劳动比武"开始了,老妈我们自然是比不过的,她叶折得妙,米抖得帅,线扎得巧。她扎线的手法干净利落,几圈扎出一个大蛮腰,如果画上眼睛鼻子,就是个威风凛凛的粽子将军。秋也不错,到底是姐姐,学东西就是快,包出来像什么呢?像粽子。我的粽子呢,什么都不像,就像它自己。但我相信,我的粽子被我五花大绑了,灵魂肯定跑不掉。至于菲里普,他包到第三个,准确地说,是包到两个半,溜号了。他说:"我去下厕所……"跑了,再没回来。不到一小时,粽子包好了,放进锅,水没过顶。老妈说,水开一小时,翻一翻,再煮一小时,然后关火闷一小时,就能吃了。

所以,整个煮粽子的过程——三小时。

这三小时怎么过呢?老妈坐到了钢琴前,"叮咚叮咚"弹琴,弹难度很大的《红梅赞》。我和秋开始跳舞,跳了没几下不想跳了,今天散了步,还包了粽子,锻炼强度够了。于是我们姐妹俩跑进房间,我拉二胡,她弹古筝,"叽叽叽","嘎嘎嘎","咣咣咣",看谁响。

下午两点,粽子煮好了,我去 shop 喊菲里普吃粽子,他正在老福特下面忙,手上脸上全是灰。我冲着他喊:"咦,原来你躲在这儿,我找半天都找不到!"他很得意:"找不到吧?急了吧?"我鼻子哼了一下,其实他一跑,我就知道他上哪儿去了。

我把菲里普拖回家,给他吃粽子。吃好粽子,他又向 shop 跑,我和秋想跟他跑,我妈冲着我们吼:"烧年夜饭了!"我们只好站住,烧年夜饭。想想好笑,我妈急着烧年夜饭,其实这会已经是北京时间大年初二了!

年夜饭还是由我和秋配合,我主洗,她主烧,烧了一桌子菜。我们一起摆上桌后,秋大声宣布:"吃年夜饭啰!"我说了声"等等",从冰箱拖出一袋冰,"哗"地倒进水池,冰里跳出来四只大龙虾,手舞足蹈的。我妈和秋吓了一跳:"啊?龙虾!怎么有龙虾!"我耸耸肩,摇摇屁股。

我妈恍然大悟:"知道了,昨天在越华买的!"

秋说:"林,你就是会卖关子!"

我说:"不是我,是菲女婿的关子!"

龙虾煮好,我去叫菲里普,这回老妈跟我一起去。我们到shop,她女婿还在破车底下,被我揪出来时,身上又是汗又是灰,弄得丈母娘很心疼,一边帮女婿拍灰,一边说:"菲里普,今天过年呀,你还干活!"

女婿说:"我得抓紧时间,把车修出来,带妈妈兜风!"

丈母娘说:"兜风不兜风不要紧,知道你的心就够啦! 快快快,我们去吃年夜饭!"

七点,美国年夜饭终于开吃。

今天的年夜饭有素烧鹅、葱爆羊肉、油爆大虾、红烧鱼、白切野猪肉,还有一大盆蔬菜沙拉,一大锅蘑菇炖本鸡,每人盘里还有一只鲜红的大龙虾。

菲里普给每个人倒了一杯红酒,说:"女士们,过年快乐!"

我们一起举杯:"过年快乐!"

我说:"今年过年,是我到美国五年过得最快乐的年,因为有老妈老姐!"我举起杯,"老妈、老姐,我敬你们! 我真希望每年的年夜饭我们都能一起吃!"

秋说:"就是太远啊,近的话,我年年帮你烧。"

我妈说:"就是太远啊……"说了这话,眼睛红了。

我连忙往妈碗里夹菜,秋也往妈碗里夹菜,菲里普一看,也跟着夹菜,嘴里还嚷"办烟办烟"。我和秋学菲里普的语气,也喊"办烟办烟"。这么一闹,老妈笑了。

每个菜都尝过后,大家开始吃龙虾。菲里普调了碗奶油酱,他说美国人吃龙虾都要蘸奶油酱。龙虾肉蘸奶油酱很香醇,果然好吃。我咬了一大口往下吞,噎住了,只好站起来跳,菲里普一边帮我拍背,一边说:"亲爱的,放心,龙虾一人一个,没人和你抢!"

我说:"我就怕你和我抢!"

菲里普一听,就把龙虾头放到我盘里,说:"这样总行了吧? 我的头给你!"

我说:"快把你的头给我!"伸手去拉他耳朵,菲里普嚎叫着:"救命啊,林要吃我的头!"

秋递给我一瓶酱,说:"老妹,吃头要蘸酱!"

我妈说:"啊呀! 你们俩又欺负我女婿。发红包了,发红包了!"说完掏出了红包,一人一个,还多一个,妈说是添儿的,由我们去奥斯汀时交给他。话刚说完,添儿电话打来了,给我们拜年。秋冲着电话说:"老添,你是不是听到外婆在发红包啦?"

老妈红包发好,秋也把礼物拿出来了。她给菲里普一件皮衣,给我一套睡衣,都是从中国带来的,一直藏到今天。菲里普马上把皮衣穿上,走过去抱了抱秋,抱了抱丈母娘,说:"妈妈、姐姐,谢谢! 这么多礼物,过年真好!"说完就把红包往衣兜里放,我一把拉住:"亲爱的,这是幸运钱,不能放口袋里。"

菲里普问:"放哪儿呢? 亲爱的。"

我说:"放枕头下啊! 放一年,幸运一年。"

菲里普笑了,摇着头说:"傻丫头,幸运是上帝给的,不是钱给的。"

我说:"好吧,放我枕头下吧。"说完就把他的红包没收了。

这时,菲里普也拿出了礼物,西洋参、格子衬衫、牛仔裤。西洋参是给老妈和秋的,格子衬衫、牛仔裤我们三娘一人一套。西洋参我知道,但格子衬衫、牛仔裤我不知道,菲里普果然会卖关子。我和秋兴高采烈,把衣服裤子穿上身。她的是橙色格子,我的是粉红格子,配上牛仔裤,一个英姿,一个飒爽。我们要妈妈也穿,妈哪肯,她拎着衬衫和牛仔裤说:"啊呀,我都八十岁了,还穿花格子?还穿牛仔裤?走出去让人笑死!"

我说:"妈,谁笑你啊,你在美国呢! 你不是看见了,教堂里八九十岁的人都穿花衣服牛仔裤!"秋马上帮腔:"就是就是,妈,你现在是美国老太太,快穿上!"

妈还是不肯,我们就把老妈"绑架"到卧室,逼着她穿。老妈没办法,只好穿。穿上深蓝牛仔裤、墨绿色格子衫,镜子里一照,神神气气的贺姥姥! 我和秋说:"妈,你还不肯穿,看看,多好看!"我妈也不得不承认:"原来牛仔裤很舒服呢!"

年夜饭吃好,天已经漆黑一片,我们一家出去散步。狼道上静悄悄,只有我们的脚步声。抬头看,天上布满星星,星光下,是高高低低的树林。披上星光的狼道,弯弯曲曲,尽头消失在另一片树林里。

我们走了没几步,睡在树上的孔雀一起尖叫起来。孔雀一叫,我家茉莉就跑来了,颠颠地在前面引路。

我妈说:"狼道上走星光路,狼道上听孔雀声,狼道上看满天星,茉莉撒欢,儿女相伴,贺姥姥过年!"

我说:"好诗好诗,放进《贺姥姥田园诗集》!"

我的话刚说完,几条黑影"嗖"地从眼前掠过,吓得我们三娘站住不敢动。菲里普说:"没事没事,是鹿!"

我妈说:"鹿为什么跑? 是不是有东西追? 我们还是快点回家吧,来一群狼就糟糕了! 今天过年呀,不能让狼吃了我们。"

我说:"别怕,有菲里普呢。他肉多,要吃先吃他。"

秋说:"把菲里普吃掉后吃谁呢? 我们还是跑吧!"

三娘一个向后转,快步向家的方向走。菲里普跟在后面,笑着说:"是鹿呀! 你们不要看鹿吗?"

我们走得更快了。我妈边走边说:"半夜三更在狼道上看鹿?还是回家睡觉吧!"我也边走边说:"妈,这句话,作你诗的结尾!"

年,就这样过好了。

木婚快乐

今天是2月2日,是我和菲里普的结婚纪念日。五年前的今天,我们两个孤独的人走到一起,两颗孤独的心,从此彼此相依。

中国人结婚,吹喇叭抬轿子,办喜酒闹洞房,动静很大;但结婚纪念日动静很小,或基本上没动静。美国人相反,他们结婚动静很小,去教堂交换个戒指,吃个汉堡,跳个舞,不办喜酒,不收红包。你想去闹洞房?当心他们报警。但结婚纪念日却是很重要的日子,必须隆重庆祝。很多夫妻在这一天躲开小孩,住进乡村小旅馆,重温二人世界。

所以,结婚纪念日,美国佬菲里普从没忘记过。但这几天,他和往年一样闭口不说这事,他不说,我也不提。但有一天,菲里普带我们逛店时,我在妈妈和姐姐的掩护下偷偷地买好了木婚礼物。

今天,菲里普一早就上班去了,我们三娘和平常一样吃早饭、散步,然后老妈和秋绣十字绣,我趴在电脑前写字。快中午时,菲里普发短信来了,他说:"亲爱的甜锅煎饼们,中午少吃点哦!"

于是我告诉妈妈和秋,菲里普说甜锅煎饼们,中午少吃点。秋一听就叫了起来:"喊我们锅煎饼?"

我说:"美国男人喊女人都这样喊,甜心、甜蜜、甜菜、甜果、甜蛋糕、甜玉米、甜甜圈、甜锅煎饼……"

秋说:"啊哟我的妈,肉麻死了!"

我妈说:"看来他早计划好了,晚上带我们吃饭。"

秋说:"林,逗逗他!"

于是我回复菲里普:"亲爱的甜甜圈,为什么呀?"

菲里普马上回我:"甜肉们,这是个秘密!"

我对妈妈和秋说:"甜肉们,今天你们的甜女婿肯定会带我们去吃牛排,我们每年的纪念日都吃牛排!"

果然,中饭刚吃过,菲里普发短信来了:"亲爱的甜玉米们,晚饭别做哦!"

我问:"甜酒,为什么呀?"

他说:"甜花花们,这是一个秘密!"

听菲里普喊我们"甜花花",秋说:"你老公短信好肉麻! 不过,我老公有他一小半肉麻就好了。"

我妈笑了:"这个女婿真好玩,他真的不知道我们知道?"

秋说:"他不知道我们知道才好玩,我们就装着不知道!"

傍晚五点,菲里普飞车回家,我们三娘已打扮好了,亭亭玉立,站成一排迎接他。菲里普"哇"了一声,说"你们太美丽了",就跑进卧室,编编胡子,换换衣服,出来后对我们说:"OK,女士们,准备好了? 走,我们去吃饭!"

上车后,秋问:"菲里普,今天是什么好日子呀? 你为什么请我们吃饭?"

我妈问:"菲里普,我们去吃什么呢?美国汉堡还是墨西哥糊糊?"

我也问:"亲爱的,我们这是去哪儿呀?我们都快饿死了!"

菲里普见我们疑惑不解,可得意了,翘翘下巴说:"甜心们,这是个秘密!"

我们三娘互相眨眼睛。

半小时后,贝城到了。贝城是个小镇,居民比沃顿多一倍,市区比沃顿大一倍,街道比沃顿靓一倍,商场比沃顿闹一倍。我们沃顿人到贝城,是乡下人进城。

菲里普带我们去的牛排馆叫 K-2,是这一带最大的牛排店,很"豪华"。怎么"豪华"呢?我描述一下:这个著名的牛排馆,房子像低矮的马厩,过道是咯咯乱响的木板,停车场杂草丛生,但车子总是停得爆满,满得不留一条缝。K-2 的门把手是一对破木柄,被无数双手磨得精光发亮,拉开时,门会大叫一声:"之牛!"里面很昏暗,得站一分钟适应光线。光线适应后,看清楚了,吧台、餐桌、收银台、沙拉台交汇在一起,乱蓬蓬,没鼻子没眼。入座后,回眸一看更惊心,四壁是破木板,穿过板缝能看到街上的人和车。天花板的横梁是黑的,像刚挨过火烧。桌子、椅子、窗子坑坑洼洼全是坑。最惊心的,是墙上的装饰物有旧猎枪、旧马刀、旧斧子、旧扳头、旧榔头、旧锯子、旧水壶、旧锅子、旧汤勺……你想象得出的旧工具、旧炊具全吊上了,连套牛头的麻绳也吊上了。

我们的桌子上方吊了一把破砍刀、一把破斧子。我的亲妈、亲姐坐下后,眼睛一直往头上看,表情有点惶惶,虽然相信它们吊得很牢,但还是怕它们一"失足"掉下来。我妈忍不住轻声抱怨:"来这吃饭是冒着生命危险呀,头上吊着破刀!"

秋说:"妈,不是破刀,是宝刀,古董!"

我妈说:"对、对,古董,古董!古董大爷呀,千万别掉下来!"

我笑着说:"妈咪,掉下来伤了你没事,要是伤了古董,你可要陪它上医院!"

女婿说:"妈妈,放心,它们吊了几十年了,从没掉下来过。其实这些古董,我 shop 里都有,我想挂进餐厅,林就是不让!"

我说:"你挂吧,挂在你脖子上,挂一圈!"

秋问:"菲里普,K-2 很有名吗?"

菲里普给我们讲故事:K-2 不但在贝城有名,而且在得州也有名,游客经过路过,一定要来 K-2。K-2 的主人叫盖雷(Gary Kubeczka),出身牛仔世家,有大片牧场。1980 年,盖雷从得州农工大学 A&M 毕业,回到牧场,继续祖辈的事业。那时,这一带没有正规的牛排馆,只有家庭小店。盖雷认为,牛排象征牛仔文化,应该发扬光大。于是,1982 年,他和哥哥一起开创了贝城第一家牛排馆,取名 K-2。K-2 的装修完全仿照旧时的牛仔屋,K-2 的牛排都来自盖雷的牧场。K-2 的牛仔风格很讨好,很快生意兴旺,顾客盈门。听说老总统布什每年都会来 K-2 吃牛排。三十多年过去了,K-2 的分店遍地开花。但这个老 K-2 还是老样子,什么都没变,主人没变,房屋没变,牛排味道也没变。

我妈说:"三十多年了,K-2 牛排的价格翻了好几倍吧?"

菲里普说:"没有,当时什么价,现在什么价。最好的牛排套餐 18 美元一份,一点没变过。"

我说:"这怎么可能!三十多年了,工资都增加很多了!"

菲里普说:"工资也没变啊,当年最低工资每小时 8 美元,现在也是 8 美元。"

秋很不相信,追问菲里普:"你怎么知道价格没变呢?"

菲里普说:"我最知道啦! 1982 年,我大学毕业没找到工作,来 K-2 打工,修游戏机!"

我一听便说:"亲爱的,那你一定吃了不少 K-2 的大牛排吧?"

菲里普做出一张哭脸:"我穷打工,8 美元一小时,哪里吃得起 18 美元的牛排! 可怜呀,修好机器,跑到麦当劳吃一个汉堡!"

我们都笑了。我妈还在想工资的事,她感慨地说:"美国工资怎么不会涨呢! 我记得三十多年前,我的工资只有 20 多块,现在,我的退休工资都有五六千!"

秋说:"妈,中国工资涨,物价也涨呀。三十年前,猪肉几毛钱一斤,现在呢?"

这时,点餐员过来了,菲里普点了四份牛排套餐。服务员问我们要什么生熟程度,秋问我:"林,'全熟'怎么说?"我说:"胃儿荡!"秋冲着服务员:"胃儿荡,拍梨死!"拍梨死就是"请"。我妈也说"胃儿荡,拍梨死"。我要了"米垫胃儿",7 分熟。菲里普要了"米垫",5 分熟。

点好餐,我们去拿沙拉,有西蓝花、洋葱圈、包心菜、菠菜、西红柿、黄瓜、西芹、豌豆、四季豆,当然,全是生的。我妈排在我前面,每样都拿一点,最后很内行地浇上沙拉酱,拿了一片烤面包,盛了一碗蘑菇汤。

回到座位后,我们发现,老妈的沙拉盘堆得最高,她到了美国爱上了吃生菜。只见老妈叉起西芹,"咔嚓咔嚓"吞下去;又叉起菠菜，"咔嚓咔嚓"吞下去；又起花菜，很大的一朵，放进嘴里，鼓起腮帮子嚼，边嚼边念："老贺老贺，食量大如牛，吃生菜不抬头！"我和秋一听就笑了，这是《红楼梦》中刘姥姥的话，贺姥姥挪用了。不过，我妈吃生菜的样子，是食量大如牛的样子。

蔬菜沙拉啃光，烤面包吃光，蘑菇汤喝光，我妈和秋摸着肚子说："饱了！饱了！"

菲里普叫："What！"

我说："我每次来 K-2 吃牛排也是这样，沙拉吃好，牛排吃不下了。菲里普笑我，服务员也笑我。"

我妈说："没办法，我们的中国肚子不能和美国肚子比！"

这时，牛排上来了。每人一只大盘子，中间躺着大牛排，肥肥厚厚，冒着香气，边上配着一堆烤虾、一堆红豆泥、一堆香菜，盘子中还有一只锡纸包，里面是一只烤土豆，很大，足有半斤重。秋看到大土豆，眼睛都瞪圆了："这么大的'不太偷'！"我妈说："这个'不太偷'也太大了，我能吃三天！"菲里普说："吃得州大牛排，必须吃得州大土豆，这样才像得州大牛仔！"

菲里普开始吃牛排、吞土豆，吃得很陶醉。我们三娘也开始吃，牛排很嫩，土豆很糯，但吃了没几口，我们又一起叫饱。这时，服务员又托来一样东西：12 杯生蚝！生蚝泡在番茄醋中，肥嘟嘟、水灵灵，灯光下非常诱人。我们三娘刚才还喊吃不下，看到生蚝，又一起伸手抢。牛排土豆吃不下，生蚝永远吃得下，这就是中国肚子！

这时，菲里普举起一杯生蚝，和我碰杯，情意绵绵地说："亲爱的，木婚快乐！"

我说:"啊呀,亲爱的,原来今天是结婚纪念日!"

我妈和秋也一起说:"是吗?难怪请我们吃牛排!祝贺祝贺,木婚快乐!"

非里普得意地说:"今天这个日子,老婆可以忘记,老公万万不可忘记!"

秋问:"如果老公忘记呢?"

非里普瞪起眼睛说:"没有如果!老公绝对不可以忘记!"

秋一听,咬牙切齿地说:"这话我得和我老公说一遍!"

这时,非里普掏出一个漂亮的礼包,双手捧给我。我拆开来一看,是一个红木雕的中国字。什么字?双喜字!

我很吃惊,看着非里普说:"啊呀,亲爱的,你怎么会选这个字?"

我妈说:"是呀!非里普,你怎么会选这个字?"

秋说:"哇,非里普厉害!结婚纪念日选了双喜字!"

非里普见我们一个个表情惊愕,马上紧张起来:"怎么了?怎么了?这是个坏字吗?"

我说:"不,好字!最好的字!而且很适合用在结婚这件事上,用在今天的日子!"

非里普做了个擦汗的动作,说:"吓死我了……我在网上买的……我根本不认识这个字,但我觉得这个字很好看,工艺精美,老婆会喜欢……这字什么意思呀?"

秋说:"这字的意思,就是木婚快乐!"

非里普哈哈大笑,和我拥抱接吻。

接吻大戏结束,我也变出一个礼包,双手捧给非里普。非里普眼睛睁得大大的,喊了声"原来你也有秘密!"动手拆,拆出来一只红木相框,上面有一行英文字"This is life"。里面放的,是我们俩第一张合影,两人在西湖小船上,幸福相依,眺望远方。菲里普看着照片,动情地说:"Ha! This is my happy life!"张开双臂,紧紧把我抱住,接吻大戏又开锣。

我妈看着我们,眼里闪着泪花,快活地说:"看看,多好的一对!"

秋说:"嘿嘿,恩爱鸳鸯,心灵相通,木婚礼物也选得一样,一个是红木双喜,一个是红木相框!"

菲里普把相框放在桌上,奇怪地问:"林,你什么时候买的?哪里买的?我怎么一点都不知道!"

我还没回答,秋抢先说:"谁亏了特!"

我妈也说:"谁亏了特!"

什么是"谁亏了特"?Secret,秘密!

我们全体举起生蚝,一起喊:"木婚快乐!干杯!"一仰头,把生蚝干了下去。

情人节快乐

今天是 2 月 14 日,星期五。今天两节相遇,既是情人节,也是元宵节。

今天早上醒来,我第一件事是伸手到枕头下面,但什么也没掏到。菲里普瞌睡不醒地问:"找什么呀,甜心?"我说:"找巧克力呀!"每年情人节,我一醒过来,巧克力就在枕头下面了。

菲里普翻了个身,咕噜道:"什么巧克力……"又要睡去。

我趴在他身上大声说:"啊? 没巧克力? 打你屁股!"

菲里普一听就把屁股撅起来了:"打吧打吧,请!"

我从床底下掏出一大盒巧克力,"啪"地打在他屁股上。菲里普抢过巧克力,开心地说:"哇,巧克力! 想起来了,今天情人节呀! 对不起老婆,我忘记了。"

我揪住他胡子问:"真的忘记了?"

他头摇得像拨浪鼓似的。

我鼻子"哼"了一声,我才不相信,他哪年忘记过情人节? 他肯定有秘密。于是我翻箱倒柜找他的秘密,没找到。就在这时,我听到秋在叫:"都——来——看!"

我跑下楼,我妈也跑过来。秋指着餐桌,餐桌上,红红绿绿的"KISSES"巧克力铺成了一个巨大的心,心上面是三支红玫瑰,还有一张卡片,卡片上写着:"情人节快乐! 妈妈,姐姐,林,我爱你们!"署名是菲里普。

看看,我没说错吧,这就是他的秘密!

我妈说:"奇怪,昨天我最后一个睡的,桌上没有巧克力和玫瑰啊!"

我说:"菲里普半夜里干的! 他擅长这个。"

秋问我:"情人节怎么说?"

我说:"饭冷汤爱!"

这时,菲里普下楼了,秋马上操练起来:"菲里普,海配饭冷汤爱!"

"海配饭冷汤爱!"菲里普说,交给我们一人一盒巧克力,然后把桌上的玫瑰一人一支献给我们。

我妈抱着巧克力,拿着红玫瑰,红光满面:"啊呀,菲里普,你没弄错吧? 今天是情人节,是你和林的节日,没我老太婆的份的。"

菲里普说:"妈妈,情人节,人人有份;桌上的巧克力,人人有份。"

秋一听,说了声"海配饭冷汤爱",扑向桌子抢 KISSES 巧克力。我当然不甘落后也去抢,她一把,我一把,急得我妈喊:"别抢别抢,我这份要给女婿的!"妈这么一说,我们抢得更欢了。

这时,电话响了,是安妮打来的。她说,今天是情人节,她在家里举行情人节派对,参加的人都是她女红会的朋友,欢迎飞机、秋、林参加,时间十二点。

什么是安妮的女红会?我在《嫁给美国》一书里,写过一篇《如花女人》,就是写安妮的女红会。三十年前,她和一群女孩们组成女红会,每周五一起吃午饭聊天,交流女红,二十年不问断,岁月中一起度过,一起变老。今天正好是周五,她们一起过情人节。

菲里普对我们说:"女士们,去享受情人节大餐吧!"

秋说:"菲里普,你也去吧。"

菲里普说:"这是女孩的派对呀,没我的份。"

我说:"反正是你妈做饭,你去蹭顿饭总可以吧?"

菲里普说:"老妈没邀请我,你们去吃吧……别光顾自己吃,打个包给我,我妈不心疼我,你们要心疼我。我在家等你们哦……"

菲里普还在哭哭咧咧"念经",我和秋却顾不上他了,拖上老妈往卧室跑,要把老妈打扮一番。今天要见安妮的女朋友,老妈必须光彩照人,把她们一个个比下去。老妈斗不过我们,由我们折腾,但她很严肃地对我说了一句:"林呀,如果你要写书,千万别写这事!"我说"好的好的",在她脸上刷了一层粉。

十一点半,我们出发。菲里普不去,车夫就得我当。我坐进了驾驶室,菲里普攀住车门叮嘱:"上了公路,一定要把速度加上去!记住,开得越慢越危险!"

我说:"也司色儿!"

他还不放心:"路记得吗?"

我说:"也司色儿!"发动。

菲里普还是不放心,追着问:"说说,怎么走?"

我说:"上 1299 号公路,开到头,左转,然后右转到 132 号公路,再左转到154号公路,笔直开,安妮家就到了。回来呢,相反。"

菲里普拍拍我脑袋说:"聪明! 祝你们开心!"总算放行了。

车上狼道后,秋说:"菲里普好像很不放心,他不知道你在中国就是老司机了吗?"

我说:"我好久没开车了,平时都是菲里普开,所以他担心。我呢,也有点怕开了。"

秋说:"你为什么怕开? 我记得你在杭州时最喜欢开车。"

我说:"在杭州没办法呀,没人帮我开,现在有老公,乐得依赖他了,能不开就不开。我最近一次开车是去年九月,菲里普做肠镜,全麻的,麻得醒不过来,只好由我开车回家。在一个岔路口差点撞车,一下子把他从麻药中吓醒了!"

秋一听就笑了:"你厉害的,能把麻药中的病人吓醒!"

我妈一听却紧张了:"你半年没开车了呀! 别说话,慢慢开!"

慢慢开是不行的,一上省道,我就得把速度加上去,这是菲里普再三叮嘱的事。不加不行,交通法规定的,开得太快要罚,开得太慢也要罚。最重要的不是怕罚,是怕撞,你开50码,别人开100码,注意力一个不集中,就撞上来了。这就是这儿开车比在杭州难的地方。在杭州,管他三七二十一,慢慢开没人盯住我。

1299号公路开到头,一转弯,就看到了132号公路路标,我马上转进去。132号是一条乡村小道,左右全是牧场,很多牛在吃草。再往前开,就应该是154号公路,一条比132号公路更窄的村道。但奇怪的事发生了,我开了好长一段,却没看到154号公路。继续开,132号公路开到了头,要转到高速了,还是没看到154号公路。路怎么会没了? 我只好调头,回到132号公路的路口,放慢速度再找 154 号公路,还是找不到。

这样来回折腾了几次,我几乎相信 154 号公路不翼而飞了!怎么办呢?我只好乱开,开到了一片荒草地,别说 154 号公路的影子,连路的影子都没了。四周静悄悄,没人,也没牛。我摆出哭相,对老妈和秋说:"不知道哪儿开错了,找不到安妮家了。"

我妈安慰我:"别急,别急,慢慢找。别怕迟到,大不了我们少吃点。"

秋说:"林,莫慌张。用手机导航。"

我拿出手机想导航,却不知道安妮家的地址。只好拨通了菲里普的电话,开口就说:"亲爱的,我婆婆家在哪儿呀?我们迷路了,找不到 154 号公路的路标!"

菲里普说:"找不到路标,就找路,路肯定在的!"

我说:"我不认识路,只认识路标!"

菲里普问:"你在 154 号公路路口前面还是后面?"

我说:"我不知道呀。"

菲里普说:"那你往回开,开到 132 号公路路口,我告诉你怎么走。"

我说:"132 号公路也找不到了!"

菲里普说:"啊呀那怎么办,我过来。亲爱的,你在哪里?"

我哭丧着说:"我不知道啊!亲爱的,你把安妮的地址发给我吧。"

菲里普说:"我妈的门牌号……我也没记住……你问我妈吧……"

我就冲着他发火:"你这儿子怎么当的?连老妈的门牌都记不

住!"一说完就笑了,我这儿媳妇是怎么当的,五年了,婆婆家的门牌也没记住。

菲里普说:"别急别急,亲爱的。这样吧,狼道地址你知道的吧? 导航一下,回家吧,我送你们过去。"

我想,这样一来一去,情人节派对早结束了。于是我对菲里普说:"我再找找吧。"

挂了电话,我开始生自己的气,唉,这就是太依赖老公的结果! 出门总是他开车,哪怕一炮仗路也是他开,现在可好,婆婆的家都找不到。我这个人,优点是记性很好,我记得安妮家一草一木的长相,但我的弱点是方向感很差,安妮家的一草一木在哪个方向呢?

这时,秋说话了:"林,我记得安妮家是一直往东南方向走的,在两条高速之间。我们试试吧,向东南方向前进!"

我说:"你确定?"

秋说:"我确定! 我帮你导航!"

秋只去过一次安妮家,她能帮我导航? 但她语气坚定。她是地理信息技术工程师,精通制图,精通定位,方向感最强。

于是,接下来的路由秋导航。她说向左,我就向左,她说向右,我就向右,稀里糊涂开了几分钟,我看到了安妮家门前的小路,简直不敢相信自己的眼睛,回头向秋惊呼:"天呀,你这个导航仪牛的!"

秋便开心地说:"这算啥啦,研究了一辈子地图,不能白研究! 你想去火星吗? 我导航!"

说她胖她就喘了! 不过,我这姐姐真的很牛,当初她在武汉读大学时是学习尖子、体育尖子、舞蹈尖子。工作后是业务尖子,很牛的高级工程师,所以很早就当选了村干部。但我老姐呢很不求上进,总是当了几天村干部就辞掉不干了,下次再选上,再辞掉,一直反复,反复到她退休。问她为什么呀,干部都不要当?她说:"当干部有什么好,看上面脸色,我喜欢做业务,做我自己。"我们家呢,经常拿她当靶子,批评她不像样子,不求上进。她就冲我们说:"你们看看你们自己,哪一个比我求上进?哥,你要当干部吗?人家求你你都不干!盛林,你呢?工作都不要,跑到美国去了!盛力呢?就知道教书!还有,爸妈怎么样?"这话一说,我们"唰"地看向爸妈,他们很尴尬地哼哼。我爸妈一辈子与世无争,别说争,就是天上掉馅饼,他们也连忙让开,让别人捡。这样的上梁,会有"出息"的下梁?

话说回来,在秋的导航下,我们终于进了安妮的门,客厅里到处是玫瑰花、巧克力、彩色气球,一派情人节气息。看到我们,安妮冲过来,身后是一群女人,一个个浓妆艳抹,漂亮得不行。大家冲着我们喊:"海配饭冷汤爱!"

安妮说:"太好了,你们总算到了。我们担心坏了,差点兵分几路去找你们。菲里普打了五次电话了!"

我说:"安妮,对不起,我找不到154号公路的路标。"

安妮说:"林,是我不好,我忘记说了,路标昨天晚上被人撞掉了。"

我睁大眼睛说:"原来如此!这就不怪我了。路标没了,我怎么找得到!"

安妮安慰我:"当然不怪你,开车怎么能没路标,没路标我也找不到家!"

大家一听都笑了。

安妮把女友们拖过来一一介绍。其实这样介绍是白介绍的，连我都记不住谁是谁。但没想到，安妮刚介绍完一个叫简的女友，我妈就说了："简，我知道你。林的博客上写过你，你和照片上一样漂亮！"秋说："对、对，你就是扎着丝绸围巾跳迪斯科的那个简！"

简一听，哈哈大笑，左手搂我妈，右手搂我姐，说："我很爱林，现在也很爱你们了！"

我妈问："那个戴满戒指的翠西呢？"我妈一问，大家静了下来。安妮说："飞机，她去年走了。去年到今年，我们这个群走了三个。"

这时，电话响了，安妮摁了"免提"，于是一房间女人听到了菲里普急吼吼的声音："还没到吗？"一房间的女人一起答："到啦！菲里普！"菲里普吓了一跳，连忙把电话扔了。

房间里又响起了欢笑声，安妮的女友们围着我们，夸我妈衣服好看，夸秋头发好看，然后都摊开手给我们看指甲。所有女人，除了我们三娘，都做了闪闪发光的指甲。她们的指甲闪闪发光，眼睛闪闪发光，脸蛋闪闪发光，就像我在《如花女人》中写的那样，一个个像中学里的小女生。

这时，安妮喊："女孩们，开饭啦！"

于是大家都站好，手拉手，由安妮说祷告词。安妮说："感谢上帝，让我们老朋友相聚在一起，共度情人节。感谢上帝，给我们食物，给我们灿烂阳光，给我们快乐生活，给我们飞机和秋。阿门！"

然后每人拿一个盘子，排队取食。大家让我们三娘排在最前面，我们拿着盘子向餐台上看，餐台上放着一盘蔬菜沙拉、一只巧克力蛋糕，还有一盘主食，糊里糊涂一团。秋轻声问我："林，这是什么糊糊？玉米糊糊？墨西哥糊糊？"我仔细看，不像玉米糊糊，也不像墨西哥糊糊，我也不知道是什么糊糊。我问安妮："安妮，这是什么糊糊？"安妮说："不是糊糊，是面！"看着明明是糊糊，安妮却说是面？后面排着长队，我们不好意思多问，就取了点面糊糊，取了点沙拉，坐到位子上。

所有人坐下，情人节聚餐开始。这是美国人的习惯，饭要排队拿，吃要一起吃，你不能搞特殊。大家喊了一声"情人节快乐"，开吃了。我们三娘一边吃，一边议论面糊糊。我妈说："这面糊软软的，好吃！"秋说："是呀，看上去糊里糊涂，难看不难吃。"我吃了一口，有番茄的酸甜，有奶酪的香馨，很像一样东西。什么东西呢？我用力想，想到了，对她们说："味道像不像比萨？"

秋说："对呀！像比萨！把比萨煮成糊，就是这味道！"

我妈恍然大悟："哦，原来是比萨糊糊！"

安妮知道我们在研究她的糊糊，赶紧问："怎么样，飞机，秋，林，你们喜欢吗？"

我妈说："喜欢！好吃！"

秋说："喜欢！美味！"

我说："味道像意大利比萨！"

"说对了，这是意大利面！"安妮告诉我们，这种面叫"乐傻娘"。做法是一磅宽面、一磅牛肉糜、一磅番茄酱、一磅黄奶酪、一磅白奶酪，先把面煮软，再把肉糜、番茄酱、洋葱、黄油一起煮，煮成红肉酱，然后一层宽面一层肉酱一层奶酪往上叠，叠满盘子，放进烤箱烤40分钟，奶酪、面、肉融在一起，"乐傻娘"就做成了。

我马上现场转播，告诉我妈和秋这面怎么做、怎么烤，名字呢叫"乐傻娘",意大利面。我妈和秋说:"难怪,味道像意大利比萨!"

"乐傻娘"一层一层,有好几层奶酪。刚开始吃,觉得香香的很好吃,但我们吃完一盘,就不想吃第二盘了,我们的中国胃被奶酪打败了。安妮和她的女友们都吃得很欢,舔干净盘子再去盛。见她们这么会吃,秋担心了,推推我:"林,快,快去给菲里普打个包!"我连忙跑向餐台,装了一大盘"乐傻娘",用锡纸包好。

刚打好包,菲里普发来了短信:"亲爱的甜菜,你们在吃什么呢?"

我回他:"意大利面!"

他问:"什么样的意大利面?"

我问安妮"乐傻娘"怎么写,安妮拼给我听:"L,a,s,a,g,n,a! Lasagna!"

于是我回菲里普:"Lasagna!"

菲里普回我:"哇,我的最爱! 快,帮我打个包!"

我回:"吃光了!"谁叫他早上骗我,说没有巧克力。

菲里普回了个哭脸:"好吧,我吃美国泡面!"

"乐傻娘"很快底朝天。安妮开始分蛋糕、巧克力,巧克力的造型是瓢虫,英语叫"Lady bug"。情人节巧克力专为女士打造,寓意女人美丽可爱,就像瓢虫一样。安妮的女友们拿到巧克力就欢呼:"情人节快乐!"甜食一吃,她们的话匣子打开了,聊花呀草呀狗呀猫呀,餐桌上一片叽叽喳喳。女人们都一样,凑到一起就是一台大戏。

坐在我们对面的简想和我们说话却没法说,太吵了,于是她皱着眉头喊:"你们太吵了! 我吵死了!"

有个叫劳拉的一听,冲着简说:"今天是情人节呢,不吵怎么忍得住!"

简说:"你们平时不吵吗? 一样吵!"

一个叫雪莉的说:"简,你平时最吵,看今天有客人,装文气!"

大家哄地笑了起来。

我妈说:"本来呢,我以为情人节是小年轻的事,没想到我八十岁了,这么老了,还和你们一起过情人节!"

我妈话一说完,有四个女人举手了:"飞机,我们八十多了,比你大!"

我妈说:"你们一个个精神焕发,活泼可爱,看上去都比我年轻。"

大家一起朝我妈说:"飞机,你也很年轻!"

安妮说:"飞机,女人只要快活,是不会老的。我才七十多,最恨人家说我老了!"

好几个人冲着安妮说:"安妮,这里你最小,你还是小女孩!"安妮听了可开心了,她最爱听这样的话。

简问秋:"秋,你在哪里上班?"

秋说:"我刚退休。"

简说:"什么? 秋,你才多大呀!"

秋说:"我五十五岁啦!"

我说:"秋原来在测绘部门工作,是工程师。"

大家惊讶地看着秋。第一,她们不相信秋五十五岁了,她看上去只有三十五岁;第二,她们不相信娇小玲珑的秋竟是工程师;第三,她们不相信五十五岁就能退休,她们都是工作到七十多岁才退休的。我就向她们解释："在中国,五十五岁退休不算早的,很多人四十五岁就退休了,比如我。"

她们一起说:"哇,中国真好!"

简问:"飞机,秋,你们到美国有一个月了吧。你们觉得美国怎么样?"

简一问,大家都盯着她们看。我想笑,因为菲里普、安妮到了中国,亲友们也总是提这个问题,问他们中国怎么样。

秋说:"美国人开心、爱玩,我到了美国,感觉自己年轻了。"

我妈说:"美国很多方面都和中国相反:我们人多,你们人少;我们路宽,但很堵,你们路窄,但从来不堵;我们店大停车场小,你们店小停车场大;我们开小车,你们开大车,家家都有卡车;我们蔬菜熟吃,你们蔬菜生吃;我们喝热水,你们喝冰水。不过,我们到了美国,也学会吃生菜、喝冰水了!"

我妈的话一出,女人们叫了起来:"热水怎么喝得下去? 冰水好呀,减肥!"

秋说:"你们吃鱼不吃头、不吃皮,我们爱吃鱼头、鱼皮。我们什么头都吃,鱼头、鸭头、猪头、兔头,还吃脚,猪脚、鸡脚、鹅脚……你们最害怕的东西是我们的最爱,比如甲鱼。"

秋的话音一落,女人们又叫了起来:"我的上帝,甲鱼能吃吗!"

安妮说:"你们别喊,到了中国,你们不吃也得吃。我就是这样,我吃过甲鱼,也吃过驴肉呢!"

女人们说:"安妮,这事你说过 100 遍了!"

雪莉说:"其实呢,我们的爷爷奶奶和中国人一样,也吃甲鱼、驴肉的。那时穷,还没沃尔玛。"言下之意,中国人穷才吃甲鱼和驴肉。

我回嘴说:"在中国,甲鱼和驴肉很贵呢,有钱才吃得起。"

安妮帮我补充:"林说得对,一只甲鱼五六百,相当于100美元!"

大家的眼睛瞪得很大,要不是安妮亲口说,她们才不会相信,一只甲鱼要100美元!

我妈说:"美国有很多好的传统,比如动手能力比中国人强,性格比中国人开朗。但中国也有很多好的传统,比如我们敬老爱幼,我们的饮食健康,不吃那么多油、那么多糖、那么多肉。我们吃东西讲究营养。"

安妮说:"飞机,油、糖、肉的营养可好了,你看看,都把我们吃成了胖子!"

大家又一起哄笑。简说:"你们别笑,让飞机教教我们应该吃什么。"

我妈说:"我们家的鸡蛋、鸭蛋多得冰箱放不下了,这样的蛋,你们应该多吃点。谁要,就到我们家去拿吧。"

安妮的女友们一起说:"不、不,飞机,我们还是吃超市的蛋吧。"

我妈说:"超市的蛋哪有我们的蛋好!"

她们还是说:"不、不,谢谢了。"

我妈和秋笑了。美国人怕吃本鸡蛋、本鸭蛋的事,我以前写在书里,她们并不相信,以为我故作渲染。现在她们彻底相信了,也看清了:美国人在这件事上笨得可爱!

情人节大餐吃完,大家跑到安妮的院子里玩。安妮的院子里有秋千、吊床、摇椅。安妮的女友们都很胖,都抢着往吊床上爬,可怜的老吊床被压得"吱吱"乱叫。我呢,坐摇椅玩,慢慢摇,有种划船的感觉。秋不喜欢这种慢腾腾的节奏,她喜欢秋千,坐上去大幅度晃,晃得我都头晕了,她还没晕,还向我喊:"老妹,帮我推!"我便去推,用力推。秋飞了起来,一会儿屁股朝天,一会儿脚底朝天,就听她叫:"爽啊!爽啊!推重些!妈,快给我拍照!"

我妈笑着说:"你怎么像小孩一样!"

大家玩够了,要回家了,互相拥抱告别。我们向安妮告别时,安妮提出要送我们,怕我们迷路。简听到很爽气地说:"安妮放心,有我呢!林,你跟着我的车走!"

于是,我们跟着简的车,一直跟到狼道口,简才调了个头,向我们挥挥手,走了。我继续向前,没多久就进了家院,菲里普正站在门口等我们。他说:"亲爱的,祝贺你们顺利回家!"

我说:"是简带路的,一直带到狼道口。"

菲里普不解地问:"为什么回家也要带?"

我振振有词:"因为154号公路的路标没了呀!"

菲里普歪着脑袋问:"要是狼道的路标也没了呢?"

我说:"那我就乱开,开回中国去,你就没得吃'乐傻娘'了!"

菲里普一听,喊道:"'乐傻娘'?你不是说吃光了吗?!"

我妈笑眯眯地拉住女婿的手,拉进屋后,把"乐傻娘"打开,交给他一把叉子。菲里普鼻子凑近"乐傻娘",深情地吸了一口,说了声"谢谢妈",埋头吃了起来。

丈母娘笑了:"原来我女婿喜欢吃比萨糊糊呀!"

我说:"他好久没吃了,这东西复杂,我不会做!"

秋说:"可怜的菲里普,娶了个中国老婆,'乐傻娘'都没得吃!"

我妈说:"吃'乐傻娘'还不容易? 买只比萨煮一煮。明天我们就去买,煮给他吃!"

我们一起嘿嘿笑,菲里普不知道我们在"暗算"他什么,也嘿嘿笑,继续猛吃,很快把一大盘"乐傻娘"吃完了,抹抹嘴、拍拍肚子说:"晚饭不吃了,晚上减肥!"

我妈说:"怎么能不吃晚饭? 今天是情人节,也是元宵,晚饭不但要吃,还要吃得好。我来烧!"

我和秋一起叫了起来:"妈呀,还吃啊,'乐傻娘'还在肚子里!"

尽管我们都表示不吃晚饭,我妈还是亲手操办元宵晚宴,做了豆腐羹、蟹黄蛋、炒芦笋、炒芥菜,还有一碗西蓝花沙拉,菜是从菜园摘的。我妈今晚做的菜,油放得很少,盐基本不放,醋却不少,清淡得刮肠。要是平时,我和秋又要唱"苦菜花开"了,但今天,这样的菜正好用来消化"乐傻娘"。

一桌子菜吃个精光,我们三个都在摸肚皮,我妈又端来了汤团。她说:"饭可以少吃点,汤团一人6个,一定要吃!"

菲里普高兴地说:"哈哈,我认识,中国甜食! 我的最爱!"

我和秋吞了两颗汤团,多下来的都给了菲里普。

汤团吃好,外面漆黑了。我妈看着窗外说:"元宵之夜,杭州又是彩灯,又是烟花,人山人海的。这里好,多安静。"我知道,我妈嘴上这样说,心里其实是想杭州了。

菲里普听了我妈的话,从沙发后面拖出一只大纸盒,打开来,里面红红绿绿一大沓。我妈和秋惊讶地问:"这是什么啊?"

我说:"孔明灯! 妈,为平,我们去放孔明灯!"

秋说:"啊呀,你们又卖关子!"

我说:"这也是你们女婿策划的,元宵夜放孔明灯。你们放过孔明灯吗?"

她们一起说:"没放过!"

菲里普大手一挥:"甜心们,走,放灯去!"

我妈选了只红灯,秋选了只黄灯,我选了只绿灯,跟着菲里普跑到狼道上。

我妈第一个放,她展开灯笼,托住底盘,菲里普点火。随着火焰的跳动,孔明灯慢慢受热,膨胀起来。我对妈说:"妈,放飞前许个愿哦!"

我妈闭上眼睛,认真许愿。孔明灯越来越大,越来越亮,映红了我妈的脸,女婿喊了声"Go",丈母娘就放了手,灯"呼"地一下飞了起来,朝着东北方向越飞越高。今晚星光灿烂,妈妈的这只孔明灯亮晶晶的,就好像是其中一颗星。我妈看着远去的灯,念叨了一句:"东北方向,应该是中国方向吧?"

轮到秋放灯了,她早就迫不及待。菲里普点了火,灯膨胀起来,秋的脸被火光照得美丽动人。菲里普说了声"Go",秋放手。就在灯飞起来的一瞬间秋叫了起来:"愿还没许!"但她的灯,一团美丽的火,已扶摇直上。秋一急向灯追去,边追边喊:"等一下啊,我要许愿!"灯似乎听懂了秋的话,突然原地转了个圈,才继续飞。秋仰着脖子,一直等到孔明灯完全消失才走回来。我问她:"愿许了吗?"她说:"许了! 不知道灵不灵。"

最后,轮到我放灯。我在灯起飞的一瞬间许了个愿,我许的愿是:"愿老妈、老姐实现她们许的愿!"

狼道之春

元宵过后,气温飙升,呼地升到 30℃。狼道上的裸树林一夜之间冒出了点点新绿,蓝天,新叶,绿草,狼道现出了清新的模样。我们三娘一边散步一边唱:"春天在哪里呀,春天在哪里,春天就在门前的狼道里……"

但是,唱得太早了。两天后,冷空气从北方跑来,先下雨,再刮风,傍晚竟下起了雪子,气温一下子降到 0℃。我们一家人手忙脚乱,为树穿"衣服",把花盆搬进家,客厅、厨房、过道、吧台都摆满了花盆,连餐桌中间的圆转盘,也蹲上了"避难"的石榴盆景。这样的事,我在沃顿五年中很少发生。沃顿靠近墨西哥,全年气候偏热,就算有北方冷空气南下,往往还没到我们家,就刹住了车,调头回去了,下雪更是稀奇的事。

那天晚上,下了整整一夜的雪子。第二天清晨起来,我们看见壁炉里火焰熊熊,屋子里散发着柴火的香气,温温融融。

秋惊讶地说:"炉火!"

我说:"菲里普烧的,他四点不到就起来烧炉子了!"

我妈说:"我的女婿就是勤快!"

于是,我们三娘捧着菜泡饭、爱家蛋,坐在我用画换来的那张古董沙发上吃早饭。沙发对面就是落地门,门外白茫茫一片,不是雪,不是霜,是冰晶。每棵树是冰晶树,整个林是冰晶林。在这片冰晶中,鸡们缩着脖子,靠在一起取暖;鸭子和鹅却在池里游泳,一个个拍着翅膀,欢天喜地的样子。

我妈说:"白冰,银树;鸡在喊冷,鸭在戏水;家有炉火,还有花香。你们看,花都开了!"果然,我们搬进来的花,昨天还是含苞欲放的,今天都盛开了。

秋借用了一句海子的诗:"面朝炉火,春暖花开!"

我说:"好,好,你们的话加起来,又是一首田园好诗!"

秋马上说:"放进《贺姥姥田园诗集》!"

这时,菲里普发来短信:"亲爱的甜饼们,享受炉火吧,尽情享受! 不要节省柴火!"

我妈不解地问:"什么叫不要节省柴火?"

我说:"因为电太便宜了,开一天暖气才几毛钱,但一根柴却要1美元,烧一天至少30根。菲里普很大方,请我们尽情用柴火!"

秋惊讶地说:"电这么便宜,为什么要烧柴?"

我说:"因为火好看呀,美国人喜欢壁炉,喜欢篝火,喜欢烛光,就是因为喜欢看火,哪怕看电烧的假火,他们也看得津津有味。冬天,买不起柴火的穷人只好开暖气。"

我妈笑了:"说美国人和我们相反,就是相反。柴火比电贵?富人烧柴,穷人用电?"

我说:"烧柴的唯一目的,是看火!"

秋说:"火是蛮好看的,像跳舞的小精灵。我想跳舞了!"

我妈说:"好,我弹琴,你们跳,反正今天没办法出门。"

钢琴就在壁炉边,我妈开始弹,弹的还是《春天》,这支曲她最喜欢。我和秋踏着乐曲,张牙舞爪跳,哼哼哈哈唱:"索哆哆哆西拉索,索来来来咪来哆……"我妈弹完了《春天》,我对她说:"妈,《春天》太好听了,可惜没歌词,你干脆配一个吧!"我妈说:"啊呀,这事我可做不来,我不是诗人。"我和秋一起说:"妈,你是田园诗人!"

接着,我妈弹《军港之夜》《莫斯科郊外的晚上》《北风吹》。弹《北风吹》时,秋使出了她的"童子功"——芭蕾,又是踢腿,又是弯腰,还踮着脚尖转圈。我停下来看她跳,秋身材漂亮,舞姿漂亮。

温暖的炉火,我们享受到第二天便享受不起了,火气上来了!我嘴角起了大泡,不是一个,是两个。我不敢笑,一笑就"血奔"。老妈的眼睛开始流泪,鼻子下面长了个大热疮,看上去像《红灯记》里的鸠山大队长。秋最狼狈,走路摇摇晃晃,痔疮发作了。我们一致认为是烤火烤上火了,于是动手抽薪熄火。火一灭,暖气就启动了。我妈说:"暖气也关掉! 我们需要降火!"于是把暖气也关了,三娘一起喝参茶,喝冰水,紧急降火。

这天菲里普下班,家里冷冰冰的,他马上缩起了脖子。我告诉他,因为太热,我们都上火了。他惊奇地问:"啊? 上火? 什么是上火?"听他这么一问,我们三娘愣住了。我们全体上火,菲里普竟不知道什么是上火。

不过,菲里普没错,他再累再热,吃再多的辣椒,烤再多的火,总之再怎么样,也没上火反应。我们结婚五年,我从没看他上过火。

几天后,冷空气过去了,气温马上回到二十多摄氏度。

这天早上,我们三娘恢复了锻炼,到狼道散步。

这天的狼道让我们大吃一惊,树林更绿了,草长更高了,草间还有花。很多花我认识:橘红色的,像一把长长的刷子,就叫印第安刷子;粉红色的,像一只杯子,叫奶杯花;鹅黄色的,是蒲公英;紫红色的,像毛球,叫紫球花;瓦蓝色的,像一串蓝帽子,就叫蓝帽子。其中蓝帽子最多,草坡上、林子边,到处都有。蓝帽子是得州名花,也是得州州花。蓝帽子是春天的使者,蓝帽子开了,春天到了。

我妈和秋听我这么一说,停下来弯腰细看蓝帽子。秋说:"果然像帽子!"我妈说:"蓝帽子,蓝得透明,蓝得干净,蓝得像天。如果遍地开放蓝帽子,那就是头上一重天,地上一重天了!"

散完步,秋从狼道挖了几株蓝帽子,种进我们露台的花箱。花箱里没多少花了,被鸡和孔雀吃光了。秋说:"等蓝帽子结了籽,我要带回杭州去,种在花盆里。"我妈说:"这主意好,以后看到蓝帽子,就像看到得州,看到狼道!"

种好花,我们三娘一起去采野葱。遍地野葱花,雪白的花苞,细长的葱茎,水嫩嫩的,轻轻一掐,葱香就冲进了鼻腔。我妈一边采一边念:"野葱炒蛋、炒肉,做麦糊烧,都很好吃。多吃野葱,健脾胃,美容。我们多采点,放进冰箱,天天炒蛋吃!"

野葱采了一大筐,老妈抱着回屋了。我和秋不肯歇手,继续采。不知不觉,采到了两邻边境,这里有一片小竹林,竹林里没有野葱,却有竹笋,粗粗短短,站了一大片。秋一看,眼睛发亮,嘴里喊着"春笋啊!"要扑过去挖,我一把拖住她,说:"等等,先看看约翰在不在!"

秋说:"这是我们家的地呀!"

我说:"地是我们家的,竹是他们家的。"

秋说:"竹长到我们家,就是我们家的!"

我说:"约翰可不这么想。"

我们伸长脖子向邻居方向看,没看到约翰,等了一会儿,也没动静。低头看那一地的笋尖,实在抵抗不了,就一起蹲下身挖。秋边挖边说:"这是野笋,刚出土,最好吃,一会儿老姐做油焖笋给你吃!"我一听,口水狂奔。油焖笋是什么概念呀,吃货都知道!

吃笋是件很诱人的事,挖笋是件很有成就感的事。我们俩挖着挖着,忘乎所以了,越过了边境,边境那边笋更多,更好,更可爱。正挖得激动,突然听到脚步声,我心惊胆战地抬头一看,是丽莎!她隔着竹林,笑眯眯看着我。我连忙喊了声:"Hi!"

丽莎冲着我说:"林,我一直想告诉你们,你们送我的中国零食,孩子们都爱吃。谢谢!"

我说:"哦,不用谢,你们喜欢,我再给你们些!"

丽莎说:"谢谢,你太好了!"

丽莎没问我们在干什么,但我还是老实交代:"丽莎,我们在挖竹笋呢,你不介意吧?"

丽莎说:"不介意,想挖多少就挖多少! 你挖去种吗?"

我说:"不,挖去吃!"

丽莎一脸惊讶:"竹子能吃? 是什么味道啊?"

我说:"能吃,很好吃呢! 味道像鸡肉!"美国人形容好吃的东西,都说味道像鸡肉。

丽莎说:"我从来没听说过! 林,你喜欢吃,多挖点,挖大的!"

我说:"大的不能吃,大的是给熊猫吃的"。

我们挖了一大袋笋才回家,我妈看见笋很惊喜:"啊?春笋!"秋说:"邻居的。还有好多呢,林不敢挖了。"我们一起动手剥笋,剥出来的笋株水嫩嫩,有股清香。

菲里普下班时,桌上的饭菜摆好了,野葱本鸡煲、野葱拌香干、野葱炒鸡蛋,还有油焖笋。油焖笋是大厨师秋做的,红红亮亮。菲里普大口吃笋,大声称赞:"好吃好吃! 我想喝点酒!"我帮他倒了杯红酒,他一口酒,一口笋,吃得摇头晃脑:"我太幸福了,每天下班有美味,还有三个美人! 我的同事们妒忌死了! 谢谢妈妈,谢谢姐姐,谢谢老婆!"

我妈笑着说:"我女婿真好喂,吃点笋幸福成这样!"

秋说:"菲里普,你喜欢吃笋,明天我们再去挖。"

我妈说:"还是别去了吧,万一约翰看见了,一枪过来怎么办!"

菲里普红着脸说:"别怕! 竹子是他种的,地是我们的! 他的竹子长到我们的地里,属于侵犯领土! 我没生气,他生气? 他敢怎么样? 信不信,我等下就去砍!"

吓得我连声问:"砍谁? 砍约翰?"

菲里普说:"砍竹子!"

第二天,菲里普休息,我和秋又去挖笋,菲里普在边上割草,这回他没有喝酒,所以没背大砍刀,但有他当保镖,我们欢欢喜喜,把新冒出来的笋全割了。我们这边笑声不断,邻居却没一点动静。我们吃竹子的事,丽莎肯定告诉约翰了,中国人连竹子都吃,太厉害了,所以约翰吓得不敢出声了。这是菲里普的解释。

这几天春笋吃得高兴,也有不高兴的事。尽管我们呵护有加,但花箱里的蓝帽子还是死了,把得州花种到杭州的理想破灭了,我们三个看着枯死的蓝帽子叹息不止。菲里普说:"蓝帽子是野花,花箱再好,也是种不活的。你们想看蓝帽子? 走,我带你们去看!"

菲里普开上车,带我们去看花。

菲里普带我们看花的地方在狼道尽头,那儿穿过树林,有一片大牧场。大牧场有一望无边的草地,还有缓缓移动的牛群。牧场上缀满了野花,粉一片,黄一片,紫一片,蓝一片。最多的是蓝帽子。

我们下车后,被这样的花海惊呆了。我们看过很多花展,花展很美,但都是人力而为。眼前这片花却是生在野地、开在野地,饮露水,吸清气,沐阳光,生生不息,全凭自己。

正在看花,空中传来一阵呼啸,我们抬头一看,成千上万只雪白的大鸟从我们头顶飞过,飞得很低,我们能看到它们的眼睛。它们飞到牧场西北角,突然全体降落,那片花草地顿时如同雪降,一片银白。

"啊呀,什么鸟? 这么多!"秋惊呼道。

"是天鹅吧!"我妈也惊呼。

"加拿大野鹅!"菲里普说,"冬天,从加拿大飞向墨西哥;春天,又从墨西哥飞回加拿大。这个大牧场,总是它们的中转地!"

"我要看野鹅!"秋说着跑向野鹅群。这里离野鹅群其实很远,至少三四百米,但秋没有停,一直向前跑。

秋的跑姿很漂亮,长腿细腰,黑发飘飘,衣袖飘飘。小时候,我哥为民出去玩,管自己撒蹄子,很少带我和盛力,我和力只好跟大姐秋。秋也怕"长尾巴",为了甩掉我们,会突然起跑。力跑不快,一下子被甩掉了,但我总是很坚韧,在后面追,哭天喊地:"大阿姐,等等我!"哭得她心软,只好停下来等我,拉上我的手。我们一起摘野果,挖春笋,拣稻穗。

一晃,姐姐与小妹手拉手的日子,被丢在很远很远的地方了。

光阴似箭,岁月如梭,时间飞驰,这样的老句子,我们从小写到大,写得很洒脱,信手拈来,拂手而去。直到有一天,发现自己得踮起脚回看走过的路,这样的老句子,就不敢乱写了。比如我现在,看着秋的背影,真的很希望光阴慢些,岁月慢些,时间慢些,最好让时间倒流,我会在时间开始的地方,等爸爸妈妈,等哥哥姐姐,等所有后来我爱和爱我的人,让一切重新好好开始。而且我再也不写光阴似箭、岁月如梭、时间飞驰这样的句子了。

当然了,不会因为我不写,光阴就真的慢下来。怎么办呢?还是一句老话:珍惜吧。

这时,秋一点点接近了野鹅群,野鹅们全体抬起头,警惕地看着她,突然间同时起飞,像一阵卷地而起的风雪,在秋的头顶上盘旋,然后飞向牧场的另一角,再次降落。

秋没有再追,看了一会儿,转过身来,向我们挥手。

这时,天边突然出现火烧云,很温柔的红。我们眼前的花海瞬间披上了温柔的霞光。

花海,野鹅,火烧云,告诉我们,盛春到了。

游奥斯汀

就这样,老妈走进了得州的盛春。每一天,春光更媚,春风更暖,每一个牧场,每一片野地,蓝帽子花蓝蓝一片。蓝蓝的天,蓝蓝的地,就像贺姥姥的田园诗:头上一重天,地上一重天。

是春游的时候了!

春游的计划,老妈一到美国就立下了,她说,她哪儿都不稀罕,纽约不稀罕,华盛顿不稀罕,旧金山不稀罕,佛罗里达不稀罕,但有一个地方稀罕:奥斯汀!为什么?因为外孙添儿在奥斯汀。她要去奥斯汀春游,看外孙。

所以我们第一次春游就去奥斯汀。

现在才三月初,但气温飙升得很快,我们去奥斯汀这天,差不多快30℃了。我们三娘穿上格子衬衫,老妈的是墨绿的,我的是粉红的,秋的是橙色的,配上牛仔裤,一个个精神焕发。

我们开上皮卡去奥斯汀。为什么开皮卡春游?因为添儿的外婆要给添儿带东西,都是吃的,白斩鸡、红烧野猪肉、墨西哥肉卷、意大利冷面、粽子、饺子、野葱、咸鸭蛋、鲜鸡蛋、鲜鸭蛋……小车哪里放得下这么多慰问品,我妈就对女婿提要求:"菲里普,我们开黄沙车去吧!"老妈说的黄沙车就是皮卡。

女婿二话不说发动皮卡,拉上我们直奔奥斯汀。

我们要去的奥斯汀很有历史底蕴。当然,要说奥斯汀,必须先说得克萨斯。如果把美国的各个州都拍成电影,那么得克萨斯是一部很精彩的美国大片。

早期的得克萨斯文化被称为原居文化,得克萨斯人被称为原居人。原居人聪明强悍,他们教导新移民如何种玉米,当然,谁不服教导,他们也会大打出手。

中期的得克萨斯,因为得天独厚的地理位置,丰盛富饶的资源,很让人眼红,先被法国占用,再被西班牙统治,后被墨西哥控制。有一天,得克萨斯人休斯顿和奥斯汀赶走最后的墨西哥人,成立了得克萨斯共和国。南北战争时期,得克萨斯的旗号是南方美联国,但南联国抵不过北联国,大战后南北统一。

得克萨斯先后挂过六面旗:法国国旗、西班牙国旗、墨西哥国旗、独立共和国国旗、南联旗、美国国旗。所以得克萨斯的历史可以用这六面旗概括。今天,得州人家门口依然挂着两面旗:美国国旗和得克萨斯州州旗。得克萨斯州州旗是一星一条,意思是孤星之州。

得克萨斯州很硬气,也很大气,它是美国第二大州,有254个县,是美国县最多的州。得克萨斯低税、低保,GDP在州中名列第二,商业环境全美第一。得克萨斯的学校、医疗、体育很著名,光说篮球,有我们熟知的达拉斯小牛队、圣安东尼奥马刺队和休斯敦火箭队。当然,得克萨斯最著名的是石油和牛。

得克萨斯还有一样东西很著名:1882年建成的州府大楼。它是按华盛顿国府大楼建造的,却比后者高出7英尺,是当时的世界第七大建筑,美国第一大建筑。

这座州府大楼在哪儿呢? 就在我们要去的奥斯汀。

好,现在说奥斯汀。

奥斯汀市建于1835年,面积700多平方千米,人口80多万,是得州第四大城市,全美第十二大城市。奥斯汀环境优美,属丘陵地形,著名的科罗拉多河穿城而过。

公元前9200年,奥斯汀已有人类居住。这儿风光秀丽,人杰地灵,后来的欧洲殖民者纷纷跑来你一勺我一羹抢吃"小鲜肉"。1835年,得克萨斯独立,州府几经迁移,最后定在奥斯汀。取名奥斯汀,是为了纪念得克萨斯之父——奥斯汀。他为得州争取了独立和自尊。

现在的奥斯汀经济增速很快,创业机会很多。因为山川环抱,又是著名的电脑品牌戴尔的发迹地,新突起的电子商城被称为"硅山"(Silicon Hill),与旧金山的"硅谷"呼应。

现在的奥斯汀幸福指数很高,被评为最美城市、最宜居城市、最宜工作城市、最宜旅游城市、最健康城市、最佳购物城市。居民教育水平很高,也被称为最聪明城市。

现在的奥斯汀大学地位很高。得州大学奥斯汀分校,简称UT,是得州大学旗舰学校,人称美国的"公立常春藤"。UT获得的教学捐助仅次于哈佛。UT学费便宜,奖学金多。会计、石油工程、航天工程等专业很有实力。UT有9位诺贝尔奖得主,18位普利策奖得主,工程院院士人数排全美第四。UT的运动员有130

名获得奥运会奖牌,UT 的橄榄球队很牛。

UT 的吉祥色是橙色,太阳的颜色。

UT 的吉祥物是牛,得克萨斯长角牛(Texas Longhorns)!

……

从沃顿到奥斯汀需要三个多小时,前面两小时,我们一直行驶在平原上,一马平川,一览无余,能看到地平线。接近奥斯汀时,风景变了,出现了丘陵、草坡,草坡一多,野花就多,五彩纷呈的。开得最旺盛的,当然是州花蓝帽子。据说奥斯汀是蓝帽子的"老家",想看春天的蓝帽子,就去奥斯汀,能看得很过瘾。

奥斯汀附近有很多别墅,这样的地区,英文里叫 farm,庄园的意思。我家所在的地区,英文里叫 ranch,牧场的意思。牧场和庄园都很大,不同的是,牧场主的房子简洁,有牛,有马,有玉米,有棉花,有油井,很原始;庄园主的房子豪华,有绿林,有花园,有高尔夫球场,甚至有猎场,很豪气。

有一个庄园四周有铁网,无数的鹿在里面跑来跑去。我们以为这是鹿主题公园。但菲里普说,这些鹿是猎物,供人们练枪的,只要你付钱就能进去,把鹿当靶子打。我们听了很吃惊。很多美国人不吃受精蛋,认为受精的蛋是生命,吃这样的蛋,就是残害生命。而这些鹿,他们却拿来当靶子。他们怜悯一只受精蛋,却不怜悯活生生的鹿。

我这样说,不是反对打猎,打猎相对公平。在野林中,动物有机会逃跑,也有机会攻击猎人,动物和猎人之间,是智慧和勇气的较量。但是,把动物圈起来当靶子,太失公平。

快到奥斯汀时,路边出现了大片焦树林。三年前,一场大火烧了二十天，烧掉了整片森林和这一区的所有房子，只留下这片焦树林。这件事当时轰动世界。整整十分钟，我们行驶在焦树林之中，那些烧焦了、失去生命的树依然站得笔直，它们的脚下已繁衍出新的生命，有草，有荆棘，有小树，还有蓝帽子花。也许几年后，这里又是一片葱郁。生命的顽强和拼搏，从这片焦土上，看得清清楚楚。

过了焦树林，出现了一个加油站，菲里普马上转了进去。这个加油站叫 Buc-ees，就是厕所很牛的那个，沃顿也有。

车一停，我们迫不及待往下跳，去 Buc-ees 的厕所，结果出事了。我妈跳得太急，只听"啪"一声，安全带回弹，弹中了她的脑门，她"啊哟"一声捂住了脑袋。我们一看，天啊，一个大血包！女婿扶上丈母娘往超市奔，奔到汉堡柜台讨了一杯冰，压到丈母娘的脑门上。

我心疼得一个劲检讨："我不好、我不好，我应该帮妈解安全带！"

秋也检讨："我不好、我不好，我没照顾好老妈！"

老妈说："不怪你们，我自己不好，太急了！"

菲里普说："不是你们不好，是 Buc-ees 的厕所不好！"我们一听都笑了，是呀，都怪厕所，让我们这么激动。

老妈的疼痛一减轻，就顶着血包向厕所走。我和秋一左一右护驾，生怕她被厕所里的东西碰伤。这个厕所比沃顿的更大，工艺品也更多，大多是铁制品、铜制品，还有石雕，一不小心踢到，脚会很痛。

享用了 Buc-ees 的厕所，欣赏了画和工艺品，拍了照，我妈很高兴。她说,为了上这个厕所,头上多了个包也值得! 这么可爱的厕所,头破血流也不能错过。

离开 Buc-ees 半小时后,我们到了添儿的宿舍。上楼时,添儿老弟正在乒乒乓乓向外扔垃圾,全是快餐盒、泡面盒,看样子,他尽靠泡面过日子了。我们进了屋,添儿一眼看到外婆头上有个包,问:"外婆,你的头怎么了?"外婆说:"没事、没事,让安全带咬了一口!"添儿问:"还疼吗?"外婆说:"添,外婆看见你就不疼了!"说着握住了添儿的手。秋说:"老添,快搬东西,好多好吃的东西,慰问你这个小难民!"

添儿下楼,和菲里普一起把所有东西搬上楼,然后带我们看他的房间。其实没什么好看的,两人宿舍,共用厨房、洗衣间、客厅,还有一个阳台。阳台上有两盆紫竹,开满了粉粉的花。阳台顶一角有一只燕窝,听见动静,五只小燕子一起伸出脑袋,张开几乎比它们脑袋还大的嘴巴。

我问添儿:"添,你的小乌龟呢? 怎么没看到?"

他说:"死了……埋在紫竹盆里了。"

添儿的小乌龟是添儿从路上捡来的,他很疼爱,养得很精心,走到哪儿带到哪儿,他自己吃泡面,给乌龟吃海虾。学校放假时,他就把小乌龟带回家,我这老妈就帮着照顾小乌龟的吃喝拉撒,照顾久了,我也喜欢它了,所以我喊小乌龟"二添"。二添长大了,从铜钱这么大长到拳头这么大,还很懂事,一看到大添就伸伸头眨眨眼睛,还会咧嘴笑。

我知道,二添死了,大添一定很难过,所以他把二添埋进了紫竹盆。他是一个情感细腻的男孩子。

看完房间,妈拿出一只红包,说:"添,这是你的压岁钱。今年是马年,你的本命年,外婆祝你马年顺利,马到成功!"

秋也拿出一只红包,说:"老添,大姨祝你本命年顺利! 少吃泡面哦!"

添儿说声谢谢,接了红包,有点不好意思,这么大了还拿红包。这时,菲里普老爹正拿着榔头"咚咚咚"修门,边修边说:"添,红包给我吧,我帮你修门呢!"

添儿连忙把红包藏好。

菲里普修好门,我们一家人出发,去参观州府大楼。

州府大楼在市中心。奥斯汀的市中心格局很紧凑,街道很蜿蜒,店铺很精致,很有欧式风格,有好多咖啡吧、酒吧、乐吧。到了晚上,街道上灯红酒绿,乐声飞扬。所以,奥斯汀还有一个美名,叫"音乐露台"。

穿过几条街,眼前豁然开朗,恢宏的州府大楼就在眼前。广场上飘扬着六面旗:法国国旗、西班牙国旗、墨西哥国旗、得州州旗、南联旗、美国国旗。楼顶上,有一个高高的自由女神像,两边镶嵌着红色花岗石,看上去坚不可摧。据说,这些花岗石每一块都是老百姓捐的,表达对得州的自豪心情。

今天是周六,参观的人排起了长龙。每个人都能进,但每个人要经过安检,不能带开过的瓶子,也不能带刀具。进去后可以自由活动。

走进州府大楼,首先看到的是两个雕塑:一个是山姆·休斯顿,得州独立后的首任总统;一个是斯蒂芬·奥斯汀,得州独立之父。

进大厅后,看到的东西都是圆的:圆的厅,圆的美国图标,圆的楼壁,圆的楼栏,历任总统的像、州长的像也圆圆地挂了一圈。朝上看,整个楼身是圆的,像个倒放的海螺,在灯光中盘旋而上,尽头是一枚绚丽的五角星。这枚高高在上、烁烁发光的五角星,表达了独立、坚强的精神,这也是得州州旗的主题,得州人的图腾。

一楼有小布什的像,很多人聚在此处拍合影。得州人喜欢小布什,因为他当过州长,当过总统,也因为他在职时毫不掩饰对得州的热爱,或者说偏爱。他为得州人做了很多事。

二楼是议会厅,参议院、众议院开会的地方。大厅很空旷,能看到主席台上那把著名的决策小锤,还有桌上的投票按钮。

三楼是议会厅的旁听席,议员开会时,记者、市民、游客都可以坐在这儿旁听。

我们到了三楼,我妈就坐进了旁听席,她说她要看看议员们怎么开会。菲里普说:"妈妈,今天是周六,议员们不开会。"我妈笑着说:"没关系,我坐这儿想象一下!"妈妈这个头一带,我们都坐进了旁听席。坐旁听席什么感觉?看戏的感觉。听说议员们开会很好看,拍桌子、争论、吵架、拥抱,甚至打架,什么都有。看议员们开会就像看戏。可惜今天戏不开锣,只能看空荡荡的戏台。

坐够了旁听席,菲里普带我们去纪念品店。这家店很小,却是游客必到的地方,大家挤成一团买纪念品。纪念品都和得州有关:得州刀、得州星、得州花、得州牛、得州马……

我妈买东西总是目标明确、下手果断,她给自己买了得州地图,给我爸买了得州杯子,给我哥为民买了得州纪念章,给我姐力买了得州挂件,完成了购物。我和秋一人买了个挂件,也完成了购物。

买好东西,我们三娘想上厕所,便一起去找厕所。但我们拐来拐去,就是找不着厕所。正在疑惑,走来了一个男人,高大魁梧,西装革履,很有风度。我连忙问:"请问先生,厕所在哪里?"那男人止步,很绅士地说:"女士们,请跟我来!"我们跟着他转来转去,转进了一条漂亮的过道,这儿铺着红地毯,他向里指了指,笑笑,说了声"You have a good one!"走了。

我们在红地毯上走了几步,看见一扇雕花门,上面挂着"Lady"字样的铜牌,马上推门而入。到了里面惊呆了,厕所很漂亮,很考究,也铺了条红地毯。凭中国人的经验,走红地毯的人不是一般的人;走厕所红地毯的,那就更不是一般的人了。

"这么高级的厕所……是不是州长厕所呀?"我妈有点紧张。

"州长是女的吗?"秋表情疑惑。

"州长是男的……很可能是女官员的厕所!"我说。

"刚才带路的会不会是州长啊?"我妈瞪着眼睛问。

"不管了,快上!"秋率先往里冲。

我们上厕所时都有点手忙脚乱,生怕冲进来一个保安,把我们揪出去。上完厕所后,我们赶紧跑,跑来跑去迷了路,找不到纪念品店了。正在着急,菲里普找来了,看到他,我们才松了一口气。

菲里普说:"急死我了,一转身你们人没了!"

我得意地说:"亲爱的,我们用了州长的厕所!"

菲里普说:"州长是男的哟!"

秋说:"女州长的厕所。"

我说:"是男州长带我们去的!"

菲里普笑着问:"甜心,你知道男州长什么样?"

我说:"白人,高个子,黄头发,好有风度的!"

菲里普听了,大吃一惊:"啊,是他!厕所在哪儿?我也去上一个,不然我吃亏了!"

我听了,朝他飞了个白眼。他在糗我们。

带路的是不是州长,厕所是不是女官员专用的,这事根本没时间弄清楚,反正我们在得州州府进了一间有红地毯的厕所,说出去还是很稀奇的。

出了州府大楼已近中午,下一个目标是 UT,得州大学奥斯汀分校,添儿的学校。

UT 离州府大楼很近,只有一公里路程。

UT 校园很大,道路纵横,楼宇相叠,来来去去的学生什么肤色都有,其中有很多中国学生,可爱的娃娃脸看见我们就笑。

我妈对添儿说:"添呀,你的学校这么大,外婆年纪大了,没力气走遍,你就挑一些带外婆看吧。"

添儿问:"外婆,你喜欢看什么呢?"

外婆说:"添,你喜欢的,外婆一定喜欢!"

添儿说:"好的!"说着走在了前面。

添儿先带我们看了 UT 的钟楼,1890 年的建筑,99 米高,很雄伟,与对面的州府遥相呼应。钟楼是 UT 的标志性建筑,UT 人经常在钟楼广场开派对,举行歌舞晚会、烟花晚会。这座钟楼全球有名,1966 年 8 月,一个精神病患者先杀母亲,再杀妻子,然后登上 UT 钟楼,用狙击步枪射击了 43 个师生,其中 13 人死亡。这是美国史上第一例重大校园枪击案,惊动了世界。

看了钟楼后,添儿带我们去看宿舍、餐厅、自修室、体育楼、图书馆。

在图书馆,我妈停下了脚步。

我妈在图书馆工作多年,工作过的图书馆有林学院图书馆、教材编写组图书馆、教育学院图书馆、老杭大图书馆、新浙大图书馆,她是讲师级馆员。我妈总是说,她这辈子一事无成,没有特长,没有专业。其实,她有很多特长,风琴弹得好,十字绣绣得美,古文功底厚,最过硬的,她是优秀的图书工作者。

图书工作是很重要、很精深,也很寂寞的行业。而对于这点,我们看书的人进出图书馆时很少意识到。我们眼睛看到的是书,没有看到书后面的劳动。所以,我想借写书的机会,为图书馆工作者点个赞,为我妈妈及我妈妈的同事点个赞,他们是美丽的工作者。

离开图书馆,添儿带我们看 UT 的小动物。先看 UT 的松鼠。松鼠们个个体态肥胖、毛发闪亮,在树上跳、草上跳,无处不在,看见人不怕,反而直立起来,拦路讨食。我们手上有一袋薯片,很快被它们讨光了。

然后看 UT 的乌龟。它们住在美丽的荷花池,来看的人一群接一群,它们和 UT 的松鼠一样,也不怕人,到处散步,有几只就在我们脚边,秋还伸手抱了抱一只,它一点都不紧张,眨着绿豆眼睛,若无其事。这些 UT 乌龟是校园的大明星,是 UT 人共同的宠物。

添儿还带我们看了一只负鼠,英文叫 opossum,长得很丑,它和袋鼠一样肚子上有袋,可以装小负鼠。负鼠会咬宠物,爱偷东西,还爱放臭屁,人人喊打,所以常常死得很惨,不是被车辗,就是被枪打。但这只 UT 负鼠命很好，它和 UT 松鼠、UT 乌龟一样，吃百家饭，受众人宠，生活无忧。

访问了 UT 的小动物后，我们看到了一棵枇杷树，很高大，很茂盛，结满了青绿的果子。添儿说，枇杷成熟时，整棵树金灿灿的，可漂亮了，果子也很甜，但只有中国同学采，美国同学不采，他们不知道枇杷可以吃。枇杷吃不完，很多都掉在地上烂掉。

我妈听了说："枇杷是好东西，止咳，清肺。添，你别忘记，枇杷熟了就来吃，也要教美国同学吃，烂掉多可惜。"

秋说："老添，枇杷熟了，拍个照片给老姨看看。老姨吃不到，看看也好！"

添儿说："今年我也吃不到了，我要毕业了。"

我妈说："添，走了这一圈，我知道你的校园生活了，打打球，读读书，跑跑图书馆，看看 UT 松鼠，看看 UT 乌龟，吃吃 UT 枇杷！"

秋说："老添，你的校园生活不错，轻松快活。"

添儿说："不轻松，可累了！"

于是，添儿带我们去了最后一个地方，也就是他说的"可累了"的地方——航天工程学院。

学院楼不高也不新，看不出是培养飞天人才的地方。但一进大楼，感觉就来了，到处是关于飞天的图片——航天飞机、火箭、太空人、太空舱、登月舱、登月车、登月工具、飘扬在月球上的星条旗……1969 年到 1972 年，美国人登月了六次！

记得几年前开新生家长会，我们这些家长就是首先被领到这里，大家挤在一起看模型、看图片、看教室、看实验室，然后去会议室听演讲。做演讲的是一个工程院院士，他讲飞行器历史，讲航天学院的使命,讲学生的未来,他的结束语是:"未来的航天工程师的家长们,谢谢你们!!祝贺你们!"很煽情,全场掌声雷动。坐我边上的菲里普热泪盈眶地说:"亲爱的,我太嫉妒添了!我没这个命!我要是能到太空飞一圈,月亮上走一走,死也甘心了!"我说:"亲爱的,别急,添如果能去月球,让他带你去!"他瞪着我问:"你不去?"我说:"我不去,我怕高,我在家管鸡!"他说:"你真是!能去月球,管鸡干吗?我啥都不要了!"看来,他要是有机会登月,别说家不要、老婆不要,命也不要了!

但添儿学航天专业后没多久,美国宇航局突然宣布取消所有登月计划,取消所有空间站计划。对这两个"取消",最愤怒的是菲里普老爹,一个劲儿骂奥巴马。因为美国宇航局在得州,得州是共和党的天下,菲老爹认定,奥巴马借打击宇航事业打击共和党。没过多久又有坏消息,因为这两个"取消",宇航局开始裁员,大批航天工程师失业。于是大学也连锁反应,一些学航天的转去学了石油。没想到这几年,石油跌进低谷,石油公司纷纷倒闭,转去学石油的人都不走运。当然,这是后话。

当年,添儿的不少同学都转了专业,但添儿定力很足,坚守航天,用功读书。别人一学期选五门课,他选七门。UT有个政策,五门以上的课免费,一门5000,两门就是10000,这样,他为家里省了好多钱。大学课本很贵,但他很少花钱买课本,而是到图书馆借书看。这两件事,让菲老爹很感动。

一转眼,添儿要毕业了,要成为名副其实的航天工程师了。

话说回来,在航天学院,我们看了模型、图片,参观了实验室,最后去了一间教室,这间教室里放满了电脑,墙上贴着火箭、航天飞机的图片。

秋问:"老添,这是你的教室吗?"

添儿说:"是的,我常在这儿上课。"

秋一听,跑到黑板前,说了声"同学们,上课了",拿起白粉笔画了一只很大的卷尾巴老鼠。画好她想擦掉,添儿连忙说:"大姨,别擦、别擦,下周上课时让老师、同学看看!"

菲里普说:"大家一定很惊奇,教室里怎么跑进了一只中国老鼠!"

秋说:"不、不,是太空老鼠!"

我们都笑了。这只太空老鼠就留在了黑板上。

离开航天学院时已经一点半了,大家都饿了,准备找地方吃饭。

我妈对添儿说:"添啊,外婆这回不但到了美国,还到了你的学校,到了你的实验室,到了你的教室,外婆这回见的世面可大了。外婆下个月就回去了,参加不了你的毕业典礼,今天的午饭呢,算是提前庆祝你毕业,你想吃什么就吃什么,外婆请!"

添儿一听,把我们带到一个中国餐厅,名字叫"唐"。这里的食物品种丰富,味道也很好,我们吃得很开心,最开心的当然是添儿。这个穷学生平时吃饭靠自己做,功课一忙,只吃泡面。

吃好饭后,我们把添儿送回宿舍。我妈有点伤感,拉着添儿的手说:"添,谢谢你,今天你带外婆看的东西,外婆都拍下来了。外婆想你的时候,就看看照片……"说完,眼睛红了。

添儿连忙说:"外婆,就要放春假了,我会回沃顿看你,我们一起去钓鱼。"

外婆一听高兴了，连声说："好好好，太好了，添，等你回家了，外婆再给你包粽子！"

离开添儿的宿舍时已是下午三点多了，我们打道回府。菲里普开着皮卡呼呼跑，但没跑多久，他肚子痛了，急着找厕所。正好路边有个露天陶瓷市场，菲里普车头一拐，进了市场。然后，菲里普冲厕所，我们三娘逛市场。

这个陶瓷市场卖的全是墨西哥彩陶，所有陶瓷的色彩都很艳丽，造型也丰富多彩，飞禽走兽，花鸟鱼虫，什么都有。我妈和秋很喜欢，想买些带回中国。逛了一圈，我妈挑了一只花蘑菇、一只花猫，秋挑了一对花牛。

菲里普出了厕所也在挑彩陶。他特别喜欢墨西哥彩陶。菲里普挑中一只大公鸡。他说，一会儿由他统一付钱，但我妈和秋不肯，又抛出了 AA 制。她们就这样，抢着付钱时不提 AA 制，我们要付钱时就提 AA 制了。

付钱的地方在一个小屋子里，好多人在排队。收银台里坐了个"老墨"——中国人喊墨西哥人为"老墨"。这个"老墨"穿了件花衬衫，头上是一顶墨西哥大边帽，脸黑黑的，笑眯眯，样子很淳朴。轮到我们时，我把东西放在他面前，说："请问多少钱？""老墨"笑笑，不说话，指指彩陶底下，那儿已贴了标签。我一看标签，吓了一跳，我妈的花蘑菇 50 美元，花猫 70 美元，秋的一对牛 120 美元。

我对老妈和秋一说，她们都说："这么贵，不要了！"

我转脸对"老墨"说："太贵了！"

他马上开口了："那你说个价！"

我说："蘑菇 25 美元，猫 35 美元，牛 60 美元一对！"所有东西砍掉一半,用杭州话说,叫"拦腰对折砍",这是杭州人的砍价风格。

没想到,"老墨"竟很爽快:"Ok!Done!""Done"就是成交。我们付了钱,出来时经过菲里普,我向他使个眼色,做了个砍肉的动作,他笑笑,没说话。

我们三娘走到外面,很高兴地击掌庆祝,庆祝砍价成功。这时,菲里普付好钱抱着公鸡出来了。我马上问:"你的原价?"他说:"50 美元。"我再问:"他 25 美元卖给你了?"他得意地说:"10 美元!"

我瞪大了眼睛。

菲里普拍拍我的脸,笑嘻嘻地说:"亲爱的别生气,他和我说,奥斯汀的中国人可多了,都很有钱,都很会砍价,一开口都是砍半价,所以,他就什么都不说,让你们砍!"

"那他为什么给你这么便宜?"我愤怒地说。

"我对他说,我没钱,一共只有 10 美元!"菲里普一摊手,"我是没钱!"

天啊,也就是说,标签上的价格只用来对付我们这些中国……富人的!我们还以为自己精明,"老墨"更精明!看书的朋友,如果你到了美国,到"老墨"这儿买东西,别砍价,要像菲里普一样,哭穷。

我们三娘开始很生气,但后来想想,"老墨"是把我们当中国富人,把菲里普当美国穷人,心就平了,不生气了,甚至还有点儿高兴。

到家时已是快七点了,天已漆黑一片。我们跳下车,一起向鸡院跑,四个人挥动着扫把、竹竿,又是叫又是跳。干什么?赶鸡!鸡全在树上呢!

看米雪儿

我们从奥斯汀春游回来不久,我家二女儿米雪儿打电话过来,她说她的房子刚装修好,是她自己装修的,欢迎我们去看看,她很想见见中国外婆和中国大姨。

我妈听了很高兴,她说:"要去要去,我们看了添儿,再去看米雪儿。两个外孙都看到了,我心里就踏实了。"

秋说:"米雪儿好能干哟,小小年纪买了房子,还自己装修。"

我说:"米雪儿买房子的事在家里很轰动呢,大家都没想到!"

"为什么?"我妈和秋同时问。

我给她们讲了米雪儿的故事。

米雪儿从小是一个美丽、善良又有点自卑的女孩子。为什么自卑呢? 因为她学习成绩不太好,学校总是把她放到"困难班"。从小学到高中,米雪儿都笼罩在"差生"的阴霾中。米雪儿从小就认为,自己是学习上的低能儿。全家族的人,包括奶奶安妮,也一直为米雪儿的前程担心。

其实米雪儿很聪明,很有艺术天赋,她是跳舞能手、吉他能手、唱歌能手,经常去教堂唱诗班领唱,还为橄榄球赛开幕式唱国歌。她的歌声圆润甜美,很像席琳。米雪儿还很勇敢,敢骑摩托,敢开赛车,敢滑雪,敢跳伞。菲里普对这个女儿疼爱有加,他认为米雪儿各方面都像他。

米雪儿高中毕业时,因为文艺特长被沃顿社区学院录取,选读了会计专业。但两年后,米雪儿因为学分不够、成绩不够没能毕业,她很难为情,跑到了一个叫维多利亚的城市继续读社区学院。这年我刚到美国,恰好与她错过。

米雪儿到了维多利亚,读书和租房费用由菲里普支付,但她的生活费用全靠她自己打工挣。她打两份工,一份是教小孩子跳舞,一份是在商场卖眼镜。这两份工作,应付日常开销够了,但小姑娘喜欢下馆子,喜欢买衣服,喜欢参加派对,还喜欢养狗,她有条狗叫Ace,爱丝,80多磅,很会吃。所以米雪儿打工的钱不够用,日子过得紧巴巴。

有一次米雪儿打电话回来,向她父亲诉苦,她想买个新手机,但钱不够。我觉得她可怜,劝菲里普给她钱,菲里普竟说:"她可以再打份工,钱就有了。"

我说:"她已经打两份工了,还要读书呢!"

他说:"她想要钱就给她钱?那什么时候才会变强大?"

我说:"孩子需要时帮一把,他们会记住,会感激。"

他说:"如果感激,她就应该知道省钱,少到外面吃饭,少参加派对,买什么新手机?她不想想,她读书、租房的钱是我们给的!"

我只好不说话。其实我经常向他灌输"中国文化",我说:"中国文化,学而不厌,学无止境。两耳不闻窗外事,一心只读圣贤书。

书中自有大汉堡,书中自有大房子。"最后一句是活学活用的。我的意思是,别让米雪儿打工了,让她一心一意读书,生活费由我们出。但菲里普不同意,他认为打工和读书一样重要。

第三年,米雪儿还是没通过考试,不能毕业。第四年,考试又没通过,米雪儿很沮丧,菲里普也很沮丧。这时,我又开口说话了,我说:"米雪儿要打工,要读书,时间分配不过来。按我的想法,让她停止打工,我可以过去给她做饭,她只负责读书,必要的话请个家教,这样很快就能毕业。"

菲里普听了我的话,眼睛瞪得像牛眼一样大:"哪有这种事!我的老婆去给女儿做饭,还请家教?"

我说:"这有什么呀!中国孩子到美国读书,有的家长还辞职过来陪读呢!"

菲里普说:"我知道,中国孩子生孩子,妈妈奔过来伺候,这是中国文化。但米雪儿是美国孩子,要遵从美国文化!"

我说:"美国文化就是不帮助孩子?"

他说:"不帮就是帮!父母什么都给,什么都帮,孩子怎么强大?"

我说:"孩子变强大前,家长是干什么的?就是要托一把的!"

他说:"我十二岁帮人看马,每小时 8 美元;十六岁帮人种草,每小时 12 美元;十八岁帮人铺路、割玉米、修车,每小时 20 美元。赚了好多钱,买了车,买了房,十九岁娶老婆,二十岁当爹,二十三岁再当爹,谁托过我了?要是一路有人托,我怎么会强大呢?"

我说:"我妈托我托到二十五岁呢!你说我不强大?"

他脖子一拧:"那是中国文化!"

强大不强大的争论,最后总是以这句"中国文化"结束。很多人问,你和菲里普吵不吵架?吵!吵的就是这件事,关于孩子,关于文化。

好吧,就顺着美国文化,我沉默是金。

第五年,依然是坏消息:米雪儿还是没毕业。

米雪儿难以毕业,全家的人都为米雪儿叹气,为她担心,连她奶奶安妮也没信心了,认为她不是读书的料,劝她找个全天候的工作。米雪儿自己也很羞愧,同龄人十八岁就独立了,她却还靠家长支撑。但我和菲里普认为,书是一定要读完的。我们告诉她,毕业文凭一定要拿到,只要她待在学校一天,我们就支持她一天。米雪儿听了很感动,这回下了狠劲读书,还"戒"了饭局、派对、游戏。终于,米雪儿在第六年拿到了毕业证书,全家欣喜若狂。她的毕业典礼不止我们去了,她奶奶去了,她姑姑珊蒂一家也去了。

米雪儿拿到文凭后马上找工作,不到一个星期,她报来了喜讯。工作单位是一家成油加工公司,公司很小,连老板只有 10 个人。米雪儿的职位是出纳,工资每小时 12 美元,一天工作 8 小时,96 美元,一周工作 5 天,480 美元,每个月有近 2000 美元。

菲里普高兴极了,对米雪儿说:"你工作了,你强大了,我非常为你骄傲!"

米雪儿说:"感谢你和林对我的支持,是你们让我有了信心!"

菲里普接着说:"好吧,每个月 800 美元的房租,你要自己付了。"

米雪儿叫苦:"爸,我刚工作,一点积蓄也没有,怎么付得起房租?"

菲里普说:"你忘了？你两年的中专读了六年,我多为你付了四年的房租。这样吧,我们慢慢来,这个月开始递减!"

于是,800美元的房租当月给了700美元,第二个月给了600美元。第三个月,米雪儿突然跑回家对我们说,老板给她加工资了,每个月有2000多。她想过了,租房太吃亏,租房不如买房。她算账给我们听:她每周工作超过40小时,开始交税,有了个人信用,银行答应向她放贷10万美元,这样,她就可以买10万左右的房子,首付5%,每月还贷3%,她不但没压力,钱还有得多。

我和菲里普都很吃惊,米雪儿竟有这么聪明的想法。我们周围很多单身的年轻人,尤其是单身女孩子,很少有人想买房子的。一个原因是他们的钱有限;另一个原因是他们有限的钱都用在了玩上,玩房车、玩摩托艇、玩枪、玩打猎……这些玩乐很花钱,让他们成为"月光族";还有一个原因,他们有房没房,家长是不管的,想让家长出钱为他们买房,那是梦中之梦。而且事实上,很多家长的房子和车也是贷款的,家长也是"月光族"。米雪儿的姐姐及一大堆表兄妹、堂兄妹,工作后都住在出租房里,有一个表兄结婚五年了,有了两个孩子,还住在出租房里。他们比米雪儿"出道"早,却没动过买房子的脑筋。

所以,米雪儿要买房子的事一传开,轰动了全家,大家难以置信,因为在大家的印象中,米雪儿是最不可能买房子的人。

几个月后,米雪儿挑好了房子。这是一幢百年老房,300平方米,前后草地加起来有3亩多,卖价8万美元。米雪儿签合同这天,我和菲里普去了,我们先去看了房子。这幢百年老房比我想象的漂亮,门前草地上有两棵高高的罗汉松,门前有木阳台、木廊柱、木围栏，屋檐有木雕花，房子通体雪白。这样的房子，很像《飘》里面郝思嘉住的那幢欧式小楼。

房子里面有三间卧室、一间客厅、一间厨房、一间卫生间，所有房间都有落地窗，能看到外面的天和地。后院有一棵梨树、一棵紫薇树，还有三棵核桃树。核桃树下是一对破秋千，但不能坐，木板烂了。

米雪儿签合同的地方在一个房产中介。米雪儿签字前看看我们，看看合同，然后捂住心口作紧张状，她说："我字一签下，房子是我的了，压力也是我的了。"米雪儿签好字后，工作人员握住米雪儿的手说："米雪儿，房子和地都是你的了，祝贺你！"

米雪儿两眼放光，激动地说："爹地，林，我有房子啦！"

菲里普却给她浇冷水："别忘了，你还要付水、电、气、网络、电视、手机……的费用，还要吃饭、买衣、喂狗，用钱小心哦。"

米雪儿听了，胸有成竹地说："爹地放心，我下班后继续打工挣钱！"

就这样，米雪儿完全靠自己，拥有了自己的房子，她非常为自己骄傲，全家族成员也为她骄傲。当然大家也很惊讶，没想到这个最叫人担心的女孩，却在同辈人中率先有了自己的房子。

听完米雪儿的故事，我妈点评了一句："米雪儿虽然拿文凭困难，但骨子里聪明、厚道，骨子里有独立精神、拼搏精神。"

秋说："像菲里普！"

话说米雪儿邀请我们去看房子，我们就选了一个周六，这天正好是米雪儿二十六岁生日，我们可以既看房子，又给她过生日。

我和菲里普送给米雪儿的生日礼物是一盆蝴蝶兰，在中国超市买的。菲里普还为米雪儿做了只柠檬蛋糕,柠檬是我们从自家树上摘的。我们家所有人过生日,蛋糕肯定都由菲里普做。

出发前,我们把蛋糕和蝴蝶兰放上车,我妈发现了问题,她说:"我们去看添,大包小包的,看米雪儿,就一盆花、一只蛋糕,有点不公平吧?要不带点野猪肉?"

我说:"米雪儿怕吃野猪肉的,还是带本鸡蛋吧。"

菲里普一听,连忙摆手:"米雪儿也怕吃本鸡蛋的。"

我妈说:"那就带本鸭蛋。"

我说:"鸡蛋都不吃,鸭蛋更不吃了。"

菲里普说:"妈妈,不用带蛋,带也是浪费,米雪儿肯定喂爱丝!"爱丝是米雪儿的狗,她的心肝宝贝。

我说:"菲里普,米雪儿怕吃本鸡蛋是你的责任,小时候没教好。"

菲里普说:"嘿嘿,其实我以前也不吃的……"

我说:"不对吧,你和我网上谈恋爱时,你说你养鸡,还吃蛋。"

菲里普挠挠头皮:"我吃的呀,我只养母鸡,没养公鸡……"没养公鸡,意思是蛋是没有授过精的,美国人觉得可以吃。菲里普见我们表情古怪,马上补充说:"那时笨嘛,自从有了中国老婆,我变聪明了,什么蛋都吃,千年蛋也吃!"千年蛋就是皮蛋,是美国人认为世界上最恶心的蛋。

秋马上将菲里普一军:"喜蛋吃不吃?"

菲里普知道什么是喜蛋,支支吾吾地说:"秋,你要我吃,我一定吃!"

我说:"老姐,你别逼他吃喜蛋,他会痛哭流涕的!"

我妈呵呵一笑:"吃喜蛋怕成这样? 鸡牛羊肉,吃之前不都是活的吗?"

一切就绪后,我们出发去维多利亚,这是米雪儿所在的小城。十五分钟后,我们出了沃顿,上了59号公路。

菲里普边开车边当导游。他说,59号公路要改名为69号公路了,这条公路是国际公路,南北走向,往北到头,是加拿大;往南到头,是墨西哥。我们去维多利亚是往南开,所以我们一路上看到的,是美国的南国风光。

我妈一听,马上说:"中国的南国是海南,海南可美了! 不知道美国的南国是不是像海南一样美。海南有五指山、椰树林、万泉河、小山寨。"

车向南行,窗外渐渐跳出了美国的南国风光,但完全不是我妈想象的,没有椰林,没有河流,没有山峦,更没有山寨,而是一望无际的平原。我们沃顿一带的平原层次很丰富,有村落,有树林,有牧场,有草地,还有无处不在的野花。这里呢,只有平原,或者说,只有黑土地。行驶一个小时后,窗外的景观一直没变,无边无际的平原、黑土地。当然,有时黑土地上会突然冒出一个铁架,这是油井。但除了这样的油井,这片平原上别无他物,辽阔而静寂。

我妈看着窗外,感叹道:"看得高,看得远,天、地、地平线一无阻挡,一目了然! 我活到这个岁数,还没看得这么远过! 小时候在山区,天被山挡住了;后来在城市,房子又把天挡住了!"

菲里普说:"妈妈,再过两个月,这片黑土地上全是玉米,绿波荡漾,一直延伸到地平线。"

我妈说:"那太漂亮了,我真想看看!"

秋说:"林,到时候你拍些照片给我们看。"

半小时后,窗外的风景突然变了,跳出了一片湖泊,白水瀚瀚,绿草苍苍,水面上笼了一层淡淡的烟雾,朦胧胧,静悄悄。这片湖很有名,鱼很多,鸟也很多,是著名的野鸟湖,也是著名的野营基地。节假日一到,大人小孩过来划船、看鸟、钓鱼,晚上就睡在帐篷里。

这时,前面湖滩上出现了一片雪白,像一层厚厚的积雪。菲里普马上停车,我们定睛一看,那不是雪,是鸟,像雪一样铺在河滩上。它们有雪白的羽毛、修长的脖子、修长的嘴、修长的身子、修长的腿,亭亭玉立。这是什么鸟? 我妈认为是鹤,秋认为是鹭鸶,我也认为是鹭鸶。长脚鹭鸶,最喜欢吃鱼。后来我 Google 了一下,这种鸟可以叫白鹤,也可以叫鹭鸶,但正宗学名是白鹭,就是"一行白鹭上青天"的白鹭。

白鹭,绿草,水波,在阳光和蓝天的映衬下,美得像一个童话。

可能我们惊动了白鹭,突然间,白鹭同时起飞,像一阵雪,飘落在葱郁的灌木丛中。顿时,灌木如染白霜。

我妈感慨道:"美国地大人少,空气好,鸟也多。中国人口太多了。我小时候,人口少,到处都山清水秀。"

秋说:"就是啊,盛林就是多出来的,还有盛力!"

我不服气地说:"妈要是调个头生,你和哥就是多出来的!"

我妈笑了:"不多不多,我四个孩子,一个都不多!"

这时,路边出现了"VICTORIA"的标志,维多利亚到了。

维多利亚是个小城,但比沃顿大多了,沃顿 1 万人,它有 5 万人。维多利亚城市不大,但名气不小,是得克萨斯独立后第三个新建的城市,它的位置处在达拉斯、休斯敦、奥斯汀正中,是几大名城的交通要道。维多利亚的经济优势是石油、玉米和棉花。

我们的车到米雪儿家门口,身穿大红衬衫的米雪儿就像一只红蝴蝶,向我们飞了过来。叫菲里普爹地,叫我林,叫我姐秋,轮到我妈时,她问我:"林,中文'外婆好'怎么说?"

我说:"外婆好!"

她便口齿伶俐地叫了声:"外婆好!"

我妈一听,抱住米雪儿连声说:"你好你好! 我太高兴了,我有一个漂亮的美国外孙女!"

米雪儿很机灵,又口齿伶俐地说:"我有一个漂亮的中国外婆!"

秋轻声对我说:"米雪儿没礼貌,叫我秋,叫你林。不过还好,外婆还是叫了。"

我说:"我早习惯了,这是美国文化。"

米雪儿把我们迎进屋,带我们参观。先看客厅。客厅的主打家具是一套真皮沙发,组合式的,能坐 10 个人。沙发前放了只很大的电视机。周围一圈落地窗,挂着长长的红窗帘。客厅里边是厨房,有冰箱、橱柜、灶具、餐桌、餐具,摆得井井有条。

三间卧室全部朝南。米雪儿说,一间归她睡觉,一间归狗睡觉,还有一间准备出租,每个月有 500 美元收入,这笔钱可以帮她还房贷。

逛完屋子,我们都夸米雪儿能干,夸房间干净、漂亮、崭新,不像是一百多年的老房子。米雪儿骄傲地说,其实刚拿到房子时,墙壁很脏,柜子很旧,窗框很破,她自己动手,把柜子、窗子修好了,油漆了一遍,还把所有墙粉刷了一遍,把地板打了蜡;窗帘呢,是她自己缝的;家具呢,是从二手市场买的,很便宜,客厅这套真皮沙发只要 50 美元,大电视机 20 美元,大床加床头柜 30 美元。

听米雪儿这么一说,我妈拉住米雪儿的手说:"米雪儿,你真是个聪明、勤劳的孩子!"

秋说:"米雪儿果真能干,会木工,会油漆,会缝纫,像菲里普!"

菲里普笑着说:"不会不行呀,她没钱请人!"

我妈说:"人工贵是一个方面,爱动手是主要方面。这一点,我们真的应该向美国人学习。"

这时,米雪儿打开后门,带我们看后院。后院已铺上了草皮,围好了一米高的铁栏,空地上种了花。三棵核桃树已抽出了新绿,树下那对破秋千被米雪儿换了新木板,换了新链条,可以坐上去晃荡了。

我们很喜欢这对秋千,坐上去晃呀晃呀,正晃得开心,突然跑来一只魁梧的狗,向我们直扑过来,吓得我们差点从秋千上掉下来。

只听米雪儿喊了声:"One!"大狗马上停住了。米雪儿继续喊:"Two!"他坐下了。米雪儿喊:"Three!"他趴下了。

我妈笑了:"这么听话的狗啊!"

米雪儿说:"他叫爱丝,男孩,七岁了。"

秋说:"才七岁啊,小男孩!"

米雪儿说:"不,这种狗一般活六岁,七岁算是高龄了。我天天在担心,怕爱丝突然死掉。"

爱丝很老实地趴在地上,我和秋围着他,摸他的头。我妈没摸,她不喜欢摸动物,我们在摸爱丝,她在起鸡皮疙瘩。

菲里普拣了根粗树枝,在爱丝面前晃,爱丝想去抢,但不敢站起来,只好看向米雪儿,米雪儿就对爱丝说:"Ok, go get it!"爱丝一听就跳了起来,抢菲里普的树枝,菲里普把树枝往空中一扔,和爱丝同时奔过去抢。他哪里抢得过爱丝,爱丝跳起来咬住树枝就跑,菲里普拔腿就追,追上去揪住爱丝的尾巴,爱丝就往菲里普身上扑,他们俩一起倒在草地上打滚,累得呼哧呼哧的。

我妈担心地说:"啊呀,菲里普小心点,别受伤了!"

米雪儿也担心地说:"我爸每次来,都和爱丝玩成这样!"说完冲着她爹喊:"爹地,住手! 不行啊,不行啊!"

菲里普没住手,一边和爱丝纠缠,一边大声说:"行的啊,你爹行!"

米雪儿着急地说:"不是啦,是爱丝不行啊! 他老了,你别把他弄伤了!"

我们这才明白米雪儿的意思,她不是心疼老爹,是心疼她的狗!

秋跑过去,冲着菲里普和爱丝喊:"One!"菲里普停手了,爱丝还在往菲里普身上扑。"Two!"秋继续喊,爱丝把菲里普压在下面。"Three!"菲里普跳起来跑,爱丝追。秋一跺脚说:"他不听我的!"

米雪儿笑笑,喊了声:"One!"爱丝马上调转头,跑到米雪儿身边。秋趁机喊:"Two!"爱丝皱着眉头看看秋,没坐下。米雪儿说:"Two!"爱丝一下子坐下了。米雪儿说了声"好孩子",低下脸,吻爱丝的鼻子,爱丝伸着舌头舔米雪儿的脸,菲里普也凑过去,和爱丝亲吻。秋趁机喊了声："Three!"这回爱丝给了秋面子，"哗"一下趴倒，米雪儿和菲里普伸手，帮爱丝挠痒痒。

秋说："可爱可爱！爱丝好可爱！"

我妈又起了一身鸡皮疙瘩，摇着头说："美国人爱狗，也爱得太肉麻了！"

不到一分钟，菲里普又开始逗爱丝玩，这回秋也加入了。他们三个玩飞碟，秋扔出去，菲里普接住，爱丝两头跑，跑得口吐白沫。米雪儿心疼得直叫："爱丝累啦！爹地，什么时候给我过生日呀？"

菲里普这才想起，今天要给米雪儿过生日。

于是大家进屋，开始生日派对。菲里普先给米雪儿一张生日卡片，说这是奶奶安妮送的，然后把蛋糕和蝴蝶兰交给米雪儿。米雪儿闻了闻蛋糕，说："我最喜欢的柠檬蛋糕！"捧着花开心地说："谢谢爹地，谢谢林！"

这时，我妈拿出一只红包，上面画了一对福娃，还有烫金的"生日快乐"。米雪儿接过红包说："好漂亮！这是中国的生日卡吗？"我说："比生日卡好多了，快拆开看！"米雪儿连忙拆开，里面是一张百元美钞。米雪儿惊喜地说："哇！这么多钱，是给我的？"

我妈笑眯眯地说："米雪儿，这是外婆送你的礼物！生日快乐！"米雪儿好激动，扑过去拥抱中国外婆。

秋送给米雪儿一只首饰盒，里面是一副珍珠耳环，她对米雪儿说："Happy birthday!"

"啊呀，我太喜欢了！谢谢秋！"米雪儿扑过去拥抱秋。

我拿出一只红盒子，打开，里面是一朵含苞欲放的荷花，我把荷花插在蛋糕上面。米雪儿惊讶地问："这是什么呀？中国蜡烛吗?"

菲里普说:"是的。米雪儿,点火!"米雪儿点上火,"呼"地一下,从荷花花蕊喷出了烟花,粉红的荷花瞬间开放,每片花瓣上托着一支烛火,与此同时奏起了《祝你生日快乐》的乐曲。米雪儿蔚蓝的眼睛笑成了弯月,许了个愿,"呼"一下吹灭了蜡烛。

我们一起说:"米雪儿,生日快乐!"

我们吃好蛋糕,荷花还在不厌其烦地唱:"祝你生日快乐,祝你生日快乐……"米雪儿眼睛又笑弯了,她问:"它会唱多久?"秋说:"至少一天一夜!"菲里普说:"你怕吵的话,我让它住口。"米雪儿一把将蜡烛抱在怀里,撒娇地说:"不、不,让它唱! 我喜欢听!"

生日派对结束了,米雪儿带我们去她的菜地。菜地里只有一棵胡萝卜,但这棵胡萝卜粗壮得像一棵小树,露出地面的胡萝卜有棒槌这么粗。我妈弯腰细看,吃惊地说:"美国什么都大,胡萝卜也这么大!"秋说:"这么大的胡萝卜,我也是第一次看到!"

米雪儿不好意思地说:"是这样的,我撒下籽后,苗长出来都挤在一起,我偷懒没分苗,也没去管它,没想到它们全长在一块儿了……变成了胡萝卜树。如果你们喜欢,送给你们!"

我一听,马上拔胡萝卜,但拔不动,我妈和秋过来帮忙,三个人"嗨哟"一声,把胡萝卜拔出来了。这棵胡萝卜其实比棒槌粗多了,有胳膊这么粗,当然不是我的胳膊,是菲里普的胳膊。

后来,"菲里普的胳膊"我们用来炖野猪肉吃了,吃了一星期都没吃完。

海岛风情

去过维多利亚后,第二周,我们又要去春游。这次春游,菲里普的计划是去一个叫加尔维斯顿的海岛。

我妈说:"海岛很远吧? 还是别去了,菲里普开车多辛苦。我们就在家附近玩玩吧。"

女婿说:"妈妈,到了得州,加尔维斯顿一定要去!"

我说:"妈,加尔维斯顿这个海岛有椰树,有沙滩,有海鸥,还有船,很美,像我们的海南!"

秋笑着说:"就是说,去过加尔维斯顿就不用去海南了?"

我说:"对! 加尔维斯顿和海南一样美!"

我妈一听,有点心动了。这几天,她天天在弹《娘子军连歌》《万泉河水》。

那么加尔维斯顿是什么样的一个地方呢? 我打开电脑,给她们看图片。

加尔维斯顿岛长 30 英里,宽 3 英里。它的名气很大,可以说世界闻名,大名鼎鼎。

加尔维斯顿第一有名的事,是关于加尔维斯顿的第一位居民。是谁呢?是一名大海盗,名叫拉菲特,他在岛上建了一大批豪宅,买了一大批奴隶,当了好多年"海盗国国王",直到得州革命爆发,拉菲特才被赶走。他是个海盗,又是海岛开发者,不管是非如何,他始终是海岛的第一大传奇人物。

第二有名的事,是加尔维斯顿的建筑。岛上现存的50幢老建筑全部列入美国《名迹录》(*National Register of Historic Places*)。这些建筑都是早年的殖民者及海盗拉菲特留下的,其中赫赫有名的,有法国风格的Bishop's宫殿、德国风格的Sacred圣心教堂、意大利风格的Aston Villa红砖楼,还有穆迪家族的豪宅。穆迪是谁呢?是美国金融创始人,他在加尔维斯顿的豪宅被称为"天下第一宅"。

第三有名的事,是加尔维斯顿的光荣史。加尔维斯顿与休斯敦、达拉斯、圣安东尼奥并列,是得州的四大城市。加尔维斯顿"荣任"过得州州府,荣获过"南方纽约"的美称。"南方纽约"有很多得州第一:第一条电线,第一部电话,第一只电灯,第一张报纸,第一家邮局,第一所医院,第一所教会,第一座孤儿院,第一座歌剧院,第一个移民基地。其中,移民基地不但是得州第一,也是美国第一。那时候,东部刚刚开发,西部还是一片沙地,加尔维斯顿却已是繁城、繁港,是法国、英国、德国、西班牙移民者的首选门户。中国的第一批移民,也是直落加尔维斯顿。

第四有名的事,是加尔维斯顿的灾难。1900年,如花似锦、蒸蒸日上的加尔维斯顿遭受了旷世飓风——加尔维斯顿飓风,6000多人死亡,4000多幢房屋倒塌,整个岛泡在海水中。海水退后,尸横遍地,政府实行了海葬,但海水又把尸体冲了上来,人们只好堆起柴火火葬遇难者,这把火足足烧了五周才熄灭。灾难后,加尔维斯顿成了"鬼城",没人敢来,没人敢住,港口成了空港。之后加尔维斯顿重建,再也恢复不到第一名港的地位,只好转向发展赌博业和旅游业。2008年,加尔维斯顿又遭遇一次超级飓风,严重程度如同1900年的那场,8米高的海浪摧毁了堤坝,淹没了城市,推倒房屋数千,幸亏居民提前逃跑,没造成多少伤亡,但很多人再也不愿回来。海水退后,留下大量残物、垃圾,至今还没清理干净。

第五有名的事,就是海岛风光。两次来自墨西哥湾的飓风打压了加尔维斯顿的港口地位,却抬升了它的旅游地位。加尔维斯顿的海很有名,沙滩很有名,而且全部免费开放,能自由游泳、野营、垂钓。特别是2008年后,重振的海岛在海岸线上筑起长长的堤坝,抵挡墨西哥湾的风暴,取名"Sea Wall",意思是海墙,沿海大道也取名为海墙大道。这道海墙,工艺性和安全性号称世界第一。海墙造好后,岛上的豪华宾馆、度假村、度假公园、度假别墅如雨后春笋般冒了出来。

于是,世界各地的游人纷至沓来,看海,看船,看沙滩,看海墙,看街,看房子。所有飓风后幸存下来的建筑,哪怕是残垣断壁,都成了岛上名胜。

加尔维斯顿飓风多,说来就来,每天都有遭灾的可能,但游客却天天爆满,有增无减,别墅越盖越多,为什么呢?因为加尔维斯顿漂亮,也因为人们上岛后,除了玩、吃、看,还能听,听海盗的故事,听暴发户故事,听移民故事,听飓风故事,这样的故事很有刺激性,很有冒险感。就是这样,越危险的地方,大家越是想要冒险。

听完加尔维斯顿的故事,我妈说:"加尔维斯顿这么危险呀!"我以为她下一句会说"我们还是别去了吧",没想到老妈说:"有意思,不能错过,我一定要去看看。就是要辛苦我女婿了!"

秋说:"当然要去,万一再来一次大飓风,彻底把岛毁了,我们就再也没机会去了!"

于是,春游去加尔维斯顿的事一锤定音。

去加尔维斯顿的前一天晚上刮了一夜北风,气温从 30℃ 降到 10℃。早上起来寒气逼人,但阳光明媚,天空湛蓝无边,依然是出游的好天气。

上午九点,我们出发,一路向东走。我们要去的加尔维斯顿在得州东部,背靠休斯敦及美国宇航中心,面朝墨西哥湾。路上的风光和我们去维多利亚时差不多,一望无际的平原,看得开,看得远,很长时间,视线里只有花草地、天空、地平线,还有金色阳光。

两小时后,我们进入加尔维斯顿区域,辽阔平原变成了辽阔湿地。湿地上湖泊连着湖泊,水反射着阳光,倒映着蓝天,像一幅很美的油画。这些湖泊原来都是海,水是咸的,有很多海洋鱼虾,所以加尔维斯顿渔业很发达;还因为沙地多,棉花产量也很高,美国第一。

越向东,湿地面积越大,大到水天一色。这时,我们看到了海,海上有座大桥。我们上桥后,就看到了岛,看到了椰树林,看到了吊脚楼。吊脚楼密密麻麻,红红黄黄,像一片彩色积木。这个岛,就是我们的目的地加尔维斯顿。

我们在桥上行驶时,隔着海面,看到对面有一片建筑,五彩缤纷。最惹眼的,是一组蓝色的塔形建筑,在阳光下烁烁发光。这些建筑周围有高高的椰子树,有弯弯的小河,还有闪光的湖泊。

菲里普说:"那片蓝色建筑就是穆迪的家,现在是博物馆。"

我妈惊讶地说:"他的家真大,能做博物馆!"

菲里普说:"这才是一半,还有一半在另一面,现在做了海洋馆!"

秋说:"他的房子很牢嘛,两次飓风都没倒!"

菲里普说:"有钱人的房子都很牢,两次飓风中倒掉的都是普通平民的房子。"

几分钟后,我们过了跨海大桥,进入海岛。迎面第一条街叫百老汇(Broadway),这条街穿过海岛中心,到头就是海。百老汇街是加尔维斯顿的主街,主街两边就是那些大名鼎鼎的建筑。有气势磅礴的红砖楼,有气宇轩昂的圣心教堂,有气势恢宏的海盗宫殿,有气派华丽的穆迪别墅。这些建筑,我妈和秋在电脑上都看过了,但她们还是惊叹不已。看图片和看实物感觉很不一样,前者是死的,后者是活的,能让人感受到鲜活的生命。

百老汇街南面是一些民居,也都是上百年的建筑。有的是尖顶红楼,有的是雕栏白楼,前后都有小花园。这些老房子都是飓风中的幸存者。当然,这些房子虽然没有倒,却都留下了飓风的印迹——水痕。水痕有七八米高,这个高度,就是当年洪水的高度。

飓风中幸存的房子排列很稀疏,之间有很多留白,还有断墙。留白处,断墙处,就是倒房的遗址。房子倒了,地还在,地上生出了花草,有红的印第安刷子,粉的奶杯花,蓝的蓝帽子花。这些得州名花开放在荒地上,掩盖住了昔日凄凉,也让人们看到了希望。也许有一天,原主人的后代会回到这里,再造起一幢小楼,沿续前辈的海岛生活。

百老汇街的北面是主城区,有很多名楼、名馆、名街、名店,有穿城而过的小火车、电车,有水路两用的鸭子车,它们彼此交织,织起了加尔维斯顿今日的繁荣。北面到头是码头,水边停了两艘豪华游轮,造型就像巨鲸,有一艘向天空腾起"大尾巴",游轮上飘扬着巴哈马国旗。美国港口的游轮为什么挂外国国旗呢?一是为了逃税,二是为了赌博。美国法律规定,轮船上不许赌博,但上了这艘挂外国国旗的游轮,一出美国海域,赌吧,没人管。所以游轮生意非常火,火得一塌糊涂。

游轮边上有好几艘石油工程船,上面横七竖八都是管道、井架、机器。菲里普停下车告诉我们,他父亲鲍伯曾经在这里上班。鲍伯曾是石油勘探工程师,负责勘探岩石结构,然后画出爆破图。这个工作很辛苦,每三周才回家一次。父亲每次回家,都为安妮带回很多钱、很多礼物,安妮很高兴。但菲里普最怕父亲回家,因为安妮会把他三周里做的坏事一件件记在纸上,父亲看一件,打一棒。菲里普的屁股,父亲一回来就"开花"。

听菲里普说到这儿,我妈说:"这事我知道,林在书里写过!"

秋说:"你还和杰夫打架,打破了窗子,打工赚钱修!"

菲里笑着说:"哈哈,原来我没任何秘密了!"

我们离开码头后,菲里普车头一拐,拐进了一个停车场。他说:"这里有条步行街,是有名的古董街,我们去逛逛吧,说不定能发现什么宝贝。"

于是,我们下车,跟着菲里普逛古董街。

这条古董街没有高楼大厦,没有好看的房子,都是很简陋的小店。但别看不起这些小店,小店门上一律堂堂正正挂着"AN-TIQUE"的牌子,就是"古董店"的意思。这样的牌子是不能乱挂的,需要政府批准,卖真古董才能挂。什么叫真古董呢?我前面写过了,超过二十五年的东西,都是真古董。

这条小街很有名,淘宝的人来自世界各地。但这些古董店在我们三娘眼里,实在就是破烂店。比如说,有一家店门外堆着破床板、破窗框、破自行车,还有颤颤巍巍的铜门、铁门,倒下来会压死人。但就是奇怪,津津有味地看这些"傻大个"的人还真不少,有人还当场掏钱,把一扇破门板扛走。

我妈嘀咕:"破自行车嘛,当古董买回家,修修还能骑。这破门干什么用?晒霉干菜?"

古董店门口这样,里面就不用说了,"古董"满架、满桌、满地,连墙上都挂满了。都是些什么古董呢?是旧工具、旧厨具、旧家具、旧电器……这些"古董"如果放在中国,多半会被直接送到垃圾处理站。

不过,看着看着,我们慢慢看出名堂了,这些旧东西、破东西,不管是不是古董,都很值钱,都很抢手。比如旧红绿灯,100美元一只;旧电话机,200美元一只;旧马桶,250美元一只;旧剃头椅,500美元一只;旧游戏机,最便宜800,最贵卖3000!重要的是,很多东西菲里普都有,比如游戏机,菲里普就有11台!

我们三娘边看边做加法,看了几家店后,结果出来了。菲里普的收藏,只要拿小小一部分,就能卖四五万美元!

我妈对女婿说:"菲里普,你真有眼光,你的收藏都值钱!"

秋说:"菲里普,没想到,你是个隐形富翁呀!"

我说:"亲爱的,原来我傍了个大款呀!"

秋说:"不叫大款,叫高富帅!"

"高富帅"被我们夸得飘飘然,得意地说:"我早说过,我的收藏不是破烂,是古董! 林就是不信。现在相信了吧? 看看,都是钱!"

我便口齿伶俐地动员菲里普:"亲爱的,那就都卖了吧!"

菲里普摇摇头说:"不、不,还太早,再放一百年!"

我说:"那还是放五百年吧!"

菲里普说:"亲爱的,我知道你喜欢古董。我们好好看看,再买几件回去!"

一听这话,我腿软了。他真是听不出来,我是要卖古董,不是买古董。我们家乱七八糟的古董够多了,得赶快变成钱,滚动起来,那才叫财源滚滚。

又逛了几家店,菲里普发现了一件东西:一只中国木桶,上面有中国方块字。菲里普很激动,连声说:"甜心们,快看看这桶是哪一年的?"捧着木桶请我们三娘鉴定。

三个甜心凑上去,认真看,仔细瞧。桶上方、下方,梯形,大约50公分高,一面刻着"德井堂"三个隶书字,一面刻着年份,年份第一个字看不清,第二个字是个"巳"字。光凭一个"巳",怎么看得出年份啊!

我妈是"老先生",她说:"从字体上看,这只桶应该是三四十年代的,我是1934年生的,甲戌年。十天干,十二地支,六十年一甲子,你们可以推算一下……"我一听,马上向厕所跑。等我从厕所回来,秋也不见了,只有我妈一个人在翻眼睛。等我们再次集合,我妈宣布:"这只桶的年份,可能是乙巳年,可能是辛巳年,也可能是丁巳年……最有可能是辛巳年,1941 年!"

我和秋一起喊:"老妈,你太强了!"

我妈说:"算年代不难呀,天干地支会背就行,甲乙丙丁戊已庚辛壬癸,子丑寅卯辰巳午未申酉戌亥……记住了吗?"

我和秋一起说:"没记住!"

菲里普呢,一听丈母娘说这是一只 1941 年的中国桶,七十多年的古董,马上满脸飞红:"今天真是没白来,没白来! 妈妈,这只桶是做什么用的?"

丈母娘说:"像米桶!"

我说:"米桶怎么没盖? 会不会是尿桶呀?"

秋捂起鼻子说:"尿桶更应该有盖!"

菲里普说:"亲爱的甜甜圈们,管它是什么桶,1941 年的桶就是大古董!"他马上掏钱包,老板笑眯眯收了 80 美元。80 美元!有多少个大汉堡好吃呀! 不过买了这只桶,我们还是很高兴,因为看到菲里普高兴。他这么辛苦带我们出来玩,我们心里很有歉意,现在他这么高兴,高兴得像拣了只金桶,我们就心安了,觉得不亏欠他了。

后来,这只桶拿回家后,先当装饰品,再当米桶,再当饮料桶,再当狗粮桶,最后……成了猫出恭的地方。我一气之下,把桶请到了菲里普的 shop。

话说回来,我们逛完古董街,时间已到了中午,我们赶紧上车,赶去看海。从百老汇大街一直向东开到头,就是著名的海墙大道。一上海墙大道,就看到了大海。蓝天下,蔚蓝的海水翻动着白浪,一层层卷向沙滩,然后悠然退回去。成群海鸥在沙滩上空飞行,发出尖锐的叫声。

我妈开心地说："大海，太美了！"

我说："我要去沙滩！"

秋说："我要去玩水！"

菲里普说了声"OK"，找地方停车。长长的海墙大道两边可以随便停车，不收费，但今天是周六，大道上停满了车，最多的是房车，排在一起像一堵城墙。我们开了几百米才看到空隙，赶紧占位。我们一下车，秋就跑下堤坝直冲海边，急得我妈抱着大衣喊："多穿点！冷啊！"秋哪里听，跑得更快了。

我追上秋时，秋已经到了海边，第一个动作就是脱鞋和袜子。只听见我妈又在后面喊："别光脚！冷啊！"

我听话没脱。秋哪里听，光着脚踩进海水，冻得直跳，转过身向我们做鬼脸。我穿着靴子不敢碰水，秋过来一把拉住我的手，说："老妹，我们跳舞！"

秋拉着我开始乱跳，芭蕾舞、交谊舞、扭秧歌，一样样跳过来，实在没名堂跳了，就跳忠字舞。什么是忠字舞？就是昂首、挺胸、咬牙、瞪眼、挥胳膊、踢大腿、跺双脚、浑身哆嗦一下，来个高大全的亮相。这忠字舞，我们小时候看大人跳过，很带劲，也很容易学。

我们跳舞时，海浪一次次拍过来，把我们的裤子打湿了，我的靴子进了水，进了沙。但我们还在跳，边跳边笑。其实我们跳舞的样子一点都不好看，浪打来，风吹来，脚下的沙一直在动，我们根本站不稳，不像跳舞，倒像抽筋。

我妈冲着我们喊："好啦好啦，冻出毛病了！停！"

我喊："不是我不肯停，是老姐不肯停！"

秋说:"不是我不肯停,是脚不肯停!"

菲里普一边拍照,一边说:"别停别停,跳吧跳吧! 好看!"

我和秋手拉手在海水里继续乱蹦乱跳。就在这时,空中传来尖叫声,几只大鸟向我们飞来。我喊了声"海鸥来了!"抛下秋,向我们的车跑。

等我跑回来,手上多了一包饼干。我往空中扔饼干,海鸥马上俯冲下来抢。我妈和秋一看,也跑过来一起扔饼干。饼干引来了成群的海鸥,"呼呼呼"在我们头上盘旋,我们头上的天成了海鸥天。有几只特别大胆的飞得很低,几乎就在我们眼前,我们能看到它们雪白的大肚子,灰色的大翅膀,黝黑的尖嘴巴,还有一对灰色的快乐的眼睛。

秋第一次和海鸥玩,开心得一塌糊涂。先是原地起跳,双手往空中抛饼干,然后把饼干捏在手上,光着脚丫在沙地上跑,海鸥就围着她飞。秋没跑几步,手上的饼干就没了。她回转身,向我大叫:"老妹! 弹药!"我马上给她送"弹药"。

我妈开心的程度一点儿不亚于秋。她一边扔饼干,一边笑,还和海鸥说话:"来来来,到外婆这里来!"她把饼干扔出去,手上的包、衣服、围巾也一样样扔掉了,她女婿跟在丈母娘后面捡,一件件全抱在怀里,手上还有秋的鞋子、袜子。

我们玩成这样,一点也不想停下来,因为我们身体里的小孩跑出来了。我在一本书里写过,每个人身体里都藏着一个小孩,这个小孩,当你想做大人时,就躲着不出来,当你想做小孩时,他就出来了;他会捣蛋,他会玩,他会忘乎所以。这时候的你,是真正的你。没错,真正的你不是一个大人,而是一个小孩。

饼干终于喂光了,我们的手上空了,海鸥们见没东西吃,就飞向了另一片人群。那片人群开始轰动,也往空中抛东西。那边的天,也变成了海鸥天。

秋失望地说:"早知道带一箱饼干来!"

菲里普笑着说:"这些海鸥都被宠坏了,一个个这么肥!"

我妈说:"海鸥就是这样,懒惰,靠讨食过日子。海燕就不一样了,海燕自己捉鱼吃。"

我说:"后来人们闹饥荒,海鸥讨不到食了,都饿死了。只有勤劳的海燕依然活着,因为它们会劳动,会捉鱼。妈,这是我小时候,你讲给我们听的故事。"

秋问:"有吗?我怎么不记得?"

我说:"有啊,妈一有空,就给我们讲故事的。还有个故事,说从前有个结巴,他妈妈让他去买菜,回来后问他买了什么,他说不清楚,就唱……"

秋一听,马上说:"我记得、我记得,结巴唱——点点点点豆芽菜,长的萝卜圆的蛋,头发蓬松是咸菜,一塌糊涂……"

我凑上一起唱:"是酱油!"

我妈哈哈大笑,她说:"你们唱的词对,调不对,要用京腔。"我妈吊起嗓子唱:"点点点点豆芽菜,长地萝卜圆地蛋,头发蓬松是咸菜,一塌糊涂——是酱油!"

我和秋,包括菲里普,一起笑翻。我妈那京腔,可一点儿不比戏曲演员差!

这时,海面划过一只海燕,它果然不像海鸥,没过来讨食,像闪电一样消失在白浪之上。我开始背书:"在苍茫大海上,狂风卷着乌云。在乌云和大海之间,海燕像黑色的闪电,在高傲地飞翔……暴风雨,暴风雨就要来啦!"

秋说:"我也会背——'让暴风雨来得更猛烈些吧'!"

我妈笑着说:"高尔基的《海燕》,中国人都会背。"

菲里普好奇地问:"高尔基是谁?"

我说:"苏联作家。"

菲里普便嘀咕了一声:"美国可不喜欢苏联!"

我们在沙滩上玩够,时间已经是下午一点了。菲里普说:"边上有一家纪念品店,甜心们要不要去看看?"

我们三娘一起说:"要!"

秋马上穿鞋,我马上脱鞋,因为我的鞋已经湿得不能穿了。早知道会在水里跳舞,我也应该像秋一样脱鞋。脱了鞋,我只好光着大脚板,走进了纪念品店。

这家纪念品店,台阶上有只大贝壳,门上也有只大贝壳,走进去一看,里面卖的东西大部分都是贝壳。贝壳无论是色、形、韵,都像诗、像画、像梦,很唯美;我妈和秋也是喜好唯美的人,看见满屋的贝壳,顿时喜上眉梢。菲里普说:"妈妈,秋,慢慢挑,挑好了都交给我……"话没说完,我妈接上了:"好的、好的。不过话说在前面,AA 制!"我妈"刷"地亮出了 AA 制这把剑。

我妈和秋开始欣赏贝壳、挑选贝壳。我轻声对菲里普说:"这可怎么办? 我正想买几件礼物送给她们,但妈妈说 AA 制。"

菲里普轻声对我说:"这好办,你跟在她们后面看,把她们喜欢的东西买下来!"

于是,我就像个特务紧紧跟在她们后面。我妈选了一只贝壳花瓶、一只贝壳相框、一只贝壳挂件,还选了一大堆奇形怪状的散贝。秋选了一只贝壳相框、一只贝壳首饰盒、一只贝壳烟灰缸,也选了一大堆奇形怪状的散贝。一圈下来,她们的购物篮满了。这时,她们看到了风铃,几十串风铃串着美丽的贝壳,风铃顶上是半个椰子壳,很有海岛风味,而且很便宜,20美元可以买很大一串。

我妈手里拎着一串风铃,上面全是小海螺。她说:"海螺能听海,这串海螺能听很多海。我带回去每天听,就再也忘不了加尔维斯顿了!"

秋也拎了一串风铃,上面全是雪白的蛤蜊壳。她说:"这串太漂亮了,但就怕飞机上被磕破!"

最后,她们都放弃了风铃,怕风铃磕破,也怕行李箱塞不下。她们一离开,我马上把她们拎过的风铃放进了购物篮,偷偷跑去交给菲里普,菲里普付了钱藏到车上。

从纪念品店出来,我们又到沙滩玩,海鸥又飞来了。这回,我们向它们扔葡萄干,它们的眼神可准了,小小葡萄干一口咬住,没半点差错。扔光了葡萄干,我们才回到车里,沿着海墙大道向西找地方吃饭。

我们走了很久,才看到一家汉堡店,四个人一致同意吃汉堡。于是我们进了汉堡店,每人要了一份汉堡套餐。平时,我妈和秋一看见汉堡就会喊饱,今天却吃得很香,连薯条都吃得一根不剩。这就是玩的好处,她们在海滩上玩饿了。

汉堡店边上有一家很小的海产店,我们吃好汉堡就去逛海产店。店里站着一个高大魁梧的"红脖子"。"红脖子"是得州好男人的昵称。"红脖子"看见我们,微笑着说:"下午好!"

我们连忙喊"下午好",一起看向冰柜。冰柜里躺了五条多宝鱼,每条有芭蕉扇那么大。我先叫了起来:"哇!这么大的多宝鱼!""红脖子"见我这么激动,就说:"很新鲜的,昨天半夜叉来的!"

我奇怪地问:"多宝鱼不是钓的,是叉的?"

"红脖子"说,多宝鱼喜欢躺在水底,用钓钩很难钓,他都是在半夜里,去水浅的地方用灯照,看见了就用鱼叉捉。但按法律,只能叉两磅以上的,而且一次只能叉五条,所以他每晚去叉五条。

我妈说:"林,我知道你喜欢吃多宝鱼,这条最大的我买下,当我们今天的晚餐!"

秋一听挡住老妈,说:"这条多宝鱼我买,我做红烧多宝鱼给你们吃。"

我挡住秋,说:"是我先看到的,当然我来买!"

见我们推推搡搡的样子,"红脖子"很惊讶,菲里普马上解释:"她们不是吵架,是争着付钱!"

秋笑了:"我们别争了,人家以为我们在吵架!"

我妈说:"不是吵架,是打架!"

最后,秋买下那条多宝鱼,5磅重,18美元。

我们买下多宝鱼后,"红脖子"送了我们一只箱、一包冰。他说我们路远,得多用些冰。得州"红脖子"不但勤劳,还很淳朴热情。

我们上车后继续向西,开到头就看到了大桥。跨过这座大桥,我们今天的海岛行就结束了。但菲里普却没把车开上桥,他说:"带你们最后看看海!"便开着车往桥下钻。

桥下布满了大大小小的石头,我们的车开得很颠簸。开到一个大桥墩下,实在过不去了,前面就是海。这时太阳已偏西,海面上波光粼粼,像无数快乐的眼睛。很多海鸥在飞翔。我们一下车,海鸥就飞向我们讨东西吃。海鸥是"吃货",知道有人就有的吃。

海鸥在我们头上盘旋,我们能看见它们期待的目光。我和秋又忍不住了,到车上找东西,找到一包薯片,刚拿出来,菲里普就扑过来抢:"这是我的薯片!"我一把抱住菲里普,秋拿着薯片就跑,边跑边扔,海鸥们扑下来抢食,远处的海鸥也闻声赶来,于是,我们头上的天又变成了海鸥天。

正玩得开心,我妈叫了一声:"有熊!"

我妈一声"有熊",吓得我和秋马上停手。转身看,桥墩下一堆石头后面,果然有两张熊脸。我说:"妈,别怕,这是浣熊!"话音刚落,浣熊边上又露出五张小脸,灰斑纹。我有点慌张地说:"妈呀,这好像是豹猫!"豹猫是豹的一种,长得像猫,很凶,经常到我家院子里抢鸡吃。

菲里普说:"别怕,不是豹猫,是野猫!"

菲里普向前走了几步,这些动物竟不怕,反而都露出了身体。两只浣熊长得眉清目秀,毛发油亮。五只猫全是灰斑纹,也是毛发油亮。菲里普对我们说:"它们不怕人,还这么胖,应该是有人养的。"

我妈说:"我第一次看到浣熊,这么漂亮!"

秋说:"猫也漂亮!"

这时,开过来一辆白色皮卡,从车上下来一个男人,七十岁左右。他一出现,浣熊和猫都向他跑去。男人开了几只罐头,分给它们,还在一只大盆里倒满清水。

菲里普上前打招呼:"你好,我叫菲里普。"

那人笑笑说:"我叫约翰,下午好。"

菲里普说:"我一看就知道,这些小动物是有人养的。"

约翰说:"是的,我和邻居们一起喂它们。今天轮到我。"

菲里普问:"养几年了?"

约翰说:"浣熊一年,猫五年了。"

我插话:"约翰,为什么不带回家养呢?"

约翰说:"这里就是它们的家呀,它们喜欢这里。"

我问:"它们有名字吗?"

约翰说:"当然有了!"他哇啦哇啦喊了一串名字,都很长,我根本记不住。不过这些动物知道自己的名字,都跑到约翰身边,约翰弯下腰摸了摸它们的头。

约翰一直等浣熊和猫吃饱,他才离开。我们把多出来的薯片,还有车上所有能吃的东西,全给了浣熊和猫。浣熊有点害羞,不让我们接近,但五只猫很大方,让我们摸。

我妈说:"这些可爱的小动物如果没人管,真是太可怜了。"

秋说:"它们运气好,碰到了这么多好心人。"

我说:"妈,我记得你不喜欢动物的。"

我妈说:"现在想法不一样了。我到你家后,每天观察你的小动物,它们很有灵性。公鸡总是把好吃的让给母鸡;母鸭子走散了,公鸭子会出去找,然后把它带回家……动物们知道互相关心,在很多方面,人不如动物。"

我们上车时,两只浣熊、五只猫蹲在大石头上,目不转睛地看我们。我们的车开动了,它们还在看。我们很难知道它们在想什么,但有一点很清楚,它们喜欢我们,不希望我们离开。

第六章　渔趣

辛迪庄园的甲鱼

我们从加尔维斯顿回来后,气温节节上升。接下来的日子,春风习习,阳光明媚,树更绿了,花更灿了,菲里普开始念经:"该钓鱼了,该钓鱼了。妈妈在美国,一定要去钓鱼!"

一个周四的傍晚,菲里普一吃好晚饭,就坐在客厅地上,摆开摊子弄渔竿,我们三娘围着他看。

丈母娘问:"菲里普,我们真的要去钓鱼?"

女婿说:"当然了,妈妈。明天我休息,我们钓鱼去!"

丈母娘说:"菲里普,你太好了! 明天你还是休息吧,钓鱼的事你不用太认真,我们根本不会钓鱼。"

我说:"妈,菲里普带你们钓鱼,主要是陪你们玩玩,就当春游。"

菲里普一听,很严肃地纠正我:"不,不是玩,不是春游,是钓鱼。妈妈和秋都要钓到鱼。"

我妈笑了:"钓鱼的事,我一窍不通。你们爸爸是高手,他这辈子最大的爱好就是钓鱼,一天不钓想得慌,鱼是他的'大情人'。我呢,这辈子只钓过一次鱼,就是去年安妮去杭州,我陪她钓了一天,一条也没钓到。不过那天你们爸爸也没钓到。"

女婿说:"妈妈,你一定会在美国钓到鱼的!"

秋说:"妈,要是你钓到鱼,老爸肯定嫉妒死了!"

我妈说:"好,我这就给老头打电话,让他嫉妒嫉妒!"

我妈果真给我爸打电话。我爸一接电话,我妈就说:"老头子,我们明天要去钓鱼了,钓大鱼!"我妈用的是免提,于是我们听到了老爸的声音,很洪亮:"你? 你钓鱼? 你会钓鱼? 你知道怎么钓鱼吗?"

秋插话说:"爸,你别问这么多,你想钓鱼的话,马上飞过来!"

我妈说:"就是! 你不来,等我钓到鱼,你别嫉妒!"

"我嫉妒? 我是担心鱼把你们钓了去!告诉菲里普,千万做好安保工作。哈哈!"我爸"哈哈"一声,挂了电话。

我妈说:"这老头已经嫉妒了,我们钓鱼,他没得钓!"

第二天,我们一家人大清早就出发了。

美国有两条河同名,都叫科罗拉多河(Colorado River),一条发源于美国西部科罗拉多的落基山脉,最后注入加州湾;另一条科罗拉多河发源于得州西部,一直东流,穿过奥斯汀、沃顿、贝城,最后注入墨西哥湾,我们今天钓鱼的地方,就在这条科罗拉多河。这条河穿镇而过,是沃顿最大的风景点,政府很重视,沿河造起了儿童公园、烧烤公园、钓鱼平台和游轮码头。

菲里普带我们去的地方是一个小码头,这里河很宽、很深,四周静悄悄,只有一对野鸭在河那边戏水,看见我们并不怕,管自己在水里翻跟头。

　　小码头有个小平台，是船只靠岸方便人们下船的。菲里普在平台上放好三只沙滩椅，请我们三娘坐，然后发钓竿，三娘一人一根，他一人两根。钩子上的鱼饵不是鱼、不是虾，更不是蚯蚓，而是橡胶。我妈的是一只橡胶蝈蝈，秋的是一只橡胶青蛇，我的是一只橡胶蝴蝶；菲里普的两根钓竿，一只吊着橡胶小鱼，一只吊着橡胶小虾。

　　我妈看着她的那只蝈蝈说："我的这只蝈蝈鲜艳美丽，用它钓鱼，叫'施蝈蝈计'！"

　　秋表情疑惑，问菲里普："橡胶……能钓上鱼吗？"

　　菲里普说："当然能了，鱼看见美丽的蝈蝈姑娘，马上扑过来了，妈妈就钓到鱼了。"

　　我妈笑了："好，那我就试试。蝈蝈钓鱼，愿者上钩！"

　　秋摸着她的小青蛇说："好吧，美女蛇钓鱼，愿者上钩！"

　　准备抛线了，菲里普给大家上课。他说，抛线时手指要协调，摁开关的同时把线抛出去，然后慢慢转回来。他说完，做了个示范，"呼"地把线抛出去，一直抛到对岸，把戏水的野鸭吓了一大跳。

　　秋说："菲里普好厉害。你干脆别钓鱼了，钓鸭吧！"

　　我妈说："看来这个动作很重要，我一定要学会！"

　　钓鱼开始了，我妈和秋很聪明，很快就学会了甩线动作。甩出去，转回来，再甩出去，再转回来，我们的蝈蝈呀小蛇呀蝴蝶呀在水里乱跳。

　　秋说："这种美国钓鱼法好玩！"

　　我妈说："我要买一根美国钓鱼竿送给你们爸爸。"

　　秋说："我爸又不会用。"

我妈神气地说:"我教他呀!"

我们三娘一边钓鱼一边聊天,菲里普却在专心钓鱼,表情严肃,目不斜视。

半小时过去了,我们的蝈蝈、青蛇、蝴蝶施尽"美人计",也没把鱼钓上来。我和秋坐不住了,开始频繁换位置,一会儿站到石头上,一会儿站到草坡上。后来,秋干脆脱了鞋和袜,站到水里钓。那些虾米大小的鱼围着她的脚转,她就叫:"有鱼的,有鱼的!"我跑过去,用可乐瓶捉小鱼,秋不捉,她说:"我要把它们的娘钓上来!"我妈和菲里普一样,没动,一直稳坐钓鱼台,还批评我们:"你们俩走来走去,能钓到鱼吗? 小猫钓鱼!"

这样又过了半小时,我和秋还是毫无建树。这时,太阳升高了,晒得我们头皮痛,我和秋躲到了树荫下。我妈还坐在原地,头上罩着件衣服,脸上戴着墨镜口罩,活像个外星人。她对我们说:"你们呀,要向菲里普学习。看看他,雕塑一样一动不动,哪像你们,小猫钓鱼!"我们朝菲里普看,果然,我们这边动静这么大,他岿然不动,一遍遍甩鱼线。我冲着菲里普喊:"亲爱的,看到鱼了吗?"菲里普"嘘"了一声,不说话。

又过了一会儿,还是没有鱼的影子。这时,"老猫"也不专心了,她手握钓竿,眼看天空,感叹道:"你们看啊,今天的天空比哪天都蓝,惊人的美国蓝! 我到了美国啊,最爱的就是美国蓝!"过了一会儿,"老猫"又感叹:"你们看啊,对面的牧场前几天还是黑土地,现在全绿了!"我说:"妈,是玉米长出来了!"秋说:"真漂亮,我们到玉米地拍照片吧!"

这时,"突突突"开来一只小船,船上坐着一个大人一个小孩,大人络腮胡子,小孩细皮嫩肉,只有三四岁。船靠岸后,菲里普上前,帮他们拉绳子。等他们上岸后,菲里普问:"你们好,钓到鱼了吗?"

"络腮胡子"回答:"钓了三条,鲈鱼!"

我一听,头伸过去看。"络腮胡子"笑着对我说:"扔了。"

我说:"啊?为什么扔了啊?鲈鱼可好了!"

他说:"Just for fun!Just for fun!"也就是说,他们钓鱼不是为了吃,是为了玩。

这时,一辆带拖车的皮卡屁股向后倒了过来。车停后,小孩喊了声"妈咪",就向车头跑去。菲里普和"络腮胡子"一起,把船拉到拖车上。"络腮胡子"向我们喊了声"Have fun"便走了。

皮卡开走好久,我们还在心痛。秋说:"实在太可惜了!鲈鱼也扔掉,做葱油鲈鱼多好!"我妈说:"美国人太奇怪,好东西不知道吃!"菲里普说:"他扔了好,我们把它钓回来!走,换个地方试试。"

菲里普带我们去了另一个码头,这个码头边上就是公园,很多家庭在烧烤,但钓鱼的只我们一家。我们又摆开了架势,在葱油鲈鱼的鼓励下专心钓鱼。但太阳越来越高,半条鲈鱼都没看到。

菲里普的脸拉得老长,第一次带丈母娘钓鱼,竟落了个颗粒无收,他心里着急。丈母娘是个细腻的人,看出了女婿的心思,对菲里普说:"今天我太开心了,在风光这么好的地方玩,谢谢菲里普!"

菲里普哭丧着脸说:"妈妈,我们不是来玩的,是来钓鱼的,可是一条都没钓到!"

秋活学活用了一句英语:"Just for fun!Just for fun!"

我突然想到一件事,对大家说:"要不我们去钓甲鱼吧?"

秋说:"钓甲鱼?太好了,反正钓不到鱼!"

我妈说:"要是真能钓到甲鱼,你们爸爸不知道嫉妒成什么样了!"

菲里普一听,高兴地说:"对呀!天热起来了,甲鱼结束冬眠了。我们去钓甲鱼。"说罢,他马上扔了钓鱼竿,给辛迪打电话:"辛迪,我是菲里普,如果方便的话,我们想来钓甲鱼。"

辛迪说:"没问题,过来吧,我等你们!"

老妈和秋都知道,我在《嫁给美国》这本书里写过辛迪,写过她的 Orchard 庄园,也写过她的甲鱼。

于是我们赶紧收竿,回家拿网兜。说是钓甲鱼,其实准确点说,是用网兜网甲鱼。再次上车时,我妈见我怀里抱着面包和鸡蛋,奇怪地问:"林,是用面包和鸡蛋钓甲鱼?"

我说:"用面包钓甲鱼,用鸡蛋钓辛迪!"

我妈问:"辛迪吃本鸡蛋?"

我说:"她本甲鱼不吃,本鸡蛋还是吃的。她是厨师嘛,知道什么蛋好。"

菲里普笑着说:"妈妈,我们每次去,都用鸡蛋换甲鱼,划算吧?"

我妈说:"划算,太划算!不过这事,只可能发生在美国!"

秋怪声怪调吆喝了一句:"鸡毛换糖,鸡蛋换甲鱼喽!"我们都笑了。我们小时候,鸡毛能换糖,可见鸡毛的珍贵;在美国,鸡蛋能换甲鱼,到底是甲鱼珍贵呢,还是鸡蛋珍贵?

十五分钟后,我们到了 Orchard 庄园,就是辛迪的庄园。从大门进去,迎面就是一大片核桃林。我对老妈和秋说,核桃成熟时,辛迪带着家人亲自收,但只收一半,还有一半留在树上。然后辛迪开放庄园,镇上的人都可以过来捡核桃。我和菲里普来捡过两次,其实不是捡,是捧,树下的核桃铺得厚厚的,想要多少有多少,捡到后来我们都不好意思了。但辛迪无所谓,她说,你们不捡,也是烂在地上;拣吧,尽量捡。后来我们捡的核桃吃不光,就拿去卖,1美元一磅,换了百把美元。辛迪如果把地上的核桃都拿去卖,也能换好多钱,为什么她不要呢? 真是太笨了。

我妈和秋听到这儿都笑了,说:"辛迪不是笨,是聪明,这样大家都喜欢她!"

过了核桃林,是辛迪的度假村。她的度假村有四栋小木屋,一间饭店。饭店前面有两个大水塘,水塘对面是辛迪的别墅区,有三幢房子,一幢是辛迪的,一幢是辛迪女儿的,一幢是辛迪母亲的,这一家三代,都是女人当家,我没见过任何男人。别墅后面是辛迪的牧场,有上千亩地,一眼看不到边,只看到成群的牛羊。

我妈惊叹道:"这么大的地方,辛迪管得过来吗?"

我说:"不止呢,她在休斯敦还有三家餐馆。"

秋说:"天呀,她不是要忙死?"

这时,一辆割草机"轰轰轰"开过来,从上面跳下来一个女人,七十来岁,胖墩墩的,脸被太阳晒得红扑扑,牛仔衣上沾满了青草。她向我们喊:"你们好! 你们好!"

我们迎上去,我说:"辛迪,这是我妈惠姬,这是我姐秋。"

辛迪说:"飞机,秋,你们好! 欢迎欢迎! 来、来,拥抱一下!"说完,从我妈开始,一个个拥抱,抱完后,我们身上也沾上了青草。她笑着说:"对不起,我正在劳动呢!"

我妈说:"辛迪,劳动好啊,你看上去又年轻又精神!"

辛迪说:"谢谢,飞机,你也很年轻!"

我妈说:"我八十了!"

辛迪惊讶地说:"八十? 飞机,你开玩笑吧?"

菲里普说:"我妈年轻吧? 因为我妈吃甲鱼,吃甲鱼的人年轻!自从我吃了你的甲鱼后,皮肤变得和婴儿一样了!"他边说边摸脸。

我们都笑了。我妈说:"辛迪,甲鱼是好东西,你应该学会吃,吃了不但皮肤好,还长寿!"

辛迪说:"真的?!"

秋说:"你这里的天然甲鱼最补,抗癌呢!"

辛迪说:"真的?!"

我说:"在中国,这样的野甲鱼很难买到,就算有,一般人也买不起。"

辛迪说:"真的?!"

菲里普说:"辛迪,现在你相信了吧,在美国,穷人吃甲鱼;在中国,富人吃甲鱼!"

这回辛迪没说"真的",她说:"好吧,朋友们,我的甲鱼你们尽量逮,如果甲鱼不肯出来,你们就叫,一叫就出来。"

我连忙问:"怎么叫?"

辛迪把手放在嘴边做成喇叭状,开叫:"偷儿偷! 偷儿偷!"

秋问我:"什么是偷儿偷?"

我说:"'偷儿偷'就是甲鱼的英文。"

于是秋跟着辛迪叫:"偷儿偷! 偷儿偷!"

果然很灵,从水塘那一边浮出几只头。辛迪说:"来了来了!

好,你们玩,我继续割草!"

我递上一盒鸡蛋:"辛迪,这是给你的。"

她接过来打开,看到了白、棕、绿、蓝四种不同色的蛋,高兴地说:"真漂亮!这样的蛋,做蛋糕最好了。谢谢林!祝你们好运!飞机,秋,再见!"

辛迪开着割草机走了。看着她的背影,我说:"你们看见了吧,我书上没夸张吧,这么有钱的人,自己开着割草机割草!"秋说:"她哪像富婆,你不介绍,我还以为是扫地大妈呢!"我妈说:"钱不会从天上掉下来,富人的钱也是劳动得来的。"

我和秋一听,马上劳动,开口叫:"偷儿偷! 偷儿偷!"

"偷儿偷"们向我们慢慢游过来,我赶紧扔面包,我妈、秋、菲里普手里各握一只网兜,目不转睛地盯着水面。"偷儿偷"们却很精怪,在离我们五六米的地方停住不动了,我把面包扔过去,"呼"地窜过来几条大鱼,都是十多磅重的大鲶鱼、大草鱼,它们"哗哗哗"几口把面包吞了。

我继续扔面包引甲鱼,但面包都被动作灵敏的大鱼吃掉,我们很懊恼,甲鱼也很懊恼,它们眼睁睁看着鱼抢吃美食。不过一会儿,我刚扔下面包,一只甲鱼比鱼速度更快,冲过来一口抢下面包,说时迟那时快,菲里普的网兜落下去,一下子把它兜了上来。它有五六磅左右,我们高兴得乱叫。最开心的当然是菲里普,他说:"好了好了,有这只甲鱼垫底,我不担心了。晚上有甲鱼吃了!"

我继续叫"偷儿偷"、扔面包,我一定要让老妈和秋亲手逮一只。但事情没那么容易,菲里普逮了一只,甲鱼们见势不妙,全一下跑散了。不管我们怎么叫,它们沉在水底,打死也不上来。

我妈说:"反正有了一只,够了吧。"

秋说:"不,不够,我一定要亲手逮一只!"说完,她拿了面包,挥着网兜,向另一个水塘跑,一边扔面包,一边叫:"偷儿偷! 偷儿偷! 出来呀偷儿偷!"

我妈说:"再叫也没用,甲鱼知道我们是中国人!"

我也没信心了,一屁股坐到草地上,吃喂甲鱼的面包。

就在这时,听见秋狂叫:"有了有了有了!"我跑过去想帮她的忙,但她已经一网兜下去,只听"咔"一声,网兜杆子断了,秋一把拎住网兜,举起来一看,果真有一只甲鱼,但很小,小得像只吃饭的碗。不过秋依然开心得失控,又蹦又跳:"哈哈! 钓到了!"

菲里普向秋伸大拇指:"Good job! Good job!"

秋说:"对不起,我太激动了,把网兜弄断了!"

我妈说:"这下好收工了吧? 我们有两只,有一锅了!"

菲里普说:"不行,妈妈也要逮一只!"

秋说:"对,老妈,你一定要尝尝逮甲鱼的滋味,太爽了!"

于是,我们加油叫"偷儿偷",加油扔面包。终于,一些甲鱼放松了警惕,又浮了上来,和鱼一起抢面包。我慢慢往近处扔,果然有一只甲鱼中计,慢慢跟了过来。我越扔越近,我们四个人屏息凝神。这是只大家伙,我小声说:"妈,你准备好,网兜放进水里……"

我妈蹲下身子,把网兜放进水里。我继续扔面包引诱,那只甲鱼张着大嘴巴沉迷于面包,完全忘记了敌人的存在,就在它吞掉最后一块面包时,老妈一把将它兜入网中,用力往上拎,没拎动,人不禁向前倾去,菲里普一把拉住我妈,这才把甲鱼拎了上来。大家定神一看,这只甲鱼有脸盆这么大,至少有 15 磅!

我妈拎着这只超级甲鱼,乐得满脸通红,哈哈大笑,她说:"这么大! 差点把我拽下去!"

秋说:"妈,你真厉害,今天你是冠军!"

菲里普拿着相机对我们喊:"女孩们站好,拍照拍照!"

我们三个每人拎一只甲鱼,摆好姿势,"一! 二! 三!"菲里普用中文喊,"咔嚓"拍下了。照片上,三娘笑靥如花。这张照片,完全可以放进我家的大事记,名字就叫"老妈 vs 甲鱼"!

回家的路上,我和秋一直在唱:"日落西山红霞归,战士打靶把营归把营归……"我妈一直在笑,沉浸在快乐中。我知道,她快乐,是因为逮到了甲鱼,更是因为和我们在一起,和我们在一起做什么事都好,做什么事都甜,这就是她快乐的源泉。

我们到家后,菲里普正要动手杀甲鱼,他公司的电话来了,请他马上去加班。菲里普对我们说,他先去加班,甲鱼等他回来再杀,便开车走了。

菲里普走后,我妈说:"菲里普够辛苦的,我们别等他,我们三个动手杀甲鱼吧。"我和秋一听,马上行动。秋去烧水,我去菲里普的 shop 找工具。我找来的工具是一块木板、一根木棍、一把锥子、一把尖刀、一把斧头、一把大锤,我把它们一样样摆到草地上,我妈和秋见了,好奇地问:"林,杀甲鱼要动用斧头和大锤?"

我说:"是呀,菲里普杀甲鱼时就用这些。"

我妈说:"不用不用,甲鱼我杀得多了,一把剪刀就够了。"

秋说:"老妈,一会儿你当指挥官,我和林当杀手!"

我问"指挥官":"妈,杀哪只?"

"指挥官"高声说:"当然杀我的那只! 先称一称,看看我那只甲鱼到底多重!"

　　我拿来一只秤,先称我自己,我 100 磅,然后我双手捧住甲鱼和它一起称,一共 120 磅,看来这只甲鱼有 20 磅。我妈瞪大眼睛说:"天呀,20 磅! 这是一只甲鱼老爷!"

　　准备动手了。我们把甲鱼拿到外面,平放到木板上,谁知刚一松手,它一下子窜出去,撒开四脚向树林跑去。我和秋也撒开腿拼命追,这只 20 磅的甲鱼要是跑掉了,我们会追悔好一阵。追上甲鱼后,我和秋各伸一只脚,把甲鱼牢牢踩住,甲鱼的身体不动了,但头和脚还在动,随时准备逃跑。我和秋面面相觑,下一步呢?

　　我妈跑过来指挥我们:"把它翻过来,肚子朝天!"

　　于是,我和秋一起"哗"一下把甲鱼翻了个身,手刚松开,它脖子撑地,"噌"地又翻回来,撒腿就要跑,秋动作快,又一下子踩住。我妈说:"看来,这只甲鱼力气大、筋骨好呢!"

　　我把木板、工具都搬过来,和秋一起把甲鱼又翻了个身,放到木板上,秋踩住,还加上了一根木棒。我说:"菲里普每次杀甲鱼,都是先用锥子把它的脖子固定住。"

　　我妈说:"好,让它翻,翻到一半时,用锥子!"

　　于是,秋脚一松,甲鱼翻身时,我一锥子下去顶住了它的脖子,我妈用尖刀划破它的脖子,一下子把甲鱼放了血,甲鱼四脚一蹬,归天了。

　　然后我妈用剪刀剖甲鱼肚子,但根本没用,它的肚子硬得像石头。我妈说:"这么老的甲鱼,我还是第一次碰到!"我说:"不怕,我们有斧子、大锤! 为平,你把斧子架好,我抡大锤!"秋架好斧子,说:"你眼睛看牢,别砸了我!"说完握住斧子,眼睛闭上,她不敢看我抡大锤。

我开始抡大锤,当然很小心,宁可砸着自己也不能砸着姐姐。几分钟后,斧子和大锤总算把甲鱼的肚子剖开了。我们掏出它的肚肠,放进开水里泡,去皮、清洗。但准备放进砂锅时,我们又傻眼了,这家伙的腿有鸡大腿这么粗,半个身子进了砂锅,半个身子还在外面。我妈一看,当机立断:"砍成块,用两只砂锅炖!"

砍甲鱼时,我和秋又动用了斧子和大锤。这回,我握斧子,秋抡大锤,她边抡边说:"老妹,你别怕,我上过山下过乡,扛过锄头扛过耙!"这"师傅"果然不是吹牛,几下子,就把20磅的甲鱼解了体、砍了块,不多不少,正好两砂锅。

杀甲鱼战斗结束,我们三娘都累得汗流满面。我和秋的样子很可怕,鼻子、嘴巴上都沾了甲鱼的血和肉。我妈说:"甲鱼不会从天上掉下来,甲鱼也不会自己跑进砂锅,不劳动,哪来甲鱼吃!所以,劳动者是最美丽的!"

我说:"就是甲鱼有点可怜,我有点想哭啊。"

秋说:"鳄鱼的眼泪!"

甲鱼炖好了,香气飘满屋。菲里普下班回来,我们的甲鱼宴开始了。我一口吞下一块裙边,鳄鱼的眼泪就止住了。天啊,太美味了,美味得一塌糊涂,无与伦比!就像我妈说的,甲鱼肉是最美丽的!

嗯?我妈是这么说的吗?

科罗拉多的小鲈鱼

我们刚把三只甲鱼吃完,添儿回家过春假了。他一到家,我妈就说:"添啊,你不早点回来,我们把甲鱼都吃光了!"添儿说:"没关系,我吃过好几只了。外婆,我们去钓鱼吧!"我妈说:"添啊,外婆就盼着这一天,和你一起钓鱼!"

添儿只有一周的假,他回来的第三天,菲里普特意休假,带我们去钓鱼。这次钓鱼要动用船。

这天清早,一家人就忙开了,我们三娘在里面忙,煮茶叶蛋,做三明治,做沙拉,准备当天的午饭。菲里普和添儿在外面忙,测试船的发动机,测试船的仪表盘,然后把拖车接到皮卡上,把船从船库拖了出来。

船被拖出来后,横在了窗前,我妈惊讶地说:"这船原来这么大!"

秋说:"这是二手的吗?看上去很新呀。"

我给她们讲故事。有一年圣诞节前,菲里普问我:"亲爱的,今年生日、圣诞节想要什么?"我生日和圣诞节是同一天。我说:"生日呢,我想要小手枪,小点的! 圣诞节呢,想要钓鱼船,大点的!"我们原来有条小船,四人座,因为太小,每次钓到鱼我们一激动,船就要翻,我很害怕。河里有鳄鱼,翻船的话,我只会闷游,不会抬头游,正好让鳄鱼闷吃。

这年圣诞节到了,菲里普送我的生日礼物果然是一把枪,但不是小手枪,是步枪。他说长枪安全,短枪危险,一慌把枪拿倒就惨了。圣诞礼物呢,果然是一条船,很大,英语叫 pontoon boat,意思是浮力船,75 马力,15 米长,2 米高,有驾驶座、长沙发、小茶几、转椅,能坐 12 个人。最好的是,这条船有地毯、有厕所,可以当游轮,也可以当钓船,很舒服。当然,这是一条二手船,只要 4000 美元。新船要 30000 美元,我们买不起。

后来,勤劳的菲里普对船进行了改造,换掉了旧椅子,换掉了旧马桶,修好了音响,修好了小鱼泵,还装了六只钓鱼架、一只折叠式太阳篷。我最喜欢这只太阳篷,撑开来能遮住半条船,从此钓鱼不用晒太阳。我一高兴,马上做主,把我们的小船当生日礼物送给了大女儿伊丽莎白,伊丽莎白拿到船,千恩万谢,说她正想要一只船,船就来了。但奇怪的事发生了,我们自从有了大船,再没钓到过鱼。以前用小船,从没失手,最多一次钓了 30 多条!

说到这儿,我说:"妈,为平,今天钓不钓得到鱼,看你们的手气啦!"

秋说:"林,你放心,我的手气是天下最差的!"

我妈说:"钓鱼呢,主要是玩,家人一起玩,钓不到也高兴!"

菲里普正好进门,听了丈母娘的话,马上说:"妈妈,不是玩,是钓鱼! 今天一定要钓到鱼! 钓不到,我会很不高兴!"

我妈笑着说:"菲里普,别这么认真!"

秋说:"菲里普,老添来了,人多力量大。我们一起加油,钓一船鱼!"

菲里普一听,咧开嘴巴笑。

一切准备就绪,一家人上了卡车,卡车后面拖着船,直奔码头。今天去的河段在下游的贝城,我们去的码头就叫贝城码头。

到了码头,菲里普停车卸船,用卡车把船推入河中。然后菲里普跳上船,"轰"一声发动了引擎。我们的船破浪前进。

小时候写作文,开头总是这样写:"今天天气很好,阳光灿烂,晴空万里,蓝天上飘着朵朵白云。"今天的天气就是这样的。阳光灿烂,白云下的科罗拉多河水光潋滟,很多水鸟在水面上飞来飞去,有时突然俯冲下来,逮走一条鱼,荡开一圈圈波纹。

我们行驶时,河边闪过一幢接一幢的别墅,这些豪宅临水而建,门前都有一个河埠,河埠上架着浮桥,浮桥上架着灯。菲里普说,这种灯是用来引鱼的,天黑灯一亮,小鱼就会聚拢过来,小鱼一到,大鱼就到了,这时候钓鱼,眼睛都不用盯着,鱼竿拉上来就是。

秋羡慕地说:"那太爽了! 住河边有鱼吃。"

我说:"我和菲里普曾经很想住这样的房子,天天钓鱼,天天吃鱼。但找了一大圈,这样的房子都是天价,买不起!"

我妈说:"住河边不好,飓风来了就危险了。还是住在林子里好,安全!"

我说:"妈,我们就是这样安慰自己的!"

船行驶了一段后,菲里普站起来,对秋说:"秋,你当船长!"

秋二话不说,坐到了驾驶座。菲里普比画了两下,秋就学会了,马上把开船的大任接过来。这时,后面来了一只快艇,头翘得老高,快得像火箭。秋马上加速,但快艇很快又追上我们,扬长而去,我们的船剧烈地摇晃起来。秋还在加速,想追那快艇,我喊:"为平!慢点!要翻船了!"我妈也喊:"慢点!你怎么开得比菲里普还快!"秋头也不回地说:"慢了有什么意思,快才爽!"她不肯减速。菲里普哈哈笑,对秋说:"Good job!Good job!"

秋当船长当过了瘾,才让给我当。我当船长不乱来,慢悠悠开,就像在西湖里划船。秋在我耳边念经:"快点快点!你怎么像蜗牛!"我不理她,坚决当蜗牛。世界上有两样东西我很不喜欢,一是高度,二是速度。

我开了一段后,菲里普对我妈说:"妈妈,你来当船长。"

我妈连忙摆手:"我哪会开船呀,我这辈子只'开'过自行车!"

秋说:"老妈,你这么聪明,一下子就学会了!"

我说:"妈,你试一下,开慢点。"

添儿说:"外婆,你船都会开,回家就好吹牛了!"

我妈听了添儿的话,才坐到了驾驶座。女婿只教了她一遍,她驾杆一推,船慢慢前行了,不过她和我一样,蜗牛速度。开了一段后,我妈精神放松了,笑容满面,开始'吹牛':"我想起来了,我还是开过车的。六七十年代的时候,杭大挖地道,我负责开吊车。吊车可难开了,眼神要好心要细,比船难多了!"

秋一听就说:"老妈,那你就开快点!"

我妈不理她,管自己慢慢开。我妈也是一怕高度,二怕速度,像我的。欸?我是不是说反了?

就这样,我妈平生第一次开了船。这件事也一定要记进我家的大事记里。

我们三个船娘轮流当过船长后,菲里普把船泊到一个河湾,这里水流平稳,有树荫,有水草,还漂浮着好多树枝。菲里普说:"鱼喜欢待在这里,我们在这里钓鱼吧。"他抛下锚,给我们发钓竿,钓竿上的鱼饵还是橡胶。

添儿说:"我们网些小鱼吧,用小鱼当鱼饵。"

我妈说:"好啊,大鱼吃小鱼,一定能钓到鱼!"

于是,添儿打开了一只 cast net,意思是投网。他站到船头,"呼"地一下投出去,网张开了,像一把伞飘进水里。添儿慢慢拉,拉出水面时,网又像一把收拢的伞,中心有东西在跳,是小鱼。"哇,太棒了,有鱼!"我们欢呼。

正在钓鱼的菲里普凑过来一看说:"都是小鲈鱼呢!"

添儿连续扔了几次,网了 20 多条小鲈鱼。秋看得心痒手也痒,说:"老添,让老姨玩一玩!"

添儿把网交给秋,教她怎么扔、怎么拉,秋站到船头,用力一扔,网没张开就进了水,再扔,还是没张开,网不张开是网不到鱼的。秋说:"啊哟我的老添,我不行,你大大的厉害!"我妈说:"添,你怎么扔得那么好?"添儿说:"要练的,我开始也扔不好。"

这时,菲里普突然喊:"鳄鱼!"

我们一起回头,发现鳄鱼就在一根树枝边上,只露出头,眼睛像灯泡一样大。

我妈有点紧张:"它不会游过来吧?鳄鱼喜欢吃人呢!"

秋说:"还好,老添没把鳄鱼网上来!"

我说:"网上来就好了,我们有鳄鱼肉吃了!"

添儿一听,就说:"好,我把它网上来!""呼"地一下,他把网投向鳄鱼。网张开后消失了,鳄鱼也不见了,我们全体屏住呼吸。添儿拉网却拉不动,我去帮忙,也拉不动,秋来帮忙,还是拉不动,菲里普过来帮忙,终于拉动了。"嗨哟嗨哟"拉出来,网里是一堆树枝!

秋说:"鳄鱼呢?我还以为有鳄鱼肉吃了!"

菲里普说:"鳄鱼是这样想的,哇,原来是一群中国人!中国人什么都吃,不好惹,还是逃吧!"

我们都笑了,我妈说:"菲里普很幽默!"

我说:"不但幽默,还很童话,他应该写童话!"

添儿网的小鱼足够当鱼饵了,我们开始认认真真钓鱼。我妈坐在转椅上,喝喝茶,甩甩线,不慌不忙,很有姜太婆的风度。我爸要是见了,不知道要嫉妒成什么样子,他这辈子可没在船上钓过鱼。

一个小时过去了,我们看到了一条鱼,黑黑长长的,动作很快,像鬼一样,"唰"一下子晃过来,"唰"一下子晃过去。菲里普说:"注意!这是鳄鱼嘴,它最喜欢吃小鲈鱼!"我说:"我钓过鳄鱼嘴,嘴巴像鳄鱼,身体像黑鱼,肉鲜得一塌糊涂!"

我妈和秋一听,就把线向鳄鱼嘴抛。但鳄鱼嘴很狡猾,咬鱼饵不咬钩,我们的小鱼一次次被咬掉。终于有一次,我的钓竿"呼"一下沉了下去,我大叫一声:"有了!"用力一拉,线断了,鱼和钩子都没了。大家跟我一起捶胸顿足,添儿怪我:"老妈,外公说过的,有鱼了轻轻抖,不能用力拉!"我怪他:"你马后炮,怎么不早说!"

继续钓,鳄鱼嘴又来了,这回咬住了我妈的钩子。我妈叫着:

"啊唷啊唷!"秋说:"快拉!"添儿说:"慢拉!"我说:"拿网!"正乱成一团,菲里普一下子扑倒,半个身体出了船,一把拽住线,用力一拉,只听"崩"的一声,钩子又没了。

菲里普站起来,喊了声"Man!"他说:"看都看到了,很大一条鳄鱼嘴!差一点点就到手了!"

又钓了一个多小时,小鲈鱼用光了,大鱼一条也没钓上来。

添儿说:"我们转移吧,这儿不是鳄鱼就是鳄鱼嘴,其他鱼不敢来了。"

大家都同意,于是起锚向前开。开到一块水草丛生的地方,正要停船,我们又看到一条鳄鱼,比先前那条大一倍,长长的身体横在水草间,很不高兴地瞪着我们,仿佛我们打搅了它的清静。有鳄鱼的地方,肯定没鱼。于是我们继续向前。有一个地方浮了几段树干,树干上趴着甲鱼和乌龟,正在集体晒太阳,我们一接近,它们集体跳进水里。

我说:"我们在这钓会儿,说不定钓只甲鱼呢!"

秋说:"好啊,这些甲鱼比辛迪的甲鱼更好,完全野生。"

于是我们停了锚,五个人全神贯注,专心垂钓。但又一小时过去了,还是没鱼。

小时候常这样写作文:"太阳越升越高,火辣辣的。"现在就是这样,正午了,太阳火辣辣的。这么热,鱼更不出来了,钓鱼的事看来要泡汤。自从买了大船就钓不到鱼了,这件事又应验了!我们开始轮流上厕所,然后躲到太阳篷下吃午饭。午饭很丰盛,三明治、茶叶蛋、豆腐干、薯片、瓜子、葡萄干。

只有菲里普不肯吃东西,他还在拼命钓。我把三明治送到他嘴边,他说:"我不饿!"我说:"我听到你肚子在叫!"他说:"不吃,我得把晚餐钓上来!"我说:"这是午餐,吃!"他只好张大嘴巴,几口把三明治吞下去,还吞了两只蛋、两块豆腐干、一大把薯片。其实他早就饿坏了。

下午两点多了,我们还是一无所获。我妈说:"差不多了,我们回家吧,菲里普明天还得上班。"

菲里普说:"妈妈,我带你出来钓鱼,却一条鱼也没钓到,太对不起你了!"

丈母娘说:"菲里普,钓不到鱼怎么是你的错?今天没白来,我看到了美丽的河景,看到了鳄鱼,看到了鳄鱼嘴,看到了野乌龟和野甲鱼,都是我以前没看过的。我还开了船呢!"

菲里普说:"可是不完美,没钓到鱼!"说完,他继续钓。

丈母娘说:"菲里普,我知道你要我开心,我已经很开心了!"

菲里普说:"妈妈,我要你更开心!"还是继续钓。

秋说:"没想到菲里普倔起来这么倔!"

我说:"他妈妈也是这样说的,从小就倔!"

添儿说:"这样吧,反正钓不到鱼,我们再去网些小鲈鱼。"

我们都同意添儿的提议,菲里普只好收了竿,开回之前那个河湾。添儿很卖力地抛网,网上来二三十条小鲈鱼。我们很高兴,嚷着要吃小鲈鱼。我妈说清蒸;秋说红烧,放点辣椒。菲里普见我们这么高兴,就说:"早知道钓不到鱼,我们网一天小鲈鱼,网一船带回家!"

秋问:"吃小鱼犯法吗?"

我说:"犯法的!小鱼可以当鱼饵,但不许带回家!"

我妈说："啊呀,快扔掉吧,犯法的事别做!"

菲里普四下张望,说:"不管了,犯就犯一次!"说着就把小鲈鱼们埋地冰里,收了太阳篷,起锚开船。但没有回码头,他带我们兜风。

我们的船乘风破浪。风很大,三个船娘的头发都倒竖起来了。这时,河面上的船多了,有游艇也有快艇。游艇上的男男女女穿得很少,躺在那儿晒太阳。有的游艇干脆停在水边,所有人泡在水里玩。至于那些快艇,音响开得震天响,"砰砰砰"飞过去,后面总是拉了个人在滑水。经过我们时,这个人狂叫:"Yahoo——"

我妈说:"美国人就是会玩!"

秋说:"妈,我们现在也像美国人,会玩!"

我妈说:"是呀,到了美国,玩这个玩那个,天天玩。就是辛苦菲里普了。"

我们的船开了几英里后,菲里普调了个头,给秋一个眼色,秋就坐到了驾驶座,一手握方向盘,一手握操纵杆。"轰"地一下,我们的船再次破浪前进,三个船娘的头发又"哗"地倒竖起来。

回到家已经是傍晚了,我负责洗鱼,秋大厨师负责烧鱼,她把鱼煎得两面金黄,摆上桌后,屋子里鱼香弥漫。这时,我们听见我妈在给老爸打电话。我爸问:"钓鱼高手们,钓到鱼了吗?"我妈说:"钓到了,20多条鲈鱼!"我爸不信:"这么多?"我妈说:"你不信,你过来看!"这时,那头传来了我哥为民的声音:"妈,再去钓,吃不光的话,晒鱼干!"

我哥的话让我很心动,鱼干多好吃呀!但是,犯法的事不能做第二回,要是大家都把小鲈鱼吃掉了,谁有大鲈鱼吃呢?做人要遵纪守法。

　　我心里这样想,嘴巴却忍不住,一口吞掉一条小鲈鱼,骨头都不吐出来。把这么鲜美的鱼扔掉,实在是暴殄天物,实在是对不起自己,下回……算了,犯法的事还是别说出来吧。

马塔哥达的螃蟹

网小鲈鱼的大师傅添儿很快回校了。

两次钓鱼失败,菲里普很不甘心,天天念经要把船再开出去钓鱼。他说,他的初级愿望是为妈妈钓一条鱼;他的高级愿望是让妈妈亲手钓一条鱼。他就是不信,大船会钓不到鱼。以前用小船,从没失手过。

我觉得,问题就出在大船上。这条船吧,是二手货,以前说不定闹过鬼,不然主人怎么这么便宜卖给我们? 河里的鱼都怕这只鬼,所以看见船就跑,连最凶的鳄鱼嘴也不顾性命,咬断线、吞下钩子跑,它们宁愿肚子痛死,也不愿上鬼船。船上到底是什么样的鬼? 吊死鬼? 大头鬼? 天哪! 鬼别来找我,我最怕鬼!

菲里普听我这么一说,哈哈笑:"亲爱的,你心里有鬼,船上就有鬼了!"他戳戳我心口:"相信上帝吧,上帝会赶走鬼!"

他这话真是奇怪,心里的鬼会跑到船上? 只有船上的鬼跑到心里吧!

怎么办呢,看他那架势,钓不到鱼决不下战场。有一天,我灵机一动:"嗨,亲爱的,我们去钓螃蟹吧。我妈和秋还没钓过螃蟹!"

菲里普一拍脑袋:"对呀,我怎么忘了! 钓螃蟹的地方既能钓螃蟹,又能钓鱼。"

一听要去钓螃蟹,我妈问:"钓螃蟹? 去科罗拉多河钓吗? 沃顿的科罗拉多河,还是贝城的科罗拉多河?"我妈已经对地理位置很有概念了。

菲里普说:"Matagorda!" Matagorda 就是马塔哥达。

我说:"马塔哥达有很多螃蟹,有一次我们钓了 60 只!"

秋睁大美丽的眼睛惊呼:"60 只! 那不吃得开心死!"

我妈说:"太好了,我喜欢吃螃蟹,我们钓螃蟹去!"

一拍即合,我们就要去马塔哥达钓螃蟹了。

这天,我们坐上皮卡时,茉莉颠颠地跑来了,眼巴巴看着我们。我妈说:"茉莉是不是想跟我们去呀?"秋说:"我们带上她吧,怪可怜的。"我说:"对了,明天是茉莉一周岁生日!"秋说:"那更应该带她出去,提前过生日!"

菲里普一听,找来一个粉红项圈给茉莉带上,茉莉一带项圈就知道要出门了,马上往车上跳,一屁股坐到我妈和秋之间。我妈拍拍茉莉的脑袋:"茉莉真乖!"刚说完,茉莉舌头一卷舔在我妈手上,我妈叫了起来:"啊哟,小乖乖,别舔我!"我说:"不是舔,是吻! 茉莉吻外婆呢!"秋拍拍茉莉说:"来来来,坐大姨腿上!"茉莉就坐在了秋的腿上,一转脸,舔在秋的鼻子上,秋一边躲一边咯咯笑。菲里普嫉妒得要命,说了声"亲亲爹地",把整个脑袋凑过去,茉莉没犹豫,"呼噜呼噜"舔,从眼睛舔到胡子。菲里普眉开眼笑,我们三娘鸡皮疙瘩掉了一车。

　　从沃顿到贝城要半小时，贝城过去再半小时就是马塔哥达。我们到达贝城时，菲里普问了一句："女士们，前面就是我们的核电站，要不要顺便看看？"

　　我妈一听就说："看，我女婿上班的地方，一定要去看看！"

　　秋说："好呀，参观一下菲里普的办公室！"

　　我说："里面进不去的，蚊子都进不去！我们只能在外面看一圈。"

　　路边，有两排高大的高压线，高压线的尽头就是核电站。我们沿着高压线直奔核电站，没多久就看到了核反应楼，气宇轩昂，直向天穹。这个核电站 1974 年开建，1987 年发电，菲里普就是发电这年进站的，是第一代工程技术人员。这个核电站有四个美国第一：第一大，第一年轻，第一先进，第一高产量。

　　核电站四周是几千亩野树林，把核电站和外界完全隔离。野树林中开放着各种各样的野花，开得最旺的是红红的印第安刷子，像一片燃烧的火焰。据说很早以前，这里是印第安人的部落，他们开荒、耕种、建房，并教会欧洲移民开荒、耕种、建房。印第安人是本土文化的传播者，他们让移民者很感恩，感恩的种子就像这些印第安刷子，留在了人们心里，留在了大地上。这也是美国感恩节的由来。

　　穿过一条幽静的小路，我们到了核电站停车场，前方就是电网重重、机关重重的核反应楼。我妈环顾四周，说："这么重要的地方，怎么没岗哨，没武警？"

　　菲里普说："有！都在电脑前面呢，正在看我们。他们一定在说，哇，来了三个中国美女！"

秋说:"说不定他们说来了三个中国特务。我记得林在书里写过,一拍照,警车就到了!"

我妈说:"我们老实点,别拍照,也别乱看。"

菲里普说:"看看没关系,核电站的外景网上都有,不是秘密。"他说着,把速度放得很慢,带着我们看。

转了一圈后,我们的车上了一个堤坝。菲里普停车,摇下窗玻璃,冷风呼呼灌了进来。我妈和秋探头一看,外面碧波荡漾,海鸥在飞翔,不时有鱼跳出水面,几只肥胖的鳄鱼正在堤坝下懒洋洋地晒太阳,几只很大的鹈鹕在水中游着。我妈和秋大吃一惊:"我们到海边了?"

菲里普说:"不是海,是湖,人工湖。建核电站时挖出来的。"

我妈说:"这么大的湖得挖很多年吧?"

菲里普说:"挖了十年!"

秋问:"这个湖可以钓鱼吗?"

菲里普笑着说:"不,这个湖是封闭的,没人能进来,没人能出去。这个湖的主要功能是在核发电时当冷却源用。"

我妈说:"核电站四周又是林,又是湖,空气这么好,生态这么好,很出乎我意料。我原以为核电站总是在荒郊野外,除了铁丝网,就是乱石滩。"

秋说:"是呀,真没想到这儿美得像度假村!"

我们离开核电站去马塔哥达的路上,话题都关于核。我妈说:"菲里普,我知道你们安全工作很严密,但你天天在核边上,要小心啊,多吃水果!"

菲里普笑了:"妈妈,其实水果里的核比我办公室多得多呢!"

秋说:"不会吧!"

菲里普说:"我们每天进去要清核,不能把一点核尘带进去。出来时呢也要清核,不能把一点核尘带出来。我工作 27 年了,都是进去时带核,出来时没一点核!"

秋说:"啊? 难道我们接触的核比核电站还多?"

菲里普说:"核电站的核完全密闭,人根本接触不到。但生活中的核无处不在。香蕉喜欢吃吧? 香蕉的含核量在水果中最高。飞机喜欢坐吧? 坐一次飞机就是接受一次高强度核辐射。还有房子,房子里的水泥、石头、砖头都有核,想躲都躲不掉。"

秋说:"天啊,木头呢? 木头有没有核?"

菲里普说:"木头没有,核来自泥土和石头。"

我妈说:"啊呀,我们应该向美国人学习,住木头房子。"

我说:"亲爱的,你的意思是,外面的核比你们核电站还多,我们应该躲到核电站来?"

菲里普笑了:"哈哈,我的意思呢,不用怕核,核无处不在,自然现象!"

我妈说:"菲里普,我信你的。核不可怕,往往是越不懂的人越怕!"

我问:"亲爱的,核到底是怎么发电的?"

我妈说:"对呀,我们都是'核盲','菲专家'帮我们扫扫盲。"

"菲专家"被我们捧得很高兴,摸摸胡子说:"甜心们,我不是专家。不过,核是怎么发电的,我还是知道的。"

于是,菲里普给我们上课。听上去很复杂,我只听懂一半,现在结合网上查来的资料,和大家分享。

核是怎么发电的？

第一步，找核，就是找铀。大部分铀藏在泥土中，美国有很多
"核泥"基地，最大的基地在犹他州。据说，犹他州遍地是铀。如果
去犹他州，千万别躺在"核泥"上晒太阳。

第二步，炼核。从"核泥"中提炼铀，炼出后经过处理，压进绿
色小药丸，当然，这可不是一般的药丸，专家喊它"核丸子"。（注：
铀可使用三年，三年后就成了废料，送到废料池；五年后它的核能
量降到安全指数，可以装进储藏器，永久储藏，也可以再利用。四
十年后，核能降了 99.9%。美国反核人员认为，这些废料依然对
人类构成威胁。但美国癌症研究中心认为，美国有几十座核电站，
其周围的癌变率并不比其他地方高，人类接触核的机会仍大多来
源于自然。）

第三步，卖核。核丸子经销商把核丸子装进封闭的箱子，卖给
核电站，核电站就有了核原料。这个买卖过程严格受政府监控，一
般人可别乱打"核财"的主意，搞不好要进监狱的。如果你在美国
公路或加油站看见这样的箱子——蓝色、正方形、全封闭，上面有
个黄图标，正中是个紫三角，躲远点，里面装着核丸子。

第四步，"四进"。核丸子进核电站、进反应楼、进反应棒、进清
水池。"四进"后，完成了核发电的准备程序。

第五步，发电。封闭在反应棒的核丸子很不老实，一直在进行
"大战"，场面壮烈，结果就发生了核反应（reaction）。核反应的结
果——升高反应棒温度。反应棒一升温，周围的清水池也升温，一
直升到 650℃！650℃的水生成奔腾的蒸气，奔腾到蒸气房（steam
generator），然后通过管道（secondary）向下面的涡轮机（tubine）喷

射,让涡轮机飞快转动起来,推动发电机(generator)。发电开始!

第六步,回水。回水池在涡轮机下面,像一只朝天的大碗,大碗里有冷水管,直接连到人工湖,由循环泵(circulating pump)循环送水。当蒸气冲下来接触到冷水管,就变成了水,从回水池的水孔返回反应棒所在的清水池,继续升温发电。

就这样,不断反应,不断蒸腾,不断发电,电就来了。我们平时经常用"来电了"这个词形容男女之间的爱情,那么来电了是什么情况呢? 就是核发电这样的情况。

好,话说回来。听完菲里普的科普课,我们三娘发言谈体会。

我妈说:"核藏在小小丸子里,小小丸子藏在核棒棒里,核棒棒藏在深水池里,藏得很好呢! 现在我放心了,菲里普不会中毒。"

秋说:"就是啊。我一直担心,菲里普老是肚子痛,是不是核吃进去了!"

我说:"我也是啊。他回来一打喷嚏,我就逼着他喝姜汤,帮他消核毒!"

秋瞪着我问:"姜汤能消核毒?"

我说:"姜汤万能呢,老妈说的。"

我妈笑着说:"姜汤肯定是好东西,要多喝。冬吃萝卜夏吃姜。"

我和秋说:"郎中先生骂老娘。"

我妈纠正说:"卖老娘。"

菲里普听我们从核说到姜汤,嘿嘿直笑。我说:"亲爱的,你笑什么? 是不是觉得我们很好笑?"

菲里普说:"不好笑,不好笑。要说好笑,还有更好笑的人呢。

他们以为核发电就是把核灌进电线,发到千家万户。要真是那样,真要喝姜汤了,喝一大缸!"

半小时后,核话题中止了,我们的目的地马塔哥达到了。

马塔哥达是一个郡,成立于 1836 年,是得州最老的郡之一。马塔哥达包含三个镇,一个是贝城,一个是帕拉舍斯,一个就是马塔哥达。小镇马塔哥达确实很老,有很老的街坊,很老的印第安遗址,很老的墓地。马塔哥达也有很多水,前方是墨西哥湾,左边是科罗拉多河口,右边是内海航道,还有大片湿地。马塔哥达也很美,有很美的水景,很美的吊脚楼。这些吊脚楼,和我们去过的加尔维斯顿的一样,彩色,正方,很童话。吊脚楼后面就是水,所以家家户户架着水桥,架着鱼灯。

我们在小镇逛了一圈,就转进一条小路。小路一边是湿地,一边是内海航道,航道很开阔,正好有三艘大货轮经过,水浪"哗哗哗",一直推到岸边。五六分钟后,前面出现一座小桥,我对老妈和秋说:"我们就在桥下钓蟹!"

秋说:"水好像很浅啊,这里有螃蟹?"

我说:"有! 一涨潮,螃蟹就冲上来了,潮一退,螃蟹就留下了。所以这桥就叫涌蟹门。"

秋说:"涌蟹门? 你编的吧? 怎么不叫涌金门!"我听了哈哈笑,我们杭州有个很有名的涌金门,涌不涌金不知道,但我的涌蟹门真的涌蟹。

下车后,我们一下子缩起了脖子,这儿是海边,风大得很。

这时,有两个人朝我们喊:"林,菲里普,你们好!"喊话的人站在小桥上,一个是黑人大叔,很瘦;一个是白人大叔,很帅。我和菲里普向他们喊:"卡尔,罗伯特,你们好!"

我妈问:"碰到熟人啦?"

我说:"那黑人叫卡尔,那白人叫罗伯特。卡尔钓鱼,罗伯特网蟹,卡尔钓的鱼都卖给罗伯特。我们每次来,都送他们一点中国零食,所以他们都记得我们。"

秋说:"不是说美国人不吃活鱼吗?"

我说:"这个罗伯特是从夏威夷来的,喜欢吃鱼。"

这时,菲里普大声问:"嗨,兄弟们,今天怎么没人钓螃蟹啊?"

黑大叔卡尔说:"来过的人都跑了,风太大,太冷!"

这时,罗伯特冲着我喊:"嗨,中国林,过来,我给你一个拥抱!"

我对老妈和秋说:"那美国佬要给我一个拥抱!"

我妈说:"肉麻啊!"

秋说:"阿米儿,冲!"

我从包里拿了两包豆腐干、两包海苔,跑到桥上分给卡尔和罗伯特。他们很高兴,抢着和我熊抱。然后,卡尔把豆腐干拆开吃,罗伯特把海苔拆开吃,他边吃边说:"林,这海草我在夏威夷吃过,搬到了得州就再没吃到过!"

我说:"你喜欢吃,我再给你些。这些东西是我妈妈、姐姐从中国带来的。"

罗伯特说:"原来是妈妈、姐姐!"马上向我妈和秋行礼,我妈和秋也向他挥挥手。罗伯特低声对我说:"林,姐姐很漂亮呢! 我还单身呢,能不能介绍给我?"

我大声说:"我有姐夫的,很帅的!"

他说:"她没戴结婚戒指!"

我伸出手:"我也没戴!"

罗伯特做出一副哭相:"没希望了! 那你还有其他姐妹吗?"

我说了句"有,在天边呢!"跑回我们的大本营。这时,菲里普已架好太阳篷,放好沙滩椅,把茉莉拴在卡车边。我们三娘坐下后,菲里普交给我们一人一根线,线上吊了一只鸡脖子。他说:"甜菜们,钓螃蟹吧,祝你们好运! 我去钓鱼了!"他拿着钓竿,跑到对面水边,去实现他的初级愿望——亲手为妈妈钓条鱼。

风很大,刮在脸上像刀割一样,冷极了。老妈和秋缩着脖子,捏着鸡脖子,不知道怎么下手。我说:"把鸡脖子扔到水里,螃蟹抓住后,线会抖,慢慢往回拉,把网一抄,就有了。"

她们说:"这么简单呀!"就把鸡脖子扔了出去。

我们的鸡脖子在水里待了好几分钟,一点动静也没有。我奇怪了:"以前我们钓螃蟹,放下去就有的。今天怎么了?"

秋说:"肯定是因为我来了,我是天下手气最差的!"

我妈说:"不是手气的问题,是气温太低。这么冷,螃蟹不肯吃东西。你们爸爸天冷从来不钓鱼!"别看我妈没钓过鱼,钓鱼经验比我们多。

我说:"别急别急,海边天气变得快,说不定一会儿风就停了。"

我们耐着性子继续等螃蟹,风越刮越大,水里还是没动静,天上却来了动静,飞来了几只海鸥,齐刷刷停在前面的电线上,冲着我们叫。听上去像笑:"哈哈哈哈……哈哈……哈!"

我妈一下子乐了:"哈哈,它们笑我们呢!"

海鸥继续笑:"哈哈哈哈……哈哈……哈!"

我和秋一起学:"哈哈哈哈……哈哈……哈!"

我妈说:"你们不专心了啊,小猫钓蟹!"

秋说:"专心没用啊,没螃蟹!"

这时,卡尔向我喊:"林,小鱼要不要?"他手上拎着网,网中有鱼。

我说:"要!"

他说:"过来拿!"

我连忙找了一只桶,秋说"我也去",跟着我走到桥上。卡尔把网中的鱼"哗"地一下倒进桶里,我们一看,五条,都有一尺多,都是虹鳟鱼。我说:"谢谢你卡尔。你不要吗?"

卡尔说:"我只要一条当鱼饵。你还要吗?"

我说:"要,要,你有多少,我要多少。螃蟹钓不到,小鱼也好的!"

秋说:"这鱼蒸着吃,可鲜了!"

卡尔一听,连抛几次网,网上来20多条小鱼,鳟鱼、鲈鱼、鲶鱼、皇帝鱼,品种很多,有些我们根本不认识。

这时,边上的罗伯特从水里拉上来一只鱼篓,篓里也有东西。我和秋跑过去看,是三只大螃蟹,螯很大。罗伯特倒出螃蟹,脚一踩,把蟹螯踩断,收起来,然后一脚把蟹身踢回水里。我没料到他会这么做,等他踢了才叫出来:"别呀!"但来不及了。

我说:"罗伯特,你怎么把螃蟹踢了!"

罗伯特笑嘻嘻地说:"林,吃螃蟹太麻烦,我只吃两只螯!"

秋说:"这人真是聪明面孔笨肚肠。"

罗伯特问:"漂亮姐姐说什么?"

我说:"她说我们钓不到,你钓得到,因为你帅,螃蟹喜欢你!"

罗伯特狂笑,"呼"地一下把篓子扔回水里。

回到我们的大本营,茉莉在卡车边"唔唔"直叫,她要尿尿了。秋过去把她解下来,牵着她在水边走,茉莉走几步尿一下,尿完了冲到水里玩。我给妈妈看卡尔给我的小鱼,妈妈高兴地说:"哈,有三大碗呢。快和菲里普说,别钓鱼了,过来帮我们钓螃蟹吧!"

于是我跑到菲里普身边,传达他丈母娘的指示。菲里普不同意,他说:"不行,你们负责钓蟹,我负责钓鱼!"

我说:"我们有鱼了,蟹一只也没有!"

菲里普说:"别人送的不算!我要钓,一定要为妈妈钓条鱼!"

我就向我妈回话,我说你女婿和鱼较上劲了,非钓到鱼不可。我妈说:"啊哟,这个菲里普,钓不到就算了呀!"

过了没多久,突然变天了,晴空万里的天一下子黑云滚滚,下起了雨。菲里普没办法,只好收了竿,沮丧地对丈母娘说:"妈妈,对不起,你们没钓到蟹,我没钓到鱼,今天又是白来!"

我妈说:"怎么是白来?这么好的地方,永远不会白来!"

这时,桥那边罗伯特在叫:"菲里普,林,你们过来一下,我需要帮忙!"

我和菲里普连忙跑过去,罗伯特说:"林,我要你帮我,送妈妈、姐姐一个惊喜。"

我问:"什么惊喜?"

罗伯特指指水桶。我打开盖子一看,里面有一堆螃蟹,一边吐泡,一边挥螯,很凶的样子。罗伯特说:"全送给妈妈、姐姐。她们从中国跑到这里钓蟹,不能让她们失望!"

我太高兴了,主动给了罗伯特一个拥抱。菲里普也很高兴,拍拍罗伯特的肩膀说:"兄弟,谢谢你,你太好了!"

罗伯特说:"别谢,我喜欢这三个女孩!"这话让我妈听见,我妈肯定要笑了,我妈八十岁了,他还叫她女孩。

罗伯特送我们的螃蟹一共九只,只只肥腻强壮。我妈开心地说:"这个人真好,自己不要,送给我们!"

秋说:"还不是林用美人计骗来的!"

菲里普醋意满满地说:"我和林出来钓鱼,经常有人送她鱼!"

秋说:"看看! 是不是美人计!"

我说:"才不是呢,他说他喜欢你们!"

我妈说:"不管怎么说,我们鱼有了,蟹也有了,没白来,对不对,菲里普?"

菲里普说:"好吧,妈妈。今天不钓了,下次我们再来,一定要钓到鱼! 走,我们看海去!"

于是,我们告别了卡尔和罗伯特,跳上车,直奔海边。

到了海边,我们看到一家海鲜馆。我们的肚子都饿了,就一起进了海鲜馆。这家海鲜馆供应海鲜三明治,那些用来做三明治的海鲜——鱼、虾、蟹、生蚝,都在水箱里养着。我们三娘看见鲜活的海鲜,眼睛都亮了。这是我们第一次在美国人的饭店看到活的东西。我妈点了蟹肉三明治,秋点了虾肉三明治,我点了生蚝三明治,菲里普点了三文鱼三明治。没等多久,餐送上来了。我们拿到手一看,全傻了,所有海鲜都油炸了,炸得焦黄。好好的海鲜被炸成这样,模样认不出也就算了,鲜味一点都没了。油炸的东西,味道都一样。我们四个人,只有菲里普笑逐颜开,他好久没吃美国餐了。

捧着我们的美国餐,我们坐到沙滩上,边吃边看海。前面的海就是墨西哥湾,大海的颜色因为天上的黑云变得凝重深厚,海浪一层层推,风一阵阵吹,感觉暴风雨就要来了。但沙滩上玩的人还是很多,有的在堆沙,有的在游泳,有的在冲浪,还有几个女人穿着三点式,排着队在跑步,跑过我们面前时,向我们喊:"Good afternoon!"

我妈头上包着围巾,缩着脖子说:"啊呀,这么冷,她们穿这么少,身体真好!"

我妈话音刚落,秋说:"我吃好了,我也去玩了!"说罢蹬掉鞋子,拉上茉莉就跑。

我说:"我也去!"也蹬掉了鞋,向海边跑。

我们一踏进海水里,茉莉就不听话了,又是蹦又是转圈。现在不是秋牵着茉莉,而是茉莉拽着秋,往深水里拽。秋大叫:"茉莉站住,站住! 大姨不会游泳!"我过去帮忙拉茉莉,哪里拉得住,她把我们一块儿往水里拖,于是我也叫:"臭茉莉,站住! 妈咪也不会游泳!"

菲里普跑来,马上把茉莉拉回沙滩。这时,我和秋浑身上下已经湿透了,两人冷得发抖,却不肯撤。秋对我说:"林,我们跳舞!"我们就像上次在加尔维斯顿,开始跳舞。秋手里拽着一条纱巾,在风中转圈、踢腿。水很冷,风很冷,我们边跳边抖,直到冻得全身麻木才跑回沙滩。菲里普把大毛巾裹在我们身上,我妈帮我们擦头上的水,对菲里普说:"你看看我两个女儿,看见海就不要命了。"菲里普说:"妈妈,你是个快乐的妈妈,所以,你有两个快乐的女儿!"这样的话,他说过很多遍。

这时,太阳突然从云层后钻了出来,光辉洒在海面上,洒在沙滩上,一片温柔金黄。沙滩上,有几枚雪白的蛤蜊壳,我妈走过去捡。她弯腰时,风试图吹开她的头巾,她一只手压住头巾,一只手捡贝壳。

我用相机拍下了这个画面。

我妈在美国的沙滩上,面对辽阔的墨西哥湾,披着太阳的光辉,悠悠弯腰,捡起一枚雪白的贝壳。这幅画面,留在了相机里,也留在了我心田。这幅画面里,虽然看不到老妈的脸,但能看到她的快乐。我妈的快乐,和太阳的颜色一样,金灿灿的。

我妈和秋总是说,真奇怪,她们到了美国,玩得很欢畅,玩得没拘束,玩得很放松,仿佛变了一个人。这是为什么呢?

我想是这样的。老妈和秋到了美国,心胸开阔了,手脚放开了,想怎么玩就怎么玩,身体里的那个小孩子,想出来就出来了。记得我说的那个秘密吗?真正的你,是一个小孩子。

帕拉舍斯的多宝鱼

春深了。

小时候写作文常这样写:春深了,树长得更绿了,草长得更密了,花开得更旺了,春姑娘的脸更美丽了,小朋友的心更欢喜了,放风筝去了!

当然,我们一家"小朋友"没去放风筝。菲里普说:"前阵子太冷,现在不冷不热,是钓鱼的最好时候。甜心们,我们钓鱼去!"

我们已经钓过三次鱼了,什么也没钓到,菲里普每次都很生气。所以我妈就给女婿"打预防针",她说:"菲里普,钓到鱼我高兴,钓不到呢,我也高兴。我发现美国的鱼呢,并不比中国的鱼好钓,所以,你不要太认真。我们只是玩玩!"

菲里普听了,还是很认真:"妈妈,不是玩,我们一定要钓到鱼!"

我说:"亲爱的,这次再钓不到……我跳下去,你把我钓上来好了。"

秋说:"哈哈,这个主意好,钓不到鱼,钓个老婆上来!"

我妈说:"那叫美人鱼。"

菲里普耸耸肩说:"好,秋也跳下去,我钓两条美人鱼!"说完,直冲他的 shop,折腾钓竿去了。

一晃到了三月的最后一天,我们再次征战,出门钓鱼。再过一周,我妈和秋就要回杭州了,菲里普认为,今天是最后的机会实现钓鱼的宏愿。今天必须拼命,志在必得!

钓鱼的地方叫 Palacios,中文是帕拉舍斯。帕拉舍斯是个老渔港,最早的渔民是印第安人,后来来了一些欧洲移民,跟印第安人学会打鱼,从此以打鱼为生。帕拉舍斯人口一直增长缓慢,渔业并不繁荣,所以经济也不景气,是个小穷镇。直到越南移民出现,帕拉舍斯才发生了翻天覆地的变化。

历史上,越南共有两波移美潮。第一波发生在 1975 年,越南战争刚结束,政府秋后算账,很多越南精英逃往美国,这些人有钱有文化有技术,被安排到全美各地安居下来。越南第二波移美潮发生在二十世纪八十年代,因为政局不稳、经济混乱、饥民遍地,难民们不顾一切,驾小船向国外逃,途中不断遭海盗和土匪的杀掠,很惨。最后,美国开放国门,让大批难民涌入。这波移民和第一波显然不同,是底层的农民和渔民,他们到了美国后,大部分定居在加州、得州,从事农渔业。

老镇帕拉舍斯也是在这个时候涌来了大批越南人,他们刚到时一无所有,上无片瓦,下无寸地,连遮体的衣服都不够。当地人很担心,怕他们穷途末路、惹是生非。这时,州政府出手,向越南人赠地、赠房、赠港、赠船,还赠免税政策。越南人感激涕零,没有辜负政府,他们遵纪守法、勤劳创业,比当地人更能吃苦,更会劳动,更会学习;他们把子女送出去读书,然后招回来服务。十多年后,帕拉舍斯最富的人是越南人,最好的房子是越南人的,最大的船是越南人的,最生机勃勃的社区也是越南人的。

越南人富了,把帕拉舍斯也带富了,当地人对越南人刮目相看。人们提到帕拉舍斯,必定提到越南人。

如今的帕拉舍斯不再是可怜的穷港,别墅林立,豪宅遍地。帕拉舍斯海港一半是渔轮,一半是游轮。帕拉舍斯的鱼虾直接供应到得州最好的超市。帕拉舍斯的海滨公园、海上娱乐美名远扬,很多富人、名人退休后,选择在帕拉舍斯定居度晚年。听说,美国前总统布什在帕拉舍斯也有房有船。

我们从沃顿出发后,菲里普一路在讲帕拉舍斯。听完,我妈对女婿说:"菲里普,谢谢你。每次出来,我们都学到很多知识。"

女婿很老实地说:"妈妈,其实很多事我也不知道,因为要带你们出来,我特意上网查的。"

秋说:"菲里普,那更要谢谢你了,你太有心了!林,你也不错,高级翻译!"说完就荡出一句英语:"You are wonderful! Thank you very much!"

我说:"嘿嘿,其实我是破翻译,好多句子说不清楚。"

秋说:"啊哟别这么谦虚,我要是有你这点水平就好了。"

我妈说:"为平,你也不错啊,到美国学了很多英语。"

秋说:"妈,你也学了很多呀!"

我妈一听,也荡出一句英语:"狼姐头,懒得偷!"

我们一听,都笑了。什么是"狼姐头,懒得偷"? 就是经线(Longitude)、纬线(latitude),菲里普捧着地球仪教我们的。我妈就是聪明,这么生僻的词,一学就会了。

这时,我们看到了帕拉舍斯的路标,帕拉舍斯到了。帕拉舍斯的郊外和沃顿的一样,是大片农场、草地、棉花地、玉米地。棉花刚露小绿叶,玉米已有半尺高,一片新嫩,一直绿到地平线。农场主人的房子就在这片绿中,像绿海之中的一叶方舟。

眺望农场主的房子,我妈问:"这么大的房子,都是越南人的吗?"

菲里普说:"不,当地人的。越南人的房子更好。"

再往前开,接近小镇了,路边的房子不一样了,不但大、气派,还很霸气。有一户人家,房子尖顶、红砖,像座宫殿,周围一圈是花园,花园外面是一圈人工湖,湖中有岛,有石,有喷泉,还有鸭子,它们很幸福地游来游去。还有一户人家,房子边上有个飞机场,停着一架农用机,是用来撒种子、洒农药的;还有一架直升机,红色的,很漂亮。

菲里普说:"这样的房子才是越南人的。只有他们造得起。"

秋说:"啊哟!这些越南人当年逃过来时,根本没想到今天会富成这样吧。"

我妈说:"这是他们努力的结果,我佩服他们的奋斗精神。"

我说:"这要感谢州政府。"

我妈说:"政府扶助是一方面,他们自己勤劳是一方面。劳动创造财富。"

菲里普说:"妈妈说得对。美国有很多懒人,拿着政府的救济款,躺在家里睡大觉,还抱怨人们对他们不够好。这种人,我最看不起。政府给他们的钱,谁给的?不是天上掉下来的,是我们给的！劳动的人给的！"

我妈说："是不公平,劳动的人养不劳动的人。"

不一会儿,帕拉舍斯海港到了,我们看到了菲里普描绘的渔轮、游轮、公园、豪宅。这些豪宅,前面是海滨公园,走过去就能看海,真是一级海景房。菲里普羡慕地说："住这里多好呀,早饭后看海,晚饭后看海,想玩水就玩水,想钓鱼就钓鱼!"

我说："当然好呀,但我们买不起。"

我妈说："你们别羡慕,离海这么近,飓风来了怎么办!"

秋说："就是,飓风来了,逃都没地方逃!"

我说："逃是有地方逃的,他们有直升机呢!"

我妈说："直升机有什么用? 天天担心飓风,睡觉都不安宁。"

我说："是呀,我本来就睡不好,这样的房子请我住我也不住!"

菲里普说："好吧,这地方就让给富人住吧。"

我妈说："其实富不富,不看财富,看健康,健康就是财富! 从这个角度说呢,我们都是富人。"我妈这话一说,我们所有阿Q顿时觉得自己很富。好,昂首挺胸,富人们,钓鱼去吧!

钓鱼的地方,在海滨公园的一座栈桥上。这座桥3米宽,100多米长,横越大海。菲里普拿渔具,肩挑背扛走在前面,我们撑着太阳伞跟在后面。今天气温20多摄氏度,但走在栈桥上很热,感觉有30多摄氏度。

栈桥到头,有一高一低两个大平台,高的是观海台,低的是钓鱼台。钓鱼台有木椅、钓钩,还有洗鱼台,配着水龙头。这样的洗鱼台,钓鱼公园都有。很多美国人钓鱼是玩,钓到鱼拍个照扔回海里,但也有要吃鱼的,洗鱼台就起大作用了。他们把钓到的鱼砍掉头、剥掉皮,取两片胸脯肉,洗干净,拿回家后没一点腥味。很多美国人对鱼腥味很反感。

我们到时,钓鱼台上有一个年轻人在钓鱼,看到我们就打招呼:"早上好!"菲里普说:"早上好,有鱼吗?"他说:"有!很多!但不知道为什么,就是钓不上来。鱼把钩子吃掉了!"我一听,心里想:完了,这不等于没鱼!

菲里普又问:"以前这儿有鱼吗?"

年轻人说:"有!很多!就今天钓不上!"

我把他的话说给老妈和秋听,秋一听就笑了:"因为今天我来了!"

我们坐下钓鱼,鱼饵还是橡胶的。我妈坐在木椅上,帅气地把线甩出去、转回来,很专业了。我和秋脱掉鞋袜,坐到桥板上,双脚悬空,刚好碰到水,边钓鱼边踢水,又惬意又凉快。只有菲里普不坐,像木雕一样站着,把鱼线"呼"地甩出去,甩得老远,表情很专注。

一小时过去了,没鱼。更糟糕的是,天气越来越热。钓鱼台上没遮没拦,任太阳直晒,帽子和伞根本挡不住热量,这样晒下去,鱼没钓到,人要被晒干了。我妈开始频频喝水,秋用手当扇子拼命扇。菲里普也是汗流浃背,脸红得像只熟虾。

我说:"各位,太热了,我们撤吧。"

我妈说:"没事,让菲里普多钓一会儿。"

我说:"没有鱼呀!"

菲里普说:"这地方是同事告诉我的,他说能钓到带鱼。"

我妈说:"带鱼?我这一辈子没见过活带鱼!"

我说:"美国人不吃带鱼的。"

我妈说:"不吃带鱼太笨了。他们不吃我们吃!"

秋说:"如果真能钓到带鱼,再热也值得!清蒸带鱼太美味了!"

我妈说:"好啦,向菲里普学习,专心钓鱼。清蒸带鱼不会从天上掉下来!"

我们继续撑着,一心想钓带鱼。突然,边上的年轻人叫了起来:"有鱼!"鱼正拖着钩子跑,菲里普说:"别急,慢慢拉!"我们三娘屏住气,只见年轻人拉拉停停,总算把鱼拉出了水面,拿网一抄,鱼入网了,很大一条,至少有十几磅。年轻人激动地喊:"哇,是鲨鱼!"说罢就拿起手机和鲨鱼合影,然后"扑通"一声,把鲨鱼扔回海里。

我妈说:"啊呀,好不容易钓到鱼,怎么扔了!"

我说:"妈,这是鲨鱼,不能带回家,犯法的。"

我妈一听,冲着我和秋吼:"还不把脚收回来!"

我和秋一听,"呼"地一下把悬在桥下的脚收回来。

这下,我们知道为什么钓不到鱼了,这里有鲨鱼!所有鱼,包括带鱼,都逃命去了。不过那个年轻人也真是,干吗把鲨鱼扔回去,拿回家红烧多好,他不要,我想要!当然这话我没说出口,吃小鲨鱼犯法,只能想想,想想不犯法。

菲里普说,他同事还告诉他一个湖,很有名的,专钓多宝鱼,问我们要不要去那儿试试。

我们听了,将信将疑。菲里普每次带我们钓鱼的地方,开始都说有鱼,结果都没鱼。当然,我们都没反对,高高兴兴跟他去了。

到底有没有多宝鱼,钓过才知道。就算没有,但钓过了,菲里普也就死心了,没有遗憾了。

五分钟后,我们看到了他说的湖。湖边有座坝,坝外是大海,天蓝蓝,海蓝蓝,海上有船、有帆,还有鸟,各种各样的鸟。风景如画。

我们到时,这儿已经有两个男人,年轻点的在海边钓鱼,年长点的在树下弹吉他。他弹得很起劲,身边有一大堆空啤酒瓶。看见我们,他停下手,热情地向我们打招呼:"早上好!"

菲里普回答:"早上好!早来啦?"

老头说:"来三小时了!"

菲里普说:"你们从哪里来?"

老头说:"从奥凯坡。你们呢?"

菲里普兴奋地说:"奥凯坡?我们是邻居呀,我们在沃顿呢!我叫菲里普,这是我妻子林。这是我妈妈、我姐姐,她们从中国来。"

老头说:"我叫山姆,那是我儿子吉。很高兴认识你们!"

菲里普问:"有鱼吗?"

山姆没回答,放下琴,站了起来。我想,钓三小时还不肯走,肯定没鱼。再说,他又喝酒又弹琴,还会钓到鱼?没想到,老头打开一只桶,对我们说:"有!"我们冲过去看。天啊,两条大鱼,椭圆形,深灰斑,正是多宝鱼!

我说:"你太厉害了!山姆,都是你钓的?"

山姆说:"我钓了一条,我儿子钓了一条!"

菲里普连忙取经:"山姆,你用什么钓的?"

山姆指指他的钓竿,上面钩着一条橡胶小鱼。他说:"你们加油,也会钓到的!"说完,又开始喝酒、弹琴。

山姆的多宝鱼像一针强心剂,打得我们一家人斗志上来了。我们跑到湖边,把橡胶鱼饵丢下去,抓着钓竿,盯着水面,目不斜视,头脑里都是多宝鱼的"光辉形象"。

但情况和之前一样,我们一坐下,鱼就不来了。时间接近中午了,多宝鱼的影子也没见着。这里虽然没刚才的钓鱼台热,但也是热不可耐。这一带,只有一棵歪脖子树,已经让弹琴的山姆占去了。

这时,来了三个少年,抬了只橡皮船扔到湖里,嘻嘻哈哈,从湖里划出堤,向大海划去。看着三个少年的背影,我和秋终于失去了耐心,扔了钓竿,走到石滩上。我们看到一只大鸟,正停在一根木桩上,很专心地盯着水面,它的样子和菲里普一模一样,虔诚地等待鱼的出现。发了一阵呆,我突然对秋说:"为平,我们去把山姆的多宝鱼骗过来吧!"

秋惊愕地问:"怎么骗?下蒙汗药?"

我说:"美人计!"

说着,我拉着秋走到山姆面前。他看到我们,不再弹琴,一边灌啤酒一边说:"嗨,你们钓鱼开心吗?"

我说:"不开心,钓不到。山姆,还是听你弹琴开心!"

山姆一听,咧开嘴巴笑:"哈哈!你喜欢听我弹琴?你知道我弹的是什么吗?"

我说:"知道!我们刚来时,你在弹《月亮河》。现在,你在弹《故乡的亲人》。"

　　山姆一听,嘴巴咧得更大了:"哈哈,你真聪明! 你还知道哪些美国歌?"

　　我说:"《随风飘荡》《爱情的故事》《毕业歌》《红河谷》……"

　　"等等等等,"老头打断我,说,"太好了! 现在开始,我弹,你唱!"

　　我一听,心里叫苦,这些英文歌,我用二胡杀鸡杀鸭杀几下还行,怎么会唱! 但山姆已经开始弹奏,我一听旋律,是《随风飘荡》,鲍伯·迪伦的。还好,这歌我能对付几句,便跟着琴声唱:

　　　　How many roads must a man walk down

　　　　before they call him a man?

　　　　一个男人要走多少路,才能成为真正的男人?

　　　　How many seas must a white dove sail

　　　　before she sleeps in the sand?

　　　　一只白鸽要翱翔过多少海,才能在沙滩获得休息?

　　　　How many times must the cannon-balls fly

　　　　before they're forever banned?

　　　　炮弹要飞行多少次,才会永远被禁止?

　　　　The answer, my friend, is blowing in the wind.

　　　　我的朋友,答案随风飘荡。

　　　　The answer is blowing in the wind.

　　　　答案随风飘荡。

　　琴声继续,我却停下了,下面不会唱了。山姆一看情形,马上换了《爱情的故事》,我一听愣了,这歌更不会唱。秋很灵光,拉起我跳舞,于是我们姐妹俩和着山姆的琴声,在阳光下翩翩起舞,施我们的"美人计"。其实,我们头上是草帽,身上是臭衬衫,脚上是脏套鞋,头发凌乱,没一点美人的样子,但山姆似乎很沉醉,一曲罢了,再弹一曲。山姆不停地弹,我们就不停地跳。跳什么呢？什么都有,芭蕾舞中有交谊舞,交谊舞中有扭秧歌,有时也上点忠字舞。当然,主舞是秋,她带着我,所有童子功都使出来了,还配上表情,很好看。连专心钓鱼的菲里普,竟也跑过来看。

这时,山姆开始弹《红河谷》,这歌我们太熟悉了,于是我们一边跳,一边唱：

> 人们说你就要离开村庄
> 我们将怀念你的微笑
> 你的眼睛比太阳更明亮
> 照耀在我们心上
> 走过来坐在我的身旁
> 不要离别得这样匆忙
> ……

唱完,山姆拍手说："哇,太好了！太让我激动了！我活九十岁了,弹了一辈子《红河谷》,第一次听到中文《红河谷》！也是第一次有美丽的中国女孩为我伴舞！你们对我这老头子太好了,谢谢！"

我们这才知道他九十岁了！没想到他这么老！我连忙说："是因为你的琴弹得好！"

秋也冲着他说："Very good！"

山姆又咧开嘴巴笑,说："谢谢,谢谢,今天我真高兴！我每周都要到这儿钓鱼、弹琴,希望再看到你们！"

我说："我肯定会再来的,但我妈妈和我姐姐过几天就要回中国了。今天是最后一次出来钓鱼。"

山姆问:"妈妈、姐姐享受吃鱼吗?"

我说:"是呀,但我们钓了好几次,一条也没钓到过。唉!"

我的叹息声很重,声一落,山姆就说:"别失望,把我的多宝鱼拿去!"

我说:"啊呀这可不行,你一上午才钓了两条!"

山姆说:"我经常来钓的,给你吧!"

我说:"这样不好吧,是你的鱼……"

山姆说:"别说了,快拿去!"好像我再不拿,他就要跟我急了。我连忙撒腿跑回去,把我们的桶拿过来。山姆"哗"地一下,把鱼倒进桶里,高兴地说:"这下好了,妈妈和姐姐有鱼吃了!"

我和秋连声说:"谢谢!"

菲里普走过来握着山姆的手说:"她们最喜欢多宝鱼了,谢谢你山姆,你太好了!"

山姆说:"别客气,我喜欢她们! 时间不早了,我们要回家了,祝你们快乐!"

山姆一边收拾东西,一边再三谢我和秋,谢谢我们听他弹琴,为他伴舞。

山姆和吉走后,菲里普嫉妒地说:"我早就料到他会送你们鱼!你们好看!"他的话用中文表达,就是我们施美人计的意思。

我不服气地说:"亲爱的,没看到我们又唱又跳吗? 不信你试试,很累呢! 这鱼是我们靠汗水挣的。对不对,老姐?"

秋表情有些古怪,说:"对,对……不过,我怎么想到了赵本山的《卖拐》……"

　　我"扑哧"一下笑了:"什么呀,那是拐骗! 我们跳舞是劳动,向越南人学习,劳动创造财富。老妈,是不是?"我妈抓着钓鱼竿,听了我的话,头也不回地说:"你们呀,小猫钓鱼! 都跑了,就剩我老猫了!"

　　我说:"妈,别钓了,我们有多宝鱼了!"

　　话音刚落,就听到我妈在叫:"啊唷啊唷……"

　　我们一起跑过去,是鱼上钩了! 她的竿子差不多弯成了90度。我喊:"妈,别急别急!"秋也喊:"妈,别急别急!"菲里普一边拿网,一边也喊:"妈妈,别急别急!"自己却急得不行,脚下一滑,差点跌倒。

　　我们乱作一团,鱼应声入网,拎起来一看,多宝鱼! 亲爱的多宝鱼!

　　我们冲着老妈喊:"妈,你钓到多宝鱼啦!"

　　我妈拎着网兜,笑成一朵花。这条多宝鱼,是她这辈子钓到的第一条鱼! 菲里普抱住丈母娘,激动得要哭了:"妈,我太高兴了! 你钓到鱼,比谁钓到鱼都重要!"

　　丈母娘拍拍女婿,中气很足地说:"今天晚上,给你们老爸打电话,让他好好嫉妒一下!"

　　我妈拎着多宝鱼,菲里普帮她拍照,横一张竖一张。我和秋也挤过去拍,拍够了,才把多宝鱼放进水桶,我妈的多宝鱼比山姆的大一圈,漂亮一倍! 我们一起夸老妈,夸她能干,夸她手气好,夸她有鱼缘,夸她是我们的钓鱼英雄。我妈笑着说:"别夸我,要夸,夸山姆的两个'招弟'!"我和秋一听就笑了。老底子杭州人有"招弟"之说,爸妈想生弟弟,把上面的姐姐取名"招弟",希望招来弟弟。

我们继续钓鱼，没多久，菲里普也"招了个弟"，钓上一条多宝鱼。我们围着他，祝贺他，夸奖他，他笑得满脸红光，但嘴上很谦虚："是妈妈的'招弟'好！'招弟'好！"

就这样，今天我们人人"建功立业"，有了四条多宝鱼。

全家人庆祝一番后，菲里普扔掉钓竿，从石坝下去搬生蚝石。什么是生蚝石？生蚝叠在一起，长在一起，形成坚硬的大石头，就是生蚝石。坝下面一坨坨、一座座，全是生蚝石。菲里普一口气搬了一大堆，他搬上来的生蚝石脏乎乎、丑兮兮、硬邦邦。我妈很怀疑地问："菲里普，你怎么知道这里面有生蚝？"

菲里普说："妈妈，你看，有气泡的就是活的！"说完，他用小刀撬开几只，果然有水灵灵的肉。他割下来喂到我们嘴里，滑滑嫩嫩，还有咸味，我们"咕咚"一下就吞下去了。

我妈说："鲜！比在 K-2 吃的还鲜！"

秋说："我们多搬些回去！"说完，鞋子一脱也下了水。秋下了水，我当然不肯落后，也下了水。菲里普冲着我们喊："别、别！别碰生蚝石，很锋利的，会割破手脚！"

我妈说："菲里普，你别担心，她们哪里是要摸生蚝！"

嘿嘿，亲爱的老妈最懂女儿心。我和秋到了水里，就把生蚝忘记了。水好凉爽，波浪好美，我们想跳舞。但这里到处是生蚝石，别说跳舞，走动都难。秋就开始踢水，往菲里普身上踢，我也一起踢，把菲里普踢成落汤鸡。菲里普不甘示弱，挥起大手向我们泼水，泼得我们哇哇大叫，也成了落汤鸡。等"敌人"火力一弱，我们搬起生蚝石向他脚下扔，溅起的水花足够打沉"敌人的战舰"，这下"敌人"抱住头不动了。我妈喊："你们两个又欺负我女婿！"我妈话音一落,菲里普一挥手把水泼到了老妈身上,老妈一边退,一边笑,一边骂:"你们三个! 淘气包!"

我们就在"泼水大战"后向大海告了别。对老妈和秋来说,这是最后的告别,一周后,她们就飞回中国了。我想,这样的大海,这样的海滩,这样的石头,很多很多东西,她们虽然带不走,但都体会过了,这就够了。人生,就是一场体会,不管大,不管小,体会其中的味道。这些味道,有的留在你舌尖上,有的留在你皮肤上,有的留在你心坎上。我们常问,什么是人生的味道? 这就是。

我们离开海边后,去了一家越南餐厅吃点心,餐厅叫"鱼面馆",供应海鲜面。面上来时,海鲜都是油炸的,焦烘烘地铺在面上,样子很狰狞。为什么美国人的店把海鲜炸了吃,越南人的店也把海鲜炸了吃呢? 不用奇怪,中国人的店也是炸了吃的。因为这是在美国,美国人什么都炸着吃。

越南餐厅边上有一家水产店,蓝蟹 1 美元一只,海虾 5 美元一磅。菲里普买了一大堆螃蟹,一大堆虾,加上多宝鱼、生蚝,我们车上有四种海鲜了。

我们回到家已近黄昏,一家人忙开了:我和秋负责剖鱼、洗虾、洗蟹,我妈负责煮米饭,菲里普光着膀子,在院子里大战生蚝石。他手边有锤子、扳头、刀子,又是砸,又是扳,又是撬,挖出来一大堆水灵灵的生蚝肉。

我妈把完整的生蚝壳拣回家,洗干净。这些很丑的生蚝壳洗干净后竟非常美丽,线条曲折有光泽,表面还粘着些小蛤蜊、小海螺,让人想到大海,想到海浪,想到海面上变幻不定的风云。

天黑了,我们把鸡鸭鹅关好,海鲜宴开始了:红烧螃蟹,清煮大虾,葱油多宝鱼,茄汁生蚝。我们吃得好开心,吃着吃着,都吃醉了,一家人醉得脸红扑扑,笑声不断。我们没有喝酒怎么会醉呢?因为太高兴了,太高兴便会有醉意。

饭后,我妈给老爸打电话,还是用的免提。

老妈说:"老头子,我们今天又去钓鱼了!"

我爸说:"又是白板吧?"

我妈说:"No! 我亲手钓了一条多宝鱼!"

我爸说:"开玩笑,多宝鱼有这么好钓的?"

我妈说:"谁开玩笑,给你看照片!"

我爸说:"啊哟! 老贺同志,你能钓到多宝鱼? 真是太阳从西边出来了! 祝贺祝贺!"

我冲过去说:"爸,今天我妈是首开纪录,第一个钓到! 我们一共钓到四条!"

我爸说:"啊哟哟,那就是说,我女儿也会钓鱼了!"

秋冲过来说:"当然了! 你老盛的女儿,钓鱼专家的女儿,不会钓鱼怎么行!"

我爸哈哈一笑,得意地说:"看来我的钓鱼事业后继有人喽! 你们用什么钓的? 面团? 蚯蚓? 虾?"

我妈说:"橡胶!"

我爸哈哈笑了,还没说话,传来我哥的声音:"橡胶能钓鱼? 钓多宝鱼? 看来,美国人傻,鱼更傻!"

第七章　告別

老妈种树

四月了,春满人间。小时候作文常常这样写:"四月好时光,草长高了,树长高了,小朋友也长高了,盛春到了!"

是的,盛春到了,我的妈妈、姐姐就要回杭州了。

我不舍,菲里普也不舍。他说,自从老妈、老姐来后,我们一家人,分分秒秒都过得很充实、很快乐,一想到她们要回去,他的心也空了。我把他的话说给老妈听,老妈听了,过去抱住菲里普。他们俩忍住没哭,我和秋站在一边,眼睛红得像兔子。

我们有多少难舍,我妈有多少难分,写在各自心头。

但是,不管有多少不舍,世上没有不散的筵席。

我妈开始找事情做,搞卫生,理东西,这里抹抹,那儿拖拖。有一天,她看到了一台小缝纫机,电动的,她说想踏缝纫机,问我有什么要补的。我拿出一件衣服,请她帮我改领子。我妈踏着缝纫机,"哒哒哒"把衣服改好了。改好后我马上穿上。我妈笑眯眯地说:"还有东西要补吗?都拿来。"她女婿有很多破衣服,我准备烧掉的,但我还是抱了出来,还有破枕套、破床罩,也抱了出来,一股脑儿扔给老妈。

我知道,我妈找事做,是为了忙一点,不想离别的事;我呢,只要妈不伤心,她想做什么都行。

破衣服补好了,破枕套、破床罩也补好了,实在没东西好补了,我妈开始做咸蛋。我妈做咸蛋是用白酒和盐。把蛋在白酒里滚一下,再到盐里滚一下,小心翼翼放进玻璃瓶。她一口气做了五大瓶。做完咸蛋,我妈又开始包粽子,肉粽、枣粽、蛋粽,包好的粽子堆在桌上,像座粽子山。

咸蛋和粽子把冰箱塞满了,我妈这才满意。她眼睛看向露台,露台上有两只鸡,正津津有味地吃花箱里的花;还有三只孔雀站在栏杆上,头朝外屁股朝内,往下面拉屎。孔雀的屎量,是鸡屎量的五倍。

我妈操起一把扫帚,呼喊着冲向露台,鸡和孔雀吓了一跳,尖叫着逃散。这件事每天都发生。我妈一边扫露台一边生气:"鸡待在草地上,孔雀待在林子里,这么漂亮的露台是给人待的,各就各位,不能乱来! 不行,这露台必须包起来!"

于是当天上午,我妈带着我和秋包露台,用的材料是黑色尼龙网,是我们包无花果树多出来的。为什么要包无花果树呢? 因为鸡和鸟联合起来,和我们抢果子吃。

老妈挂帅,"包露台战役"打得很成功。一张黑色的网,像包粽子一样,把露台包得严严实实,连两头门也包住,别说鸡和孔雀进不来,人也进不来了。

露台一包好,妈就说要买花、买树,她要装饰露台和院子。于是菲女婿把我们拉到花木市场,我妈挑了很多花草,还挑了三棵树,一棵桃树、一棵枇杷树、一棵金橘树。金橘树上挂着几粒果子,金灿灿的,我们三娘一人尝了一粒,好甜!

付钱时,我妈拦住了女婿,斩钉截铁地说:"这些花,这些树,我来买,我来种,是我留给你们的纪念品。以后你们看到它们,就像看到我!"老妈这么一说,菲里普哪敢违抗,头点得跟鸡吃米一样。

老妈买的花,被她亲手种进了花盆,种进了露台的花箱。黄的雏菊,红的海棠,粉的石竹,蓝的绣球,紫的薰衣草,还有火一样燃烧的天竺葵。露台因为这些花变得灿烂明媚。鸡和孔雀们隔网相望,大流口水。

后来老妈回去后,没人挥扫帚了,鸡和孔雀先是慢慢试探,再是慢慢"渗透",终于有一天,孔雀首开纪录,撕破防线,重新占领了露台,鸡便鱼贯而入,吃光了老妈的纪念品,气得我打鸡、追孔雀,要拔它们的毛。

露台的花种好了,老妈要种树。种哪儿呢?我妈先视察环境。院子里有三棵老树根,烂得不像样子了。我妈当初一到我家,就看它们不顺眼,认为它们破坏了景观。于是我妈说:"这样吧,我们拔掉老树根,原地种果树!"

我妈发出拔树命令时,菲里普不在,上班去了,她手下只有两个女儿兵。女儿兵接令后,扛起斧子、锤子,杀向老树根。女儿兵配合默契,一个用斧子砍,一个用锤子砸,让老树根"开了花"。两小时后,女儿兵消灭了第一个老树根,趴在草地上直哼哼。别小看老树根,对付它还得用吃奶的劲。老妈给我们递水、削苹果,爽朗地说:"你们真棒,女子汉,大丈夫!"

老妈这样表扬我们,我们没敢偷懒,跌跌撞撞冲向第二个老树根。它看上去比第一个更粗大,但一斧子砍下去,松软的木屑飞了起来。我们很高兴,看来这个老树根烂透了,容易对付。但第二斧没下去,我们看到了成千上万个会动的东西,全是蚂蚁!我和秋扔了工具抱头鼠窜,但还是慢了,其实刚才飞起来的,不是木屑,也是蚂蚁。秋脚上、手上被咬了好几个包,我手上、肚皮上也被咬了好几口,天晓得蚂蚁是怎么飞到我肚皮上的!

蚂蚁咬过的地方先是红包,然后是紫包,最后是白包,白包里是透明的毒液,扎扎地痛,像打了好几支青霉素。我妈慌慌张张取来冰给我们敷。我恨恨地跑到 shop 找到蚂蚁药洒在树根上,不到半小时,蚂蚁们死伤无数,活着的摇摇晃晃开始搬家。

蚂蚁搬完家,我和秋化仇恨为力量,又开始战斗。这棵老树根,老得变成蚂蚁窝,里面被蚂蚁吃空了,几下子就被我们摧毁了。老树根的"遗址"只剩一个大坑。我妈又表扬道:"女儿们,干得好!为有牺牲多壮志,敢教日月换新天!"这是毛泽东的诗。

在诗的鼓励下,我们冲向最后一棵老树根。这棵老树根,比起"已故"的两棵,看上去更矮小,但我们"嗵嗵嗵"几斧几锤,它岿然不动;再"嗵嗵嗵"几斧几锤,它还是岿然不动,像一尊顽石。我一屁股坐到草地上,喊道:"妈呀!这棵树,还是等菲里普吧。"

我妈说:"最后一棵了,加加油,给菲里普一个惊喜!"

秋也说:"对,加加油,给菲里普一个惊喜!"

我说:"问题是我们拔不动。女儿家,没力气!"

秋踢了一下老树根,咬牙切齿地说:"我上过山,下过乡,我就不信搞不定它!老妹,并肩子上!"

我俩仰脖子大口灌水,然后并肩子上,再战老树根,使出吃奶的劲。其实吃奶的劲早用光了,现在是吃水的劲。我妈在一边做啦啦队,念快板:"愚公!移山!加油!拔树!"我妈给我们加油,把愚公也搬出来了。其实我觉得愚公不愚,他聪明着呢,他是向天神施苦肉计呢!

我们"愚婆"砍树,砍到傍晚,树根有点摇动了,但就是拔不出来。"愚婆"动脑筋,使用杠杆原理、活轮原理、千斤顶原理、蚍蜉撼树原理、山呼海啸原理,想把树根拔出来,但树根却铁了心,打死也不出来。这时,我和秋已经披头散发,大汗淋漓,脸上沾了泥巴,手心起了血泡,表情不知道是哭还是笑。我妈一看心疼了,说:"算了算了,剩下的让菲里普来吧!"我妈这话一说,我和秋叫了声"My God!"一屁股坐到地上。

没想到,我们这声"My God"灵验了。狼道上传来汽车声,开来一辆大卡车,卡车上坐着两个陌生男人,脸朝向我们,笑眯眯的。

我妈说:"能不能请他们帮个忙?"

秋对我说:"林,美人计,冲!"

我向狼道冲去,边冲边叫:"嗨嗨嗨,你们好!我们需要帮助!"

卡车"嘎"的一声停下了,两个男人同时问:"发生什么了?"

我说:"我们三个女人拔树根,拔了一天了,还是拔不动。你们能不能帮个忙?"

他们看我的脏样子不像说谎,说了声"Sure",下了车。他们高大魁梧,都是"红脖子",得州好男人。

两个"红脖子"走到树根前看了看,商量了一下。一个跑回去把卡车倒进来,另一个用铁链一头绑住树根,一头连住卡车,喊了声"OK",车就动了,只听"嘭"的一声,大树根被拔了出来,地面露出一个大洞。我们三娘欢呼起来。看来是要向愚公学习,拔树不止,苦肉计不止,上帝就把这两个"红脖子"送来了。

两个"红脖子"没马上走,而是帮我们把树根移到树林里。这时,我妈拿来水请他们喝,他们没客气,打开就喝。我让他们和我妈、秋站在一起拍了张合影。我妈说:"谢谢你们,我们不会忘记你们!"

两个"红脖子"同时问:"你们从哪里来?"

我说:"我们都从中国来。我叫林,住在这里。这是我妈妈和姐姐,她们来看我。"

一个"红脖子"问:"林,你们……你……结婚了吗?"

我说:"结了结了。我丈夫叫菲里普,在贝城核电站工作。"

他说:"哈,我兄弟也在核电站工作! 我就住在树林那边,以后有什么事尽管叫我,我的名字叫比尔……"

"红脖子"走后,我妈问:"他为什么问你有没有结婚呀?"

我说:"我手上没戴结婚戒指呀,你们也没有,他们以为我们家没男人!"

我妈说:"哦,所以他们很愿意帮忙!"

秋说:"哈哈,所以林的美人计成功了!"

这时,菲里普到家了。看见院里突然少了三棵老树根,他果然很惊讶,连声问:"啊! 树呢? 你们拔了? 你们这么厉害?"

我神气地说:"我们拔了两棵半!"

他瞪大了眼睛:"还有半棵呢?"

我就把"红脖子"拔树的事告诉了他,原以为他会很感动,会追上人家说谢谢。没想到,他听完故事竟很郁闷地说:"完了,这下邻居都知道了,我同事也都知道了,我们家有三个勤劳的女人和一个懒惰的男人!"

接下来,老妈要种树。于是菲里普把三个坑挖好,我和秋把三棵树抬过来,老妈亲手把树种了下去。树种好,我们三娘站在树边,请菲里普为我们拍合影。我们和树一样高,站在一起,亭亭玉立一排。菲里普用中文喊:"一! 二! 香!"我们一下子笑了。他总是把"三"喊成"香"!

拍好照,我说:"妈妈,这些树都是你种的,它们的名字就叫'妈妈树',我想你的时候,就来看'妈妈树'!"

菲里普说:"这个名字好! 五年后,'妈妈树'肯定很高很大了。妈妈,秋,你们来吃果子!"

秋说:"五年很快的,我一定来吃'妈妈果'!"

我妈说:"到时候,你们再拍张合影给我看看,看看它们长多高了!"

秋撒娇地圈住老妈的脖子说:"不行,妈咪,你得亲自来看!"

我也圈住老妈的脖子说:"不行,妈咪,你得亲自来看!"

秋说:"妈,她学我说话!"

我说:"妈,她学我说话!"

我妈笑着对菲里普说:"呵呵,你看看我两个女儿,长不大!"

菲里普说:"妈妈,你有两个快乐的女儿,因为你是快乐的妈妈!"

种好树,菲里普又直冲他的 shop 捣鼓老福特,这辆老福特还差一点点就能发动了。我妈呢,回到屋里,坐到钢琴前,开始弹《春天》。我和秋伴着《春天》跳舞,边跳边唱:"索哆哆哆西拉索,索来来来咪来哆……"

我妈和秋到的时候是早春,临行前是暮春。这只曲子,妈妈弹了整整一个春天,我们也跳了整整一个春天。

告别派对

再过几天,我妈和秋就要飞回国了。

有一天,她们对我说,她们还有两件事想做。一件事是,几天后就是菲里普的生日,但她们已经飞走了,所以想提前给他过一个生日;还有一件事是,她们想请安妮过来吃顿告别饭。

我说:这还不容易,明天菲里普休息,明天中午我们给他过生日,请他吃他最喜欢的墨西哥餐;我们把安妮也一块儿请来,这样两件事就一起做了。我妈和秋一听很高兴,马上动手做蛋糕。

就在这时,安妮的电话打来了。安妮说:"林,飞机和秋就要走了,明天我要给她们办一个告别派对,先带她们参观,再请她们吃午饭。"我说,她们明天中午要给菲里普过生日呢,还想请你一起参加,顺便向你告别。安妮说:"那太好了,我一定参加。这样吧,我请她们吃早餐,你们九点钟到。早餐后我们去参观。"我问:"安妮,你要带我们参观什么?"她神神秘秘地说:"这是一个惊喜!"

惊喜是不能问的。我闭嘴不问。

这天傍晚,菲里普下班回家后,我告诉他明天有两个派对,一个是安妮安排的,一个是我妈妈和姐姐安排的。菲里普问:"妈妈、姐姐安排什么?"我说:"这是一个惊喜,不能问。"他马上不问了。我问他:"你知道安妮要带她们参观什么吗?"菲里普眨眨眼说:"这是一个惊喜,不能问。不过,妈妈说让你把二胡带上。"我吃惊地问:"为什么?"他眨眨眼,摇摇头,闭嘴不说,我去拧他耳朵,他还是不说。这家伙,和他妈妈共守同盟! 当然我也是,我就是不告诉他关于生日派对的事。

美国人喜欢神神秘秘送惊喜,我已经学以致用。

第二天上午九点,我们准时到安妮家吃早餐。一进门,我们就闻到了熟悉的香气,我妈和秋一起说:"安妮在做'气死'!"

安妮跑过来拥抱了我们,然后告诉我们,早餐吃"casseroles"。casseroles,这个词看上去复杂,但并不难记,听上去像"开塞露",很好记。于是我对妈妈和秋说:"安妮请我们吃'开塞露'。"她们瞪大了眼睛:"开塞露?"安妮连声说:"对、对,开塞露。"我妈和秋一下子笑了。

开饭了,饭桌上有一大盆"开塞露"。"开塞露"红红黄黄绿绿的,很好看。我妈便问安妮"开塞露"里有什么,是怎么做的。安妮说,"开塞露"里有鸡肉、通心粉、番茄、菠菜、蛋、蘑菇、奶酪,把这些东西混在一起,放进烤箱里烤三小时。

我妈说:"烤三小时啊? 安妮,你辛苦了!"

秋说:"'开塞露'看上去很像墨西哥糊糊。"

菲里普说:"秋,你聪明。'开塞露'的做法就是从墨西哥传来的。"

菲里普这么一说,我们三娘一起摸肚子,感觉已经饱了。

不过,尝了一勺"开塞露"后,我们发现安妮做的"开塞露"有菠菜的清香,有番茄的酸甜,有蘑菇的鲜美,鸡肉和通心粉也很香软,奶酪味并不重,比墨西哥糊糊好吃多了。我妈吃完又添了一次,我和秋各添了两次。当然,我们最爱吃的是一盆烤芦笋、一盆烤蘑菇,还有一盆水果沙拉。

早餐吃好后,我妈说:"安妮,'开塞露'又好看又好吃,营养也很丰富,可惜我们家没有烤箱,不然,我天天做'开塞露'吃。"

秋听了想笑,但忍住了,也夸安妮:"安妮做的饭就是好吃!"

安妮见我们吃得开心,而且吃得不少,松了一口气,她说:"飞机,秋,这顿早餐是我为你们做的告别饭,我知道你们不喜欢奶油和奶酪,所以我没放奶油,奶酪呢只放了一半。"

我妈说:"谢谢你,安妮,谢谢你的美食。回中国后,我会想念你的手艺。"

十点半,安妮带我们进行第二项内容:参观。安妮打头,我们随后,两辆车出发了。没多久,我们开进了一个牧场。牧场上鲜花盛开,有成群的牛在吃草。牧场边上有一条小河,小河边上有一座花园,花园中间有一幢别墅。我认出来了,惊呼:"啊,这不是博士家吗! 原来安妮带我们参观博士家!"

我妈问:"博士? 是不是你书里写过的那个大名人,他会五国语言,是你的忘年交?"

秋问:"是不是那个演说家,你和他一起拉过二胡的?"

我好感动,我妈和我姐真是我的"铁杆粉丝",我书中的这些细节,自己都忘记了,她们还记得。我连声说:"是,是,就是这个博士,得州牛人!"博士的名字叫 Doc Blakely,他是大作家、大演说家、大演奏家。我怎么认识他的呢？是有一天他在街头拉琴，我以为他在乞讨，丢给他 10 美元，后来……这故事我写进了《嫁给美国》，这里就不多说了。总之，后来我们成了忘年交。

我们跳下车后，迎来了两个人，博士和博士的妻子佩。他们俩一身牛仔打扮：牛仔衫、牛仔裤、牛仔靴、牛仔帽，看上去很帅气。博士好像刚刚运动过，脸红扑扑的，浑身冒着热气。

安妮说："飞机，秋，今天的派对就是请你们到博士家参观，希望你们喜欢。"

我妈说："我太喜欢了！谢谢你，安妮。能到名人家看看，是个很大的惊喜！"

这时博士走过，先握我妈的手，再握秋的手，然后给我一个拥抱。拥抱后，我向他介绍："博士，我妈叫惠姬，我姐叫秋。"

博士也马上自我介绍："惠姬，秋，我是谁呢？我是博士，但我不是博士，我的名字叫博士，这个名字给我带来很多麻烦，我妹妹到现在还在生气，因为我爸妈给我取名叫博士。所以，你们千万别把我当博士，但你们还是要叫我博士！"

他这一番话把我们逗乐了。他不愧是演说家，幽默、咬字准，他是第一个把我妈名字叫准的美国人。

于是我妈蹦了一句英语："Nice to meet you！"

秋也马上蹦："Nice to meet you, Doc！ I know you from Lin's book！"

博士哈哈笑了，蹦出一句中文："你好，你好！谢谢！"

我说："博士，早知道今天是到牛仔家来，我也穿牛仔装了！"

博士一听，就把他的牛仔帽扣到我头上。他的太阳穴上贴了一块创可贴。我关心地问:"博士,你的额头怎么了?"

他说:"被子弹打了一个洞,补起来了。"

我把他的话译给我妈听,我妈笑了,连声说:"幽默!幽默!"接着又说:"他身体真好,我穿毛衣觉得冷,他穿衬衫还红光满面!"

我对博士说:"我妈说你身体真好,不怕冷。"

博士说:"我刚从外面把一头牛追回来。我的牛经常逃出去,我得经常追,追牛是我主要的健身项目。"我们听了,又笑了。

这时,佩走过来抱抱我,握了握我妈和秋的手,说:"惠姬,林非常可爱,非常聪明,我们都喜欢她,谢谢你把她送给了我们!"

我妈说:"我要谢谢你们,你们都对林这么好。"

佩说:"非常欢迎你们过来,请进屋坐坐。"

我们就向房里走去。这幢房子远看的时候高低错落,花团锦簇,很气派。走近了才看清楚,除了门庭是红砖和大理石,其他所有外墙都镶上了旧木条,不是一般的旧,旧得发黑发灰发霉,很像破牛棚。我妈一边走,一边瞄"牛棚",表情却很淡定。我妈知道,美国人和中国人相反,越富裕的人,装修房子越不喜欢新东西。他们喜欢旧东西,新的也要磨磨旧,越旧越好。

进屋后,满目的家具也都很旧,老桌子、老椅子、老电视柜,都老得"青筋暴露"。不过房间收拾得很干净,很整齐,桌上柜上放满了工艺品,墙上空着的地方都挂了照片,都是欢笑的脸。一屋子欢笑的脸,衬托出家的温馨。

博士夫妻带我们去书房。书房正中是一张老吧台,很宽大,台面坑坑洼洼。这张吧台是真正的古董,一百五十年了,是博士从古董店买来的。吧台里面是一排酒柜。记得那些牛仔电影吧?彪悍的牛仔策马奔腾,尘土飞扬,浴血枪战,然后冲进酒吧,靠着吧台大声喧哗、大口喝酒。博士的这个吧台和电影里的一模一样。这张吧台也是博士的写字台,他写的书,大部分关于牛仔和印第安人。

书房里有牛仔的驯马工具,有印第安人的劳动工具,还有印第安人的头饰、项圈、帽子。印第安人的帽子插满了羽毛,很野性的美。

书房的墙上也挂满了照片,大部分是老照片。有一张照片上是一个长脸、细眼睛、高鼻子的印第安女人,穿着长裙、靴子,坐在露台上,嘴里叼着烟斗,目光很温柔。博士说,这是他外婆的外婆,拍照的时候,她已经一百多岁了。

博士书房的装饰牛仔情结很浓,印第安味道很浓,因为他是印第安人的后裔,牛仔的传人。

书房里还有几大排书架,其中摆着他和他儿子的作品,他有 8 本作品,他的儿子有 23 本作品。博士从书架上抽出一本书,笑着对我妈说:"这个作家是我的最爱!"我妈一看,是我的《嫁给美国》,对博士说:"博士,我就是在这本书上认识了你,我们杭州有很多人认识你。"

菲里普说:"博士,你应该去杭州玩玩!"

博士说:"要去的,我和林说好了,要吃杭州的辣鸭头,嘎嘎嘎!"他边叫边扮鬼脸。

安妮说:"博士,你还能吃到蛇肉、驴肉,但吃下去才会知道。你在杭州吃东西,别问是什么,吃下去再问。这是我的经验。"安妮跟我去过一次中国,印象最深的就是吃这件事,她每天被菜色吓得花容失色。回美国后,安妮有了很多"吹牛"的材料。安妮在中国的故事很有趣,我都写在了《洋婆婆在中国》这本书里。

菲里普说:"老妈说得对,多问没好处,多问你就吃不到好东西了。我们美国人最可怜的地方,就是错过了很多好东西!"

安妮听了,和菲里普抬扛:"我可不这样认为。美国的汉堡不好吗?热狗不好吗?奶酪不好吗?奶油不好吗?薯片不好吗?你一天不吃行吗?"

菲里普说:"自从我娶了中国老婆,没汉堡、热狗了,也没奶酪了,天天鱼眼睛!"

大家哈哈笑了。博士问:"惠姬,秋,你们喜欢得州吗?"

我妈和秋说:"喜欢!"

博士继续问:"喜欢什么呢?"

我妈说:"我喜欢得州的空气,得州的田野,最喜欢的是得州的蓝天,这里的蓝天实在太美了!我也很欣赏人与人之间的关系,很独立,很简单,但互相尊重。陌生人见面,也都很有礼貌。"

秋说:"我喜欢得州的宁静、干净,喜欢得州的树林和野花。我也喜欢得州人,很热情,很乐于助人。"

秋这么一说,我马上补充,说我们钓鱼时有人送我们鱼,钓蟹时有人送我们蟹,还有人送我们大甲鱼。甲鱼的味道实在太美了。

安妮和佩一听,捂起嘴巴说:"林,我们要是有甲鱼,也送你!"

博士瞪大眼睛问:"林,甲鱼什么味道?"

菲里普很认真地告诉博士:"甲鱼的味道就像鸡肉!"

博士说:"像鸡肉?那太好了,有机会我一定要尝尝!那么,惠姬,秋,你们到了美国,有没有发现得州不好的地方呢?"博士不愧是作家,已经开始"深入采访"了。

我妈婉转地说:"没什么不好,要是有,也是文化差异。"

秋直爽地说:"我觉得东西不好吃!"

秋这么一说,美国佬们的表情很吃惊。秋连忙改口:"不是不好吃,是看一眼就饱了!"

我妈说:"安妮做的东西就很好吃。"

听我妈这么一表扬,安妮马上眉开眼笑。

听我妈说到吃,我便四下看了看。今天到博士家做客,他们连一颗糖也没准备。当然,这事不用奇怪,到美国人家里做客是没东西吃的,想喝水,自己去自来水龙头接。

这时,博士拿出了他的小提琴,菲里普马上把二胡递给我。博士看着二胡,用中文说:"胡儿?"我一听,忍住没笑,纠正他:"二胡!二……胡!"

博士很认真地学:"二……胡!二胡!"

我说:"对! 你真聪明!"他真的很厉害,三年前我教他说的"二胡",现在他还能记得这两个音。

博士说:"惠姬,秋,今天我和林为你们开个小小的音乐派对,给你们送行。我拉小提琴,林拉二……胡! 二胡!"

我妈说:"谢谢,我太荣幸了!"

秋说:"老妹,好好拉,我帮你录像!"

我挠挠头皮问博士:"拉什么呢?"

博士说:"拉你最喜欢的,最熟悉的,你管自己拉,我会跟上来的。拉错也没关系,我跟着你错!"大家一听都笑了。

我想了想,想出一个最简单的《新年好》,就"嘎吱嘎吱"拉了起来。很快,博士的小提琴配了上来,我的杀鸡杀鸭声混进了优美的提琴声,一点儿也不难听了。一曲罢了,听众"哗哗哗"拍手,安妮向我喊:"Lin！Good job！"我一听,信心上来了,开始拉《红河谷》。这支歌,我曾和博士一起在咖啡屋合奏过,所以我们配合默契,一层一层把乐曲拉到高潮。突然,博士停止拉琴,和着我的二胡唱起了《红河谷》,他唱的是英文,中文版是这样的:

> 人们说你就要离开村庄
>
> 我们将怀念你的微笑
>
> 你的眼睛比太阳更明亮
>
> 照耀在我们心上
>
> 走过来坐在我的身旁
>
> 不要离别得这样匆忙
>
> 要记住红河谷你的故乡
>
> 还有那热爱你的姑娘
>
> 你可会想到你的故乡
>
> 多么寂寞多么凄凉
>
> 想一想你走后我的痛苦
>
> 想一想留给我的悲伤
>
> ……

安妮和佩听着听着,一起站了起来,手拉手跳舞。我妈和秋没跳舞,但嘴里在哼着。这支歌在美国家喻户晓,在中国也是家喻户晓,年轻人、老年人、男人、女人,都会唱,都喜欢唱。这是一首送别的歌,怀旧的歌,多情、忧伤的歌,它表达的内容非常大众,非常自然,这就是它流芳的原因。最自然的东西,就是最美的东西。

博士唱完歌,又拿起小提琴和我一起继续合奏《红河谷》。安妮和佩继续跳舞,我的老妈、老姐继续哼,哼着哼着,她们的眼里闪起了泪花。菲里普的眼睛也湿了。我看着他们,弓一压,琴发出了哭一般的呜咽。

《红河谷》让我们同时想到我们的离别。

《红河谷》演奏完,我说:"博士,再过几天就是菲里普的生日,我想为他拉一支生日歌!"

博士一听,马上做了个"OK"的手势,喊"One, two, three, go!"我们就开奏了。我们一边拉,下面的听众除了菲里普都一起唱:"Happy birthday to you, Happy birthday to you, Happy birthday to Philip, Happy birthday to you!"唱完,所有人对菲里普喊:"Happy birthday! God bless you!"

菲里普有点害羞地说:"这是妈妈、姐姐的告别派对,我不可以抢风头的……"

最后,博士为我们独奏了一曲《友谊地久天长》,琴声优柔。博士是演说家,但他不管在美国演讲,还是在欧洲演讲,都会带上小提琴,演讲时穿插小提琴演奏。他的演奏总是热情奔放,能澎湃听众的心情。

听完《友谊地久天长》,秋冲着博士说:"Beautiful! Wonderful!"我妈握住博士的手,感动地说:"博士,见到你,我很高兴;听到你的琴声,我很高兴;看到你和我女儿一起合奏,我更高兴! 太谢谢你了!"

博士一字一顿说了句中文:"谢! 谢! 光! 临!"这一句话把我们三娘逗乐了。

小小的音乐派对结束了,下面一项内容,是参观博士的牧场。

我们一群人跟着博士走出房子时都吓了一跳,房前站着一头公牛!这头公牛高大健壮,嘴边冒着白泡,血红的眼睛里充满了怒气。博士打了个手势,让我们站住别动。博士说,这"男孩"正是青春期,情绪不稳定。这时,佩跳上一辆高尔夫小车,一边开一边赶牛;博士跑到前面引路,把公牛带进了一个单独的牛棚。

关好牛后,博士夫妇带我们走到牧场边。博士拎来一桶饲料,打开栏门走进去,嘴里吆喝了一声,远处的牛竟一起回头,以百米冲刺的速度跑过来。它们都长得很笨重,却甩着长尾巴,跑得蹄不点地。我们忍不住笑了,我们从来没见过牛狂奔,还跑得这么快。

牛群跑到博士身边,亲热地围住他。博士这个抱抱,那个亲亲,然后把饲料倒进槽里,牛们争先恐后抢食吃。

我们发现,所有牛耳朵上都挂了黄牌子。这个黄牌子是干什么的?博士告诉我们,黄牌子上写着牛的名字、生日,如果谁怀孕了,还要标上预产期。

秋问:"博士,你有多少牛?"

博士说:"我没有牛,我只有割草机,我有 57 台割草机。"

我们都笑了。我妈说:"这么多牛,你家牛肉有得吃了。"

博士说:"不,我们吃的牛肉都从超市买。"

我问:"那你养牛干什么呢? 拿去卖吗?"

菲里普说:"博士养牛不是为了赚钱,是为了爱好,保持牛仔的传统。"

菲里普的话算是恭维,博士一听,马上反驳:"不、不,菲里普,我们养牛是为了赚钱,去年赚了两万多呢!"

我说："博士,你又要写书,又要演出,又要养牛,你如果太忙,我来帮你看牛吧。我还能骑骑牛,喝喝奶,坐在牧场上拉拉二胡。"

博士哈哈笑了,对我妈说:"惠姬,你知道我们为什么喜欢林吗? 她很清新自然,就像农场的空气。"

看完牛,博士夫妇带我们去看菜地。菜地里长满了萝卜,佩拔了一把给我。萝卜是鲜红色的,小的像一枚乒乓球。她说,这种小萝卜做沙拉最好了。

看完菜地,我们就和博士夫妇道别了。

车开出牧场后,我们回头看,博士夫妇并没有进屋,还在院里忙。

我妈说:"博士是大名人,但很谦逊,很朴素,很节约,很勤劳,什么事都自己做,一个佣人都没有,我很佩服。"

秋问:"博士夫妇多大年纪了?"

我说:"奔八了吧。"

菲里普说:"奔九啦,博士快过九十岁生日了!"

秋说:"天啊,九十! 哪里看得出!"

我妈说:"他们住在这么美丽的地方,有河,有牧场,有牛,还有音乐,两夫妻配合默契,恩恩爱爱,当然显年轻了。"

菲里普说:"其实他们有过很不幸的事。他们的大儿子很早就去世了。"我妈和秋一听,都惊呼了一声。

菲里普说:"他们失去儿子那年,悲伤得差点站不起来,但渡过难关后,博士依旧演讲、拉琴、写书。因为他们相信,总有一天,他们会和儿子在天堂相见。"

我妈叹道:"这也是信上帝的好处,不畏死,保持乐观。刚才林和博士演奏时,安妮和佩又唱又跳,哪像是老太太!"

我说:"妈,这话可不能在安妮面前说!"

我妈笑了:"说错了,说错了。七十多岁,还是女孩呢!"

说笑中,我们到了沃顿古董街。下车时,我妈和秋惊讶地看到,安妮已等在那儿了。她说要陪我妈和秋逛逛古董店,这也是她今天计划的一部分。

又看到安妮,我妈当然很高兴,也很感动。逛店时,俩亲家一直手拉手谈笑风生,各说各的语言,却完全能懂对方。

沃顿古董店里的宝贝和我们在加尔维斯顿看到的差不多,二十五年以上的东西,锅碗瓢盆,家用电器,破铜烂铁,都当古董摆起来了。这些东西在中国不算古董,在美国就是古董。我们五千年文化,他们三百年文化,按比例分配,他们二十五年的东西相当于我们几百年的东西。从这个意义上看,真的都是古董。

逛完古董街,我们回到停车场。安妮从车上拿出两包礼物。安妮说:"飞机,秋,你们要走了,我很舍不得,这是我送你们的礼物。"

我妈和秋拆开礼物,里面竟是一瓶沐浴露。我妈和秋还是很高兴,一起说:"谢谢安妮,你太好了!"我妈和秋的谢意是真的,她们都知道美国人根本没有送礼、回礼的习惯,安妮能想到送礼,已经是情意满满了。

这时已经是中午,我们约上安妮,要去墨西哥餐馆,给菲里普过生日。菲里普当然没想到这一出,他惊喜交集地说:"哇,果然有惊喜呢!我有墨西哥餐吃了!"

到了墨西哥餐馆,下车时,我们三娘一人抱着一个礼物包。菲里普很吃惊,他根本不知道,我们什么时候把礼物藏到了车上。

点餐时,秋说:"菲里普,安妮,点你们最喜欢的,今天我请客!"

安妮听了马上说:"不不不,我自己付。"

我妈说:"安妮,别客气,就让秋请吧! 菲里普的生日,也是你的节日!"

安妮瞪大眼睛说:"飞机,这个说法我第一次听到! 但这个说法太甜了,谢谢!"

我们点的餐很快送上来了,我们三娘点了清淡的墨西哥卷和蔬菜沙拉,菲里普和安妮都点了著名的墨西哥糊糊。这些"糊里糊涂"的东西充满奶酪、黄油、豆酱、肉酱,五彩缤纷,散发着浓烈的"气死"味,我们闻一闻就都饱了,但安妮和菲里普却吃得不亦乐乎,特别是菲里普,把盘子里最后一点糊糊也用薯片刮干净了,然后舔舔手指。

吃完饭,下一个节目,请寿星拆礼物。

我送寿星的礼物是一盆绿叶葱葱的棉花。菲里普和我说了好几次,棉花是世界上最酷的植物,叶好看,花好看,果好看。他从小到大,每年都想种一盆棉花,但每年都不记得。所以我悄悄种了一盆棉花,当生日礼物送给他。

丈母娘送女婿的礼物有两件,一件是陶瓷花瓶,鲤鱼的造型。大大的嘴巴,大大的眼睛,前面一个"福"字,后面一个"余"字,是在中国超市买的。还有件礼物,是她亲手绣的十字绣,上面是"平安"两个字。丈母娘对女婿说:"我们不求富裕,只求平安。平安是福!"

秋的礼物是一只她亲手做的蛋糕。这只蛋糕是她昨天趁菲里普上班时做的。秋做蛋糕时,我当大师傅,其实我并没有做过蛋糕,只看菲里普做过。所以秋这只蛋糕在我这个"三脚猫"的指导下,蛋糕烤老了,奶油涂坏了,上层奶油和下层巧克力混在了一起,像只难看的瘌痢头。我妈说这不是蛋糕,是豆腐渣工程,怎么拿得出去?秋灵机一动,在表面铺了一层香肠,把豆腐渣工程掩盖起来。

但寿星喜不喜欢这只蛋糕呢?我们心里没底。所以菲里普拆蛋糕时,我们都很紧张,看他如何反应。菲里普拆开包装,看到蛋糕,大吃一惊,激动地说:"我见过各式各样的蛋糕,第一次见到香肠蛋糕!秋,你和林一样了不起,有创意!谢谢!"

安妮问:"林有什么创意?"

菲里普说:"林会在三明治里夹豆腐干,在通心粉里加酱油!"

安妮哈哈笑了,她很少这样笑。她说:"秋啊,这只香肠蛋糕,我要让珊蒂看看!"说完就举起手机拍照。

三娘的礼物拆光了,安妮送上了她的礼物。她的礼物是一张生日卡,写了一句话:"儿子,生日快乐!"嘿嘿,典型的"礼轻情义重"。这句话我们中国人都是说说,美国人却是来真格的。

接下来点蜡烛、吹蜡烛、吃蛋糕,生日派对就结束了。菲里普向我们谢了又谢,说今天的生日派对太难忘了,吃了墨西哥糊糊,拿了这么多美丽的礼物,还吃了特别的香肠蛋糕!

离开餐馆上车前,我妈和秋向安妮依依不舍地做了最后的道别。

老妈之恋

今天是我妈和秋在美国家的最后一天,明天上午,她们就要飞回祖国了。

今天的"节目"排得满满的。

早上起床,是老妈做的早餐,很简单,稀饭、霉豆腐、白煮蛋。我妈平时只吃一只蛋,今天吃了两只。我妈说:"这么好的蛋,回去没得吃了,今天多吃点。"秋说:"我也要多吃点,我吃三个!"我一听,就又煮了一锅蛋,鸡蛋鸭蛋鹅蛋,三蛋杂烩。我说:"这些蛋你们带着路上吃,吃不光给老爸吃。"

早饭吃好,菲里普杀了一只大公鸡,这只公鸡足足有 15 磅重。我妈和秋一起帮忙,给大公鸡褪毛、开膛、洗净、切块。我拿出家里最大的砂锅,把鸡块放进去后,又加了黄芪、党参、枸杞。这锅鸡汤当午餐,也当晚餐,我要给妈妈、姐姐补足精神,好应付明天的长途飞行。

鸡炖下后,老妈和秋开始打包行李。她们来的时候大包小包,带的全是家乡货:香菇、木耳、豆腐干、山核桃……回去的时候也是大包小包,带的全是美国货:美国药、美国小工具、美国食品、美国衣服;还有我家林子里的特产:核桃、蜂蜜、柠檬、孔雀毛。

我妈看着行李,留恋地说:"回去后,剥核桃,就会想到沃顿的核桃树;喝蜂蜜,就会想到我们一起采蜜的那个夜晚;看孔雀毛,就想到美丽的孔雀,想到满院的鸡鸭鹅……那鹅,那只男刚刚气死我了,看到我就追,是我的敌人,但真的看不到它,我还是会想它的。还有茉莉……这里的所有一切,我都会想念的。"

秋说:"妈,别难过,我们有照片,还有录像,回去后我们天天看。"说完她眼圈红了。

见此情景,我连忙说:"妈,为平,你们闭上眼睛,我给你们变个魔术!"

她们一听,马上闭上了眼睛,然后便听到了"叮叮咚咚"的声音。她们睁开眼一看,看到了两串贝壳风铃,一串是海螺,一串是蛤蜊。这两串风铃,就是那天在加尔维斯顿,她们想买却没买,我悄悄买下的。

我说:"喜欢吧?送给你们,一人一串!"

我妈笑了:"哈,这正是我想要的风铃啊!我一直在后悔呢,那天应该买下来!"

秋也笑了:"哈,我的好妹妹。这风铃哪儿来的?"

我说:"我用魔术变出来的呀!"

我妈说:"我知道了,是在加尔维斯顿买的吧?你要给我们一个惊喜!"

我说:"不是的,是我用魔术变出来的!"

她们不再理我,打开箱包往外扔东西。我妈扔出了她的老背心、老布鞋,秋扔出了她的红毛衣、花睡裤,腾出了地方,她们小心翼翼地把风铃放了进去。我此刻坐在这儿写字,身上穿的老背心、花睡裤,就是她们扔给我的。我穿它们在身上,仿佛听到了风铃声,"叮叮咚咚"……风铃是吉祥物,能守护人,希望它们好好守护我的妈妈、姐姐,不生病,不生气,白白胖胖,快乐每一天。这是我送她们风铃时,暗暗对风铃说的话。

我妈和秋的行李打包好了,菲里普过来检查,他把每只行李都称了称,结果每只都不"及格",不是太重就是太轻。于是老妈和秋又打开箱子,手忙脚乱整理东西。

行李搞定了,菲里普要到 shop 捣弄老福特,我们一听,都要跟他去瞅瞅。三个月前,那辆除了喇叭不响,其他地方嘎嘎乱响的破车,现在整成了什么样? 但菲里普却拦住我们,他说还差一点点,搞定了来叫我们,然后带我们去兜风!

菲里普去了 shop,我们三娘看照片,这也是今天计划中的事。我把电脑和电视机接上,在欢乐的背景音乐中播放照片。初春、盛春、暮春,老妈和秋在美国的整个春天,一张张跳了出来:老妈打枪,老妈杀鸡,老妈斗刚刚,老妈钓甲鱼,秋追孔雀,秋爬树,我和秋在海边跳舞,我们三娘拔大树根,老妈种果树……我们边看边乐,乐得眼泪都出来了。

足足看了一小时照片,菲里普从 shop 回来了。我问他:"现在可以看车了吧?"

菲里普却哭丧着脸说:"车是好了,但发动不了,兜风兜不成了!"

我问:"怎么啦?"

他说:"点火机坏了,得到网上定购,一来一去要七天。"

我妈说:"菲里普,兜风不兜风没关系,我们看看就行!"

菲里普说:"不能带妈妈兜风,太遗憾了!"

秋说:"留点遗憾好!走,看车去!"

于是我们拥着菲里普,一起走进了 shop。那辆老福特被一块红布盖着,菲里普请老妈揭开,老妈走上前一把揭开,老福特露出来了。我们大吃一惊,它完全变了,再不是一堆破铁,而是一辆亮闪闪的新车——车身锃亮,玻璃锃亮,镜子锃亮。菲里普打开引擎盖,里面的发动机也锃亮锃亮。记得我们第一次看时,这里是一肚子烂东西。

菲里普盖好引擎,打开车门,我们向里面张望。方向盘有了,亮亮的;仪表盘有了,亮亮的;操纵杆有了,亮亮的;地板有了,铺着红地毯;座椅上的老鼠洞不见了,包着新牛皮。三个月前,这个驾驶室什么都没有,方向盘没有,连地板都没有,只有蜘蛛网,还有老鼠屎。

菲里普很绅士地向我们做了个"请"的动作。上次他做这个动作,我们三娘吓得撒腿就跑,今天,我们"呼啦"一下全往车上挤,菲里普马上维持纪律:"嗨,嗨,让妈妈先上,妈妈先上!"于是妈妈先上,坐正中,我和秋一边一个。刚坐好,只听"啊呜——嘎"一串怪叫,吓我们一大跳。菲里普笑着说:"有人碰到喇叭了!"原来是喇叭,叫得真难听!菲里普说,这种喇叭,发音靠弹簧的转速,英语叫"Ah-Ooga"喇叭。于是我和秋不断按喇叭,shop 里回荡着"啊呜——嘎"的怪叫。

我妈在老福特上坐了好久,不舍得下来。她说,这辆车比她年纪还大,她得好好和"大姐"谈谈心。我和秋呢,绕着老福特当车模,一会儿金鸡独立,一会儿猴子捞月,一会儿展翅双飞,菲里普很尽职地为"车模"拍照。

从老福特上下来,我妈拉着菲里普的手说:"菲里普,你的聪明、勤劳、勇敢,我从你修车这件事上再次看到了,谢谢你!谢谢你三个月的劳动,我很喜欢,太喜欢了!我真舍不得离开她呢!"

菲里普说:"妈妈,这辆车就是为你修的,你喜欢是最重要的,可惜不能带你去兜风!等完全修好了,我带林去兜风,拍录像给你看!"

秋一听,叫道:"我也要兜风!"

我说:"你来啊,老妈一起来,我们四个人一起兜风!"

我妈说:"啊哟,这辆老车我一个人还行,坐上你们两个猴子不散架才怪,我这把老骨头不敢坐!"

我和秋咯咯笑了。

老福特看够后,我妈说,她很想再到狼道走一走,向狼道告别。

于是,我们三个孩子,陪着妈妈走出院子,走上狼道。

现在是暮春,狼道上的花红红黄黄粉粉紫紫,交相辉映,已分不清是什么花了。这些花,从初春开到暮春,现在开到最盛。路边还有一朵朵蒲公英,我们一边走,一边吹,蒲公英的小伞飞上天,再落下来,落到我们的头发上。

我们一家人,还有小狗茉莉,从狼道这一头,走到狼道的另一头。狼道的尽头有片空地,这儿很美,上面是蓝蓝的天,下面是一地蓝帽子花。我妈站住了,她拿出手机拍蓝天,拍好后,她采了一朵蓝帽子花,她说她要用这朵花当书签,以后只要看到它,就会想到狼道,想到沃顿,想到得州的蓝天。

就这样,我妈贺惠姬,在美国家度过了整个春天,告别了弯弯的狼道,告别了她的"小棉袄"还有甜女婿,带着灿烂的笑容飞回了祖国。

书写到这里要收尾了。我曾对妈妈说过,我要用妈妈的风琴曲《春天》做这本书的结尾,请她一定要为《春天》填上词。昨天,我妈终于为《春天》填了词,在微信上发给了我。我好开心,这本书总算有了我想要的结尾。谢谢老妈!

那么,我就用妈妈的《春天》,为这本书收个尾:

春天里的America,

绿绿田野蓝蓝的天,

空气好新鲜!

花脸笑笑鸟声欢,

月儿亮亮星儿闪,

快乐的人儿快乐的歌,

我家的生活美又甜!

图书在版编目(CIP)数据

生活本就是田园:八十岁老妈的跨洋奇趣之旅 / 盛
林著. —杭州:浙江大学出版社,2017.10
ISBN 978-7-308-17398-8

Ⅰ.①生… Ⅱ.①盛… Ⅲ.①随笔—作品集—中国
—当代 Ⅳ.①I267.1

中国版本图书馆 CIP 数据核字(2017)第 220575 号

生活本就是田园:八十岁老妈的跨洋奇趣之旅
盛 林 著

特约策划	周华诚
责任编辑	张一弛
责任校对	杨利军 孙 鹂
装帧设计	周 灵
封面插画	汪 薇
出版发行	浙江大学出版社
	(杭州市天目山路 148 号 邮政编码 310007)
	(网址:http://www.zjupress.com)
排 版	浙江时代出版服务有限公司
印 刷	杭州钱江彩色印务有限公司
开 本	880mm×1230mm 1/32
印 张	11.125
字 数	240 千
版 印 次	2017 年 10 月第 1 版 2017 年 10 月第 1 次印刷
书 号	ISBN 978-7-308-17398-8
定 价	38.00 元